KB143768

중고라도
사랑인 하고 싶어! 7

Contents

니시하라 레미 ▶ ▶ ▶

© 2016 ReDrop

타오 노리타케 지음
ReDrop 일러스트
이진주 옮김

프롤로그

"아침이야—. 빨리 일어나지 않으면 지각해——."

누군가가 홑이불 너머로 내 몸을 흔들었다. 그 흔드는 힘은 약간 부드러워서 마치 전철 안에서 흔들리고 있는 것처럼 안락한 느낌이었다.

늦더위는 이미 가셨지만 가을이라고 하기에는 아직 이르리라. 하늘은 쾌청했고 눈을 감고 있어도 창문으로 쏟아져 들어오는 햇살이 눈부셨다. 그런 기분 좋은 아침.

그건 그렇고, 지금 나를 흔드는 것은 코토코인 것일까? 흔드는 방법을 바꾼 것일지도 몰랐다.

설마 또다시 잠든 채로 침입을 허용하다니. 요 며칠은 의외로 깨우러 들어오기 전에 먼저 일어나 있었건만.

어제 문화제 1일째는 메이드 카페에서 일을 했으니까 그만큼 지쳤던 것일지도 몰랐다. 그래. 그래서 자명종으로 일어나지 못했던 것이리라.

그리고, 몸의 피로는 잠에서 깨어나는 것을 성가시게 여기게끔 했다. 아직 좀 더 자고 싶어.

"자자, 일어나. 빨리 안 일어나면 지각할 거야."

평소와는 다른 귀여운 목소리.

……코토코 녀석. 이런 목소리를 낼 수 있었던가?

"미안…… 5분만 더."

그러나, 졸린 것도 있어서 머리가 돌아가질 않았다.

5분을 더 잔다고 이 피로가 풀릴 리는 없었다. 그래도 나는 그저 이 꿀처럼 달콤하고 귀중한 잠을 탐하고 싶었다.

"정말—. 5분이 지나도 일어날 것 같지 않은데! 세이이치, 사실은 꽤 잠꾸러기인 거야?"

조금씩 뇌가 각성하면서 귀로 날아 들어오는 목소리도 또렷해졌다.

……뭔가 이상해

아니, 이 목소리. 코토코가 냈다고 하기에는 이상했다. 어조도 느릿하고 부드러움과 달콤함이 섞여 있어 엄청 귀여웠다.

또 야겜의 흉내라도 내는 건가? 그런 생각도 들었지만, 그렇다고 하기에는 너무 자연스러웠다.

"일어나—. 일어나—. 일어나지 않으면 곤란해질 거야—."

몸을 흔드는 힘이 강해졌다.

이렇게까지 흔들리자 뇌의 시냅스도 강제적으로 활성화되면서 잠들어 있던 머리가 평상시처럼 돌아가기 시작했다.

왠지 일어나는 게 무서운 것이, 불길한 예감만 들지만…….

나는 지친 몸을 채찍질해 결심을 하고 기세를 붙여 상반신을 단숨에 일으켜 세웠다.

"앗. 일어났다. 안녕, 세이이치."

내 눈앞에는 만면의 미소를 띤 같은 반 여학생— 하츠시바 유우코가 있었다.

코토코가 아니었다. 하츠시바였다.

크고 귀여운 눈동자에 작은 코, 윤기 흐르는 입술. 어린아이 같은 얼굴이긴 했지만 가까이서 보면 무척이나 단정해서 마치 잘 만들어진 피규어 같다는 생각마저 들었다. 흐르는 것 같은, 명주실과도 같은 머리카락이 창으로 들어오는 아침햇살을 받아 윤기 있게 빛나고 있었다.

"Why are you here?!"

"웬 영어……?"

내가 알까보냐! 오히려 내가 묻고 싶다!

"왜, 왜, 하츠시바가, 여기에……?"

"세이이치를 깨우러 왔어."

"대답이 되지 않아! 그건 내가 바라는 대답이 아니라고! 육하원칙을 지켜!"

"이 경우, 육하원칙은 관계없지 않을까?"

하츠시바가 난처하다는 듯이 웃었다. 난처한 건 나다만?!

"자, 빨리 일어나. 세이이치. 오늘은 문화제 2일째라고?"

……어제, 문화제 1일째.

하츠시바는 상태가 조금 이상했다. 코토코와는 묘하게 서 먹하게 굴고 아코와는 한 패가 되는 등, 이해하기 힘든 행동 이 많았다.

마지막의 마지막에 가서 사정은 파악했지만, 그것이 끝난 뒤 하츠시바에게 불려가 이야기를 들어봤더니…….

뜻밖의 고백.

누가 상상이나 할 수 있었겠어?

이 녀석은 현역 여고생 성우야. 반에서도 사회적 지위가 높은 특별한 존재라고.

아니, 하츠시바에게는 옛날에도 한 번 고백을 받았지만…… 그때는 마지못해 한 것이었단 말이지.

그랬는데 설마…….

『농담이 아니야. 최대한 용기를 쥐어짜서 말한 거야. 이번에는…… 진심이니까. 이제 코튼에게도 사양하지 않을 거야.』

야겜의 이벤트 열람처럼 또렷하게 기억해낼 수 있었다.

잘 생각해보니 몸이 이렇게 나른한 것은 문화제로 지쳤기 때문만이 아니라, 어제 머리가 혼란스러워서 꽤 늦게까지 잠들지 못했던 것이 원인이었다.

"이봐, 유우카. 아직도 안 일어난 거냐?"

그리고, 또 한 사람.

아침 일찍부터 쳐들어온 침입자가 평소처럼 집안에 있었다.

아야메 코토코가 교복에 앞치마를 걸친 차림으로 방안으로 들어왔다. 이제 그 모습은 역시나라고 해야 할까 뭐라고 해야 할까, 자연스러운 아침의 풍경이 돼 있는 느낌이었다.

눈꼬리가 살짝 길게 빠진 또렷한 눈에 살짝 높은 코, 잘 익은 과실과도 같은 도톰한 입술. 불량배였을 때의 무서운 얼굴은 자취를 감추고 조금씩 표정이 부드러워지고 있었다. 그리

© 2016 ReDrop

고 오늘도 빈틈없이 검은 머리카락을 트윈테일로 올려 묶어 늘어뜨리고 있었다.

"아, 코튼. 지금 일어났어."

그리고, 하츠시바는 지극히 자연스럽게 코토코에게 대답했다.

"에헤헤. 처음이라서 말이야—. 어떻게 해야 할지 잘 모르겠어. 남자를 깨우는 건 옛날에 아버지를 깨웠던 것 말고는 해 본 적이 없으니까."

"아—. 그거, 나도 알아. 기분 좋게 깨우는 건 참 어렵지."

두 사람은 어제까지의 응어리 따위는 존재하지 않는다는 것처럼 즐거운 듯이 대화를 주고받았다.

대체 무슨 상황인지 이해하지 못하는 건 나뿐인 건가?

"그래서, 언제, 어디로, 누구 도움으로, 무엇을, 하러, 어떻게, 이 집에 들어온 거냐?"

"나는 늘 들어오던 대로 들어왔는데. 애초에 여벌열쇠도 받았으니까."

"뭐?"

코토코가 교복 주머니에서 열쇠를 꺼내 내게 보였다. 우와, 진짜 우리 집 열쇠다. 그 형태가 너무나도 눈에 익어.

"누, 누구한테 받았는데?"

"아주머니가 아주 기뻐하시면서 주셨어. 아저씨도 흔쾌히 허락해 주셨다고 한다."

"마이 마더(Mother), 대체 뭘 하는 거야?! 파드레(Padre)도 흔쾌히 수락하지 말라고!"

머리가 혼란에 빠진 나머지, 일본어 능력이 결여되기 시작했다. 어떻게 반응해야 좋을지 알 수가 없어.

"유우카는 코튼이 같이 가자고 해서 왔어."

"이게 무슨 어디 놀러가는 일인 거냐!"

이해할 수 있을 것 같은 기분도 들었지만, 역시 무리였다. 인류에게는 아직 너무 일러.

애초에 나는 하츠시바의 어제 고백조차 완전히 받아들이지 않았건만.

"세이이치. 내가 어제 말했지? 『각오해!』라고 말이야."

분명히.

『유우카도 세이이치가 3차원도 좋다고 생각하게끔 해줄 테니까! 각오해!』

그런 말을 들은 것은 기억나지만 말이지. 잊어버릴 리가 없었다. 어젯밤 끝없이 머릿속에서 반복되었으니까. 마치 이어웜[1] 같았다.

"너무 빠르잖아. 여러 가지로……."

코토코도 코토코다. 처음 우리 집에 왔을 때에는 야겜의 흉내를 내고 싶다던 이유였지만 말이지.

"정말 이게 대체 무슨 일인지 모르겠어. 동정 주제에 어떻게 두 명의 여자애에게 구애를 받는 거지? 아이에에에에!! 동정?! 동정 왜?!![2]라는 느낌이라니까."

#1 이어웜(ear worm) 실제로 들리지 않아 특정 노래가 머릿속에서 계속 맴도는 현상.
#2 아이에에에에!! 동정?! 동정 왜?! 미국인 작가가 쓴 SF 소설 『닌자 슬레이어』의 독특한 문체의 대사 중 하나. 초월적 존재인 닌자에 대해 유전자 단계에서 공포심을 안고 있는 일반인들이 닌자를 보면 「아이에에에에!! 닌자?! 닌자 왜?!」라고 비명을 지른다.

그런 밉살스러운 소리를 하면서 방으로 들어온 것은 당연히 키요미였다. 나 개인적인 순위에서 10년 연속으로 여동생으로 삼고 싶지 않은 여동생 1위를 차지하고 있는 부동의 못된 여동생이었다.

　갈색의 짧은 머리카락도 그렇고, 볼륨이라고는 찾아볼 수 없는 납작한 몸도 그렇고 모든 것이 다 밉살스러웠다.

　"아침 댓바람부터 갑자기 남의 방에 들어와서 인사도 없이 한다는 소리가 그거냐?"

　"왜 내가 너한테 인사를 해야 하는데. 그럴 바에야 아침거미[#3]에게 인사를 하는 편이 더 유익해. 그것보다, 엄마도 아버지도 혼란스러워해서 말이지.『설마 여자애 두 명이 세이이치를 좋아하는 건가!』하고 말이야."

　"나도 혼란스럽다만. 그래서, 엄마랑 아버지는 어쩌고 계시냐?"

　"뭐,『젊으니까』라면서 평상시처럼 지내고 계셔."

　젊다는 이유로 무슨 일이든 다 그냥 넘어가는 것은 이상하다고 생각합니다만.

　애초에 코토코 때에도 그랬지만, 친척도 아닌 동년배의 이성을 경솔하게 집에 들이지 말라고! 남녀칠세부동석이라는 말도 있잖아?! 그런 말은 다 어디로 간 거야?! 유교의 좋은 점을 완전히 무시하고 있잖아. 이래서는 공자도 울 거라고.

　"저, 저기……. 저, 정말 민폐가 됐다면 나, 그만 돌아갈게."

#3 아침거미　일본에서는 아침거미는 복을 가져온다고 믿는다.

하츠시바가 면목이 없다는 얼굴로 그렇게 말했다.

이거, 하츠시바를 쫓아낸다면 코토코도 같이 쫓아내야 이치에 맞잖아.

알면서 그러는 것인가, 정말 순수하게 그렇게 생각해서 그러는 것인가, 판단하기가 쉽지 않았다.

"……."

"……."

코토코는 긴장한 얼굴로 우리를 지켜보았고, 키요미는 키요미대로 우리를 노려보았다.

여기서 코토코까지 쫓아냈다가는 키요미가 여러 모로 불평불만을 늘어놓을 것 같은 느낌이 들었다. 후환이 두려웠다. 나는 마구잡이로 로우킥을 얻어맞고 싶지는 않아.

"아니, 뭐…… 딱히, 부모님이 괜찮다고 하셨으면 괜찮지 않을까……."

나는 그렇게 말하는 것이 고작이었다. 하지만 그럼에도 하츠시바의 만면의 미소가 내 방에 화려하게 피었다.

"고마워, 세이이치! 앞으로도 열심히 깨울게!"

그와 반대로 『앞으로도』라는 단어가 내 어깨를 무겁게 내리눌렀다.

현실의 하렘이라니, 정말로 지독해. 하렘은 2차원이기 때문에 허용되는 것이야. 3차원에서는 스트레스가 강할 거다.

"엑—! 요즘 성우는 노래를 부르거나 춤을 추기도 하는 건가요?!"

"그렇다니까—. 그밖에도 또 사회도 봐야 하고 말이지. 선배한테도 『유우카도 언젠가 할 테니까, 미리미리 연습을 해놔』라는 말을 들었어."

"그럼, 목표는 연말의 홍백가합전#4이겠군요! 왜, 요즘에는 성우들도 나오잖아요."

"역시나 그건 목표가 너무 큰 것 같은데……."

주택가를 걸으면서 키요미와 하츠시바가 웃는 얼굴로 대화에 꽃을 피우고 있었다.

그런 두 사람의 뒤를 나와 코토코가 걷고 있었다.

머리 위에는 구름 한 점 없는 푸른 하늘이 펼쳐진 것이 문화제에 딱 어울리는 날씨임은 틀림없었다. 여름도 다 가고 가을다운 날씨가 되어 가고 있었다.

다만, 나는 아직 졸린 것도 있어서 하늘만큼 기분이 쾌청하

#4 홍백가합전 일본 공영 NHK의 연말 대표 TV 프로그램. 매년 12월 31일, 한해 일본에서 가장 사랑받은 가수들이 총출동해 홍팀과 백팀으로 나뉘어 대결을 펼치는 형식으로 진행된다.

질 못했다.

"……너도 참 희한한 짓을 하는구나."

"응? 뭐냐, 갑자기."

"하츠시바 말이야."

"하츠시바가 왜?"

코토코는 정말로 내가 무슨 이야기를 하는지 모르겠다는 얼굴을 하며 고개를 갸우뚱했다.

"아니. 그게 말이지. 내가 말하는 것도 좀 뭣하지만, 정보를 종합해보면…… 너희 둘은 연적이 되는 거 아니냐?"

그 말에 코토코가 지금 막 깨달았다는 것 같은 얼굴을 했다.

"아아, 그렇군."

"그럼 왜 일부러 하츠시바를 데리고 온 거냐?"

"그게, 그러지 않으면 공평하지 않잖아."

"공평?"

"그래. 나는 이러니저러니 너희 가족과 친하게 지내고 있으니까."

나로서는 완전히 예상외의 전개였지만 말이지. 설마 가족부터 공략해 올 줄은 생각도 하지 못했다. 아니, 코토코에게 그런 의식은 없겠지만.

"그렇긴 하지만, 내가 이미 네 연인이었다면 아무리 상대가 유우카라도 정중하게 거절했을 거다."

"그야 그렇겠지."

"하지만, 유감스럽게도 나는 아직 네 연인이 아니니까 말이다. 유우카와 같은 처지다. 그렇다면 조금이라도 조건을 공평하게 해서 정정당당하게 승부를 하고 싶잖아. 나중에 서로 후회하고 싶지 않기도 하고."

"그런 거냐?"

오히려, 독점욕이라든가 우월감이라든가 그런 감정을 품지 않을까?

"그런 거다. 게다가, 전에도 말했잖아. 나는 물론 네 연인이 되고 싶지만, 그 이전에 네가 3차원을 돌아보게끔 하고 싶어."

"……현실을, 말이지."

그러고 보니 전에도 말했지.

『여자에 대한 공포심이라든가, 트라우마 같은 것을 없애고……. 그런 다음에도 「3차원은 안 되겠어……」라고 한다면, 괜찮아. 하지만 미리부터 3차원을 거부하는 필터가 달려 있는 건 공평하지가 않잖아.』

옛날, 데이……가 아니라, 함께 놀러갔을 때의 일이었다.

"그런 의미에서 유우카는 좋잖아? 귀엽지, 몸매도 좋지, 뭣보다 목소리가 좋다. 야겜의 히로인 같은 목소리를 하고 있으니까 말이야."

"너, 친한 친구에 대해 그렇게 말하는 건 좀 그렇지 않냐."

하츠시바도 『너, 야겜의 히로인 같은 목소리를 하고 있구나』라는 말을 들어도 난처하기만 할 것이다. 오히려 화를 낼지도 몰랐다. 아니, 실제로 옛날에 야겜의 히로인을 연기하긴 했지만 말이지.

그런데, 전에도 생각한 거지만 정말 성격이 대쪽 같은 녀석인걸. 이쯤 되면 오히려 기분이 좋을 정도다.

"그런 관계로, 나와 유우카로, 그리고 또 이브가 있어도 괜찮지만, 네게 3차원이 얼마나 좋은지를 가르쳐 줘야지."

"뭘 할 생각인 거냐."

"그야, 게임으로는 맛볼 수 없는 것들뿐이겠지. 후각, 미각, 촉각은 게임으로는 재현할 수 없으니까."

"촉각은 조만간 분명히 가상현실로 재현할 수 있을 거다."

그리고, 후각이나 미각도 연구는 진행되고 있을 터.

빨리 2차원에서 여러 가지 것들을 할 수 있게 됐으면 한다. 야스카와 전기, 오리엔탈 공업, 토이즈 허트, 마이크로소프트가 손을 잡으면 뭔가 엄청나질 것 같은데. 야겜에 대한 정열이 있다면 차원의 벽도 넘을 수 있을 터.

"……한 가지 묻고 싶은데, 세이이치는 메이드 로봇은 허용할 수 있냐? 가령 그런 것이 현실에 있다고 쳤을 때."

"메이드 로봇?"

코토코가 말하고 싶은 것은 메이드 로봇만이 아니라 여성형 안드로이드 전체를 말하는 것이리라.

지금의 기술로는 인간을 쏙 빼닮은 안드로이드 같은 것은 만들 수 없지만…… 불쾌한 골짜기[5]라든가 프레임 문제 같은 것을 해결했다고 해도.

#5 불쾌한 골짜기 로봇이나 인형이 인간을 어설프게 닮을수록 오히려 혐오감이 강해지는 현상. 그러나 로봇의 외모와 행동이 인간과 거의 구별이 불가능할 정도가 되면 호감도는 다시 증가하여 인간이 인간에 대해 느끼는 감정의 수준까지 접근하게 된다.

"무리이지 않을까?"

"무리인 거냐."

"결국에는 인간을 모방한 것이잖아? 무리야, 무리."

"2차원이 아니면 안 되는 거냐."

"안 돼. 나는 딱히 유순함 같은 것을 바라는 것이 아니니까."

"그럼, 가상현실이라면 괜찮은 거냐?"

"뭐, 이벤트에 당첨돼 한 번 체험해 본 적이 있었는데…… 그건 분명히 굉장했어."

그 가상현실을 야겜에 적용할 수 있다면……. 그렇게 생각하면 마음이 설렜다. 진짜로 2차원의 캐릭터가 눈앞에 있는 것 같았으니까 말이지.

뒤를 돌아보면 히로인이 서 있거나, 몸을 숙이면 치마 속을 들여다볼 수 있거나 했고.

그 외에 이쪽의 행동에 대응하는 히로인의 반응이 있으면 금상첨화겠지. 가슴을 만지면 화를 낸다든가, 얼굴을 가까이 갖다 대면 뺨을 붉힌다든가 하는. 이 부분은 인공지능의 영역이겠지.

"이렇게 말을 해도 결국 가상현실도 아직 한창 발전 중인 분야이지만 말이야. 얼굴 전체를 움직여서 뒤를 돌아보면 그에 따라 시선도 확실하게 움직이지만, 안구만 움직이는 것은 그렇게까지 확실하게 판독하지 못해서 시선에 변화가 없으니까."

"아— 아직까지는 어디까지나 헤드 마운트 디스플레이의 각도 변화에만 대응할 수 있다는 건가."

"그런 거다. 가상현실은 그러한 자신의 행동과 게임 내부의 행동을 싱크로시켜서 위화감을 제거하지 않으면 세상에 녹아들지 못할 거라고 생각해. 뭐, 그래도 가능성을 느낄 수 있는 매력은 있었어. 시선유도는 조만간 가능해질 것이라고 들었으니까."

2차원에 들어갈 수 있다면 다시는 3차원으로 돌아오지 못할 자신이 있었다.

하지만, 그런 2차원도 조금씩 현실에 구현되려고 하고 있는 것이다.

그랬기 때문에, 나는 그것을 위한 돈을 모아야 했다. 가상현실 헤드 마운트 디스플레이는 역시 비싸단 말이지……. 10만 엔 가까이 하니까. 학생으로서는 꽤 뼈아픈 지출이었다. 살짝 시험해보고 싶다는 감각으로 낼 수 있는 금액이 아니었다. 반드시 재미있을 거다! 라는 확증이 없으면 무리였다.

"무슨 이야기를 그렇게 즐겁게 하는 거야?"

하츠시바가 키요미와의 대화를 마치고 우리 쪽으로 주의를 향했다.

"가상현실의 미래에 대해 이야기하고 있었다."

"……그랬나?"

코토코가 쓴웃음을 지었다. 뭐, 처음에는 그런 이야기가 아니었으니까 말이지.

"즐거운 듯이 이야기하고 있네. 유우카도 끼워 줘!"

"아니, 그렇게 말해도 말이지."

"유우카도 세이이치하고 이야기하고 싶어!"

그렇게 정말 적극적으로 다가와도 이쪽으로서는 대응에 곤란할 뿐이었다. 아주 많이.

같이 등교하는 것만으로도 이렇게 지치는데, 앞으로의 일이 상상이 되는군…….

"자─. 문화제도 이제 후반이네요. 오늘도 일단 홈룸을 시작하겠어요─."

이날도 일단 조회는 열렸다. 교단에는 담임인 오오하라 선생님이 평소보다 더 당당하게 서 있었다. 하지만 목소리는 여느 때처럼 부드러웠다. 말싸움 같은 것은 절대로 하지 않을 것 같았다.

"그렇다고는 해도, 이렇다 할 전달사항은 없어요. 그래도, 오늘 오후부터는 우리 반의 연극공연이 있습니다. 배우들도, 무대 뒤의 스태프들도 모두 다치지 않도록 해주세요. 끝날 때까지가 문화제예요─."

아주 부드러운 느낌으로 오늘의 예정이 전달되었다.

하지만 몇 명인가의 표정에서는 긴장의 빛이 엿보였다.

뭐, 연극은 여러 모로 처음 해보는 것이니까 말이지.

너나없이 연극은 처음 경험하는지라 연습에서도 처음에는 우왕좌왕했다. 배우들은 국어책을 읽거나 대사를 틀렸으며, 스태프들도 스태프들대로 조명 비추는 것을 틀리거나 했으니까.

뭐, 그 조명담당은 바로 나였지만 말이다. 조명 비추는 것을 몇 번이나 실수했다. 스위치를 안 켰다든가, 타이밍이 늦었다든가, 엉뚱한 색의 조명을 켰다든가, 조명을 너무 빨리 혹은 너무 늦게 비추었다든가, 아예 잘못 비추었다든가. 사소한 실수도 계속 쌓이면 조금씩 그 허점이 드러나는 법이었다.

뭐, 그래도 열심히 연습을 한 보람이 있어서, 짧지만 괜찮은 연극으로 완성되지 않았나……라고 생각한다. 약간 호의적인 발언일지도 모르지만.

"연극이 끝나면 문화제가 끝날 때까지 자유롭게 행동해도 좋아요. 하지만 도를 넘지 않도록 해 주세요. 그리고, 문화제가 끝나면 후야제가 있으니까요. 잊지 않도록 마세요."

"저기요—. 선생님. 프로그램을 봐 주셨으면 하는데요. 문화제가 끝나고 후야제까지 시간이 좀 비어있지 않나요?"

남학생 중 누군가가 그런 것을 물었다.

프로그램이 적힌 종이를 보니 분명히 문화제종료와 후야제 사이에 시간이 약간 비어 있었다. 모두가 모이는 것을 기다리기에는 지나칠 정도로 충분해서, 이래서는 오히려 참가자들이 다 모이고 나서도 시간이 남을 것이다.

……그렇다기보다, 프로그램에는 비밀이벤트라고 적혀 있는데.

"아, 으음. 사실은 선생님도 잘 몰라요. 코쿠료 고등학교가 주도해서 여는 이벤트라고 하는데 말이죠……."

뭐, 다시 말해 그때를 기대하라, 그런 것인가.

"비밀이벤트도 후야제도 참가는 임의입니다. 하지만 여러분. 참가하면 분명히 좋은 추억이 될 거예요. 그러니까 적극적으로 참가해 봐 주세요.”

“저기요— 선생님! 후야제에서 선생님하고 춤을 추고 싶습니다!”, “아, 나도나도!”, “나도!”

“정말! 선생님을 놀리면 안 돼요!”

교실이 웃음바다가 된 가운데, 선생님은 얼굴을 살짝 붉혔다. 적당히 받아넘기면 될 것을, 참 성실한 사람이었다. 키리코 누나였다면 『귀찮으니까 싫어』라는 한 마디로 단칼에 거절했을 것이다. 분명히 우리집안 사람들에게는 조부모 대로부터 유전자에 『귀차니스트』의 인자가 새겨져 있는 것이 틀림없었다.

“그럼, 오늘 하루도 열심히 합시다!”

“”“”네—에!”“”“

급우들이 기운차게 대답했다. 정말, 에너지가 넘쳐흐르는군. 나한테도 좀 나눠줬으면 한다.

참고로, 후야제 때에는 캠프파이어를 한다는 것 같았다. 나는…… 어쩔까. 참가는 임의라는 것 같으니 그냥 집에 가고 싶어.

오오하라 선생님의 말도 끝나고, 다들 뿔뿔이 흩어졌다. 연극이 시작될 때까지 문화제를 돌아보려는 사람, 부활동의 출점에 가는 사람, 저마다 목적지는 다양했다.

우리도 우리 부활동의 출전물인 메이드 카페—『ㄱㅌ(츠탄)』으로 가자.

손님이 들기까지는 아직 시간이 있었다.

가게에 도착한 우리는 실내를 구석구석까지 빠짐없이 둘러보며 쓰레기나 먼지가 없는지를 확인했다.

그런 뒤, 필요한 자재도 체크했다.

"커피콩, 시럽, 우유, 과자. 괜찮아. 다 있다, 세이이치."

이미 메이드복으로 갈아입은 여자애들이 확인을 마치고 보고를 해왔다.

여자애들이 입은 메이드복은 치마길이가 무릎보다 조금 위쪽까지 내려오는 프렌치메이드 스타일. 화이트 브림과 프릴이 달린 앞치마도 있었다. 치마 끝단은 레이스로 장식이 돼 있었고, 양말은 하얀 오버니삭스로 이상적인 절대영역을 만들어내고 있었다.

검정과 하양의 대비가 눈부셨다.

참고로, 코토코는 먹거리 쪽을 확인하고 있던 모양이었다.

"컵도 접시도 모두 문제없어! 스탠드도 스푼도 모두 다 있어~."

이브가 가슴 앞에서 주먹을 쥐어 보이며 오케이를 어필했다.

금발인 이브는 그 모습에서 요즘의 갸루같은 분위기가 배어나오고 있었다. 동작 하나하나가 묘하게 야무지지 못한 느낌이었지만, 뭐, 괜찮을 것이다.

먹거리도 식기도 모두 오케이…… 라고 생각했는데.

"어라? 물은?"

냉장고 안에 차갑게 식혀뒀을 터인 물이 보이지 않았다. 얇게 저민 레몬을 넣어둔 녀석.

"앗, 미안. 잊어버렸어."

물 담당은 하츠시바였군. 하츠시바가 자기 할 일을 잊어버리다니 별일이었다.

"오늘은 좀 들떠서 완전히 잊고 있었어. 미안해, 세이이치."

"바로 준비해 줘. 지금이라면 한 시간 정도 냉동실에 넣어 두면 시원해질 테니까."

"네—에. 맡겨 줘—."

하츠시바는 상자에서 2리터짜리 생수병을 꺼내 내용물을 스테인레스 재질로 된 물병에 옮겨 담았다. 물을 다 옮겨 담자, 냉장실에 보관해 두었던 얇게 저민 레몬을 꺼내 그 안에 집어넣고는 물병을 그대로 냉동실에 넣었다. 일단, 냉동실에 계속 방치해두지 않도록 타이머를 설정해 둘까.

하츠시바는 빠릿빠릿한 움직임으로 그 작업을 반복했다.

"……이봐."

문득 등 뒤에서 사악한 기척이 나며 누군가 내 어깨를 붙잡았다. 악우인 토자키 케이타였다.

토자키가 작은 목소리로 귓속말을 해왔다. 그 목소리에 한층 더 저주가 서려있는 것 같은 느낌이 들었다.

"아라미야. 지금, 내가 환청을 들은 게 아니라면, 하츠시바가 너를 이름으로 부른 것 같다만."

"……환청이겠지."

나는 그렇게 얼버무리려고 했다. 바로 그때.

"세이이치. 물병은 세 개면 되겠지?"

"어, 어어."

하츠시바가 빼도 박도 못하게 확실하게 그렇게 말해버렸다.

하츠시바 녀석, 국지적으로 분위기를 파악하지 못하는군.

"그래서, 아라미야. 환청이 어쨌다고?"

"네 귀, 뭔가 이상한 필터라도 달린 거 아니냐?"

"얼버무리지 마."

토자키가 목에 팔을 감듯이 내 어깨를 끌어안고는 교실 구석으로 나를 끌고 갔다.

"무슨 일이 있었나."

어떻게 하지. 어떻게 얼버무릴까.

그런 놀이를 하고 있으니까. ……안 돼, 마땅한 목적이 생각나지 않아.

연인으로 가장할 필요가 있으니까. …… 아니아니, 그럴 필요 따위, 없어. 야겜을 너무 많이 했다.

그 외에는…… 아무 것도 없잖아. 얼버무릴 수가 없어.

나는 작게 한숨을 내쉬고는 작은 목소리로 말했다.

"……고백, 받았다."

"뭐어?!"

"쉿. 목소리가 커!"

"시끄러! 너한텐 아야메가 있잖아! 그런 주제에 왜 이제 와서 하츠시바에게까지 손을 댄 거냐?! 주변에 있는 여자 중 한 명을 또 간택하는 거냐?!"

"내가 어떻게 알아! 난 고백해 달라고 한 적 없다고."

"그러고 보니, 전에도 고백 받았다고 했지."

"그때는 여러 모로 사정이 있었어. 일이 전부 끝나고 제대로 이야기했잖아."

일단, 그때 일어난 고백은 카운트하지 않겠다는 설명은 해 뒀다.

당시의 토자키도 『그야, 그렇겠지』 하고 납득을 했고 말이지.

"이야기가 다르잖아, 아라미야!"

"내가 묻고 싶어!"

"젠장. 이 주인공 자식. 경동맥이 잘려나가는 엔딩이 좋냐, 식칼로 배를 찔리는 엔딩이 좋냐, 히로인이 투신자살하는 엔딩이 좋냐, 히로인이 급행열차 앞으로 떠밀리는 엔딩이 좋냐?!"

"다 배드엔딩이잖아!"

"시끄러—! 아무 것도 모르고 순수하게 『학원 러브코미디』 라는 말을 믿고 플레이한 내 처지도 돼봐라! 그 18금이 다른 의미의 18금이라고는 누가 생각했겠냐!"

그건 잔학, 폭력적이라는 의미의 18금이기도 했으니까 말이지.

"그런 건 제작자를 보면 제대로 된 내용의 야겜을 만들지 않는다는 사실 정도는 알 수 있잖아!"

"시끄러— 시끄러— 시끄러—! 어쨌든 내가 하고 싶은 말은 그 정도로 충격이었다는 거다!"

그렇게까지 충격이었던 거냐.

"애초에 그저 고백을 받았을 뿐, 나는 딱히 고백을 받아들 이지는 않았어."

"하츠시바의 어떤 점이 불만이라는 거냐, 이 리얼충 녀석!

풍선폭탄에 매달린 채 대륙을 횡단하다가 폭발해라!"

"아아, 정말 성가신 녀석일세!"

고백을 받았다 → 용서하지 못한다.

고백을 받아들였다 → 절대로 용서하지 못한다.

이 정도의 차이가 있는 것 같았다.

"어쨌든, 나는 현실에 굴복하지 않아. 2차원에 모든 것을 바칠 거다."

"아라미야……. 너, 그걸로 괜찮은 거냐?"

"괜찮아. 3차원에 미련은 없다."

토자키는 짐짓 일부러 그러는 것처럼 작게 한숨을 내쉬었다.

"그야, 나도 2차원이 좋다고 생각은 하지만 말이지. 실제로 2차원에 갈 수는 있지만 그게 편도 티켓이라고 한다면, 그래도 갈 수 있겠냐?"

"우……."

"너, 전에도 말했잖아. 엄청 드라이하게. 2차원에 갔다고 해서 주인공이 될 수 있을 리가 없다느니 뭐라느니."

"그런 일, 용케 기억하는구나. 맞아. 난 실제로 그렇게 생각해."

"그런데도 너, 3차원을 포기할 수 있냐?"

……솔직히 말해, 여기서 일말의 망설임도 없이 『그래』라고 말할 수 있는 사람은 상당한 강자일 것이다.

요컨대, 이세계로 전생하는 것과 비슷한 것이었다. 지금까지의 인생을 도중에 내던져버리고, 다른 인생을 걷는 것이니까 말이지.

그것이 강제적인 것이라면 별 수 없겠지만, 스스로의 의지로 실시하는 것이라면 그야말로 지금까지의 인생을 포기하는 셈이었다.

부모를 버리고, 친구를 버리고, 지금까지 쌓아온 모든 인연을 끊어버리는 것이 되는 것이다.

그런 데다가 2차원에서 안정된 생활을 보낼 수 있다고 단정할 수도 없었다. 그쪽에서 이쪽에서와 마찬가지로 오락을 즐길 수 있다는 보장도 없었다.

어지간히 인생에 절망하지 않는 한, 편도티켓의 2차원에 가는 것은 역시나 무서웠다. 2차원과 3차원을 왕복할 수 있다면 매일 오가겠지만.

"솔직하게 말해서, 편도티켓으로는 무리다……."

"그럼, 결국 너도 3차원을 완전히 잘라버릴 수 없다는 거다. 솔직해지라고."

"솔직해지라니, 뭐에 솔직해지라는 거냐?"

"당연히 아야메한테지. 네가 아야메와 사귀면 하츠시바의 고백도 없던 일이 돼 버릴 거다. 그걸로 모두도 행복해지고 나도 행복해지는 거지."

"웃기지 마. 네 멋대로 내 선택지를 내용을 보지도 않고 결정버튼을 연타하듯이 정하지 말라고."

그러나, 토자키의 분노는 가라앉지 않았다.

"젠장. 세상은 불공평해. 그때 널 보내는 게 아니었어."

"이 일련의 사건들은 모두 네가 내 야겜 취미를 폭로한 것에서 시작됐는데 말이지."

코토코가 고백을 해 온 것은 이 녀석이 내 취미를 다 떠벌린 덕분이었으니까.

하츠시바가 묘한 형태로 고백을 한 것은 손고의 지령이 직접적인 원인이었지만, 토자키가 하츠시바에게 야겜을 들킨 사건도 관여돼 있고 말이지.

애초에 코토코가 중고라고 불리게 된 것도 이 녀석 탓이다.

이렇게 보니 대체적으로 이 녀석이 얽혀 있잖아. 만약의 근원인가.

"애초에 너, 하츠시바에게 고백한 적이 있냐?"

"없어. 있을 리 없잖아. 중학교 때 하츠시바에게 고백했던 녀석, 거절당한 것으로 끝나지 않고 하츠시바 추종자들에게 엄청 괴롭힘을 당했으니까. 그런 걸 봤더니, 역시나 하츠시바에게 고백하는 건 하츠시바에게 완전히 푹 빠지지 않는 이상 무리더라. 너 같으면 확률 0퍼센트에 걸 수 있겠냐? 못 걸잖아."

"하츠시바 추종자…… 우리 반에도 있지."

"미카모토라든가."

그 로미오 녀석, 원래 줄리엣 역에 하츠시바를 희망했고 말이지.

하지만, 줄리엣이 코토코로 바뀌었어도 별로 불평을 하지 않았단 말이야, 그 녀석.

"뭐, 그 녀석들한테는 말하지 않을 거지만 말이야. 들키면 들키는 대로, 나한테까지 『곁에 있었으면서도 왜 못 막은 거냐!』라고 트집을 잡을 것 같으니까."

"그런 트집을 잡기도 하는 거냐……."

무섭다, 하츠시바 추종자들.

"정말―. 세이이치. 토자키. 아까부터 둘이서 뭘 그렇게 속닥거리는 거야? 영업 준비, 아직 안 끝났는데?"

그 하츠시바가 우리에게 다가오면서 살짝 토라진 얼굴을 했다.

"네에―. 죄송합니다―."

토자키는 속공으로 표정을 달리하며 하츠시바에게 대답했다. 태도변화가 정말로 빠른 녀석이로군.

"예이예이. 미안하다."

나와 토자키는 다시 영업 준비로 돌아갔다. 그때 토자키가 마지막으로 한 마디를 더 했다.

"뭐, 너희가 연극을 하는 동안, 나와 하츠시바가 일을 할 테니까 그걸로 충분해."

"키요미와 사이타니도 있지만 말이지."

그 시간에 코토코는 연극무대 위에 서고 나는 무대 뒤에서 조명을 비추며, 이브는 대충 적당히 휴식을 취할 것이다.

"뭐, 그걸로 충분하다면, 하츠시바와 어디 잘 해봐."

나는 딱히 하츠시바와 토자키의 사이를 방해할 생각은 없으니까 말이지.

"나로서는 얼른 미카모토가 배탈이 나기를 빌고 있다. 너, 미카모토와 체격이 거의 비슷하니까 의상도 입을 수 있을 거 아냐? 연극에서 합법적으로 아야메와 이어져서 『어라? 나 혹시, 이 녀석을……』이라는 느낌으로 얼른 자신의 감정을 알아차려라."

"나는 그렇게 호락호락하지 않다. 그리고 매번 미카모토를 주연에서 끌어내리려고 하는 건 불쌍하니까 그만 해라. 말이 씨가 된다, 라는 것도 있잖아."

토자키 녀석이 미카모토를 저주하고 있을 것 같아서 무서웠다. 방안에 대못이 박힌 지푸라기인형이 놓여 있는 것은 아니겠지…….

"죄송합니다. 늦었어요—!"

"조회가 이제야 끝나서 말이죠……."

마지막 두 명, 키요미와 사이타니가 도착했다. 두 사람 모두 빈틈없이 메이드복 차림이었다.

키요미는 둘째치더라도 사이타니는 정말 귀여운걸.

"음. 하급생 여학생들의 메이드복 차림은 보는 것만으로도 치유가 되는걸. 그것만으로 돈을 낼 수도 있겠어."

"어머, 토자키 선배도 참. 그럼, 다음엔 돈을 주세요."

"전 여자가 아니에요……. 돈도 필요 없어요……."

사이타니의 눈은 미묘하게 죽어 있었다. 하지만 그러면서도 손님이 들어오면 바로 웃는 얼굴을 해보일 수 있는 점이 사람으로서 돼 있단 말이지.

"그런데 사이타니는 오늘도 메이드복인가. 어제 중으로 집사복을 구해놓았으면 좋았을 텐데 말이야."

나는 사이타니에게 그렇게 지적을 해보았다. 그러자 사이타니가 눈물을 글썽였다.

"우우…… 그래서 사실은 어제, 아버지에게 집사복을 갖다 달라고 부탁했어요. 그랬는데…… 누나들이 감춰서요. 아침에 일어나보니 옷이 있던 장소에 이런 메모가……."

사이타니는 문제의 메모를 꺼냈다. 그것에는 『dzd———2hf7,4o』라고 쓰여 있었다.

"왠지 키보드를 적당히 두드리면 나올 것 같은 문자의 나열 이로군."

토자키가 메모를 찬찬히 들여다보면서 말했다. 키요미도 사이타니도 무슨 뜻인지 전혀 모르겠는 모양이었다.

"집사복은, 지붕 밑……이라고 쓰여 있는데."

"아, 아라미야 선배. 수수께끼를 푸신 건가요?"

"방금 토자키가 말했잖아. 키보드를 적당히 두드리면 나올 것 같다고. 적당히 두드린 건 아니지만, 그 배열의 일본어로 전환하면 그런 문장이 돼."

"굉장해요! 왜 아침에 저희 집에 안 계셨던 건가요?!"

"어어……. 나도 사이타니의 집에 있을 수만 있었다면 가고 싶었지만 말이야."

묘하게 불합리한 불평을 들은 것 같기도 했지만 화가 나지는 않았다. 사이타니가 귀엽기 때문인가? 귀여운 것은 언제나 옳았다.

"하지만, 지금 돌아가도 늦겠죠……."

"자, 포기하고 메이드복 차림으로 시중을 들도록 해. 괜찮

아. 여자애로밖에 안 보이니까."

"그게 문제인데—!"

사이타니가 키요미에게 질질 끌려가면서 영업 준비에 들어 갔다. 사이타니, 강하게 살아줘.

"여—어. 다 모였냐."

마지막에 나타난 사람은 정장 차림의 고문, 코타니 선생님 즉 키리코 누나였다.

"어제 선생님들한테 들었는데, 매상이 꽤 좋았다더라. 상위 5위 안에 들었다는 것 같아."

"어— 진짜로요~? 얏호! 오늘도 신나게 벌자~."

이브가 솔선해서 환성을 질렀다. 다른 녀석들도 정도의 차 이는 있어도 놀라고 있는 것 같았다.

"상위 5위인가. 꽤 좋은 선까지 갔잖아. 이러면, 1위도 노려 볼 수 있을지 모른다."

"응응. 우리가 힘을 내면 좀 더 올라갈 수 있을 거야."

코토코와 하츠시바가 결의를 새롭게 다졌다. 그러나…….

"역시나 이 이상의 매상은 기대하기 힘들어……."

"처음부터 포기하면 어쩌자는 거야? 그러니까 동정인 거야, 넌."

"시끄러워. 이 상황에 동정은 상관없잖아."

"하지만, 동정이잖아?"

"토자키. 잠깐 그 입 좀 다물어라."

매상을 유지할 수는 있어도 극적으로 올리는 것은 무리였다.

"우리는 어제, 처음부터 마지막까지 거의 만석의 손님을 받았다. 이런 상황에서 매상을 올리려면 손님의 회전율을 높이든가, 손님이 지불하는 단가를 높이는 수밖에 없어."

"다시 말해, 20분의 시간제한을 더 짧게 하든가, 메뉴의 가격을 올려야 한다는 거야?"

하츠시바가 빈틈없이 알아듣기 쉽게 확인을 해 왔다.

"그런 거다. 그 외에는 테이블 수를 늘리는 거지. 하지만, 20분도 짧다면 짧으니까, 제한시간을 더는 줄일 수는 없어. 그렇다고 해서 이 이상 가격을 올리면 불평이 나올 거다."

나는 키리코 누나에게 시선을 주었다.

"코타니 선생님. 우리 가게에 대한 불만사항은 붐빈다는 것 정도이지 않았어?"

"그랬지. 접객 태도가 나쁘다든가, 음식이 맛이 없다든가 비싸다든가 하는 내용은 없었다. 그저 붐벼서 들어가는 걸 단념했다는 설문이 많았다는 것 같아. 그래서 다른 선생님들에게 어떻게 안 되겠느냐는 말까지 들었다. 어떻게도 안 된다고 대답했지만."

"뭐, 붐비는 건 어떻게 안 되니까."

"그래. 그 외에 줄을 선 뒤에 입장할 때까지 시간이 오래 걸렸다는 것도 있군. 그런 의견도 그럭저럭 있었다."

키리코 누나의 말을 듣고 이브가 우우, 하고 신음했다.

"줄을 서 있을 때에는 문화제, 다른 가게를 돌아볼 수 없는 걸—. 그건 좀 아깝다는 생각이 들어."

코미케에서도 길고 긴 열에 줄을 서 있으려면 불안이 마구 피어오른단 말이지. 지금, 다른 부스를 돌 수 있으면 전리품이 더 많이 늘어날 텐데, 하고 말이야.

"여하튼, 현상유지에 힘쓰는 수밖에 없다는 걸까."

하츠시바가 그렇게 상황을 정리하고, 다른 사람들도 그 말에 따랐다.

"잠깐만. 매상은 올릴 수 없지만, 불편한 점을 개선할 방법은 있다."

"뭔가 수가 있는 거냐?"

코토코가 눈썹을 모으면서 물었다.

"그래. 이럴 때 사용할 수 있는 시스템은 이미 확립돼 있다. 선배님들 덕분에 말이야."

그런 연유로, 나는 그 방법을 모두에게 설명했다.

『열시가 되었습니다. 미카게&코쿠료 고등학교 합동문화제, 「가을 페스티벌」 2일째를 개최합니다. 여러분, 오늘도 재미있게 즐겨 주시기 바랍니다.』

문화제 2일째 개최를 알리는 안내방송이 흐르고, 웅성거리는 소리가 조금씩 가까워졌다.

어제는 띄엄띄엄 찾아왔던 손님들이 오늘은 서로 경쟁하듯이 몰려왔다.

"""다녀오셨나요, 주인님!"""

우리는 선착순으로 다섯 그룹의 손님들을 각자 테이블로 안

내했다. 그러는 사이, 또 많은 사람들이 열을 형성했다. 다들, 그렇게 메이드가 좋은 건가?

나도 좋아하긴 하지만 말이지. 2차원 한정이긴 해도.

"오늘도 20분의 시간제한을 두겠습니다. 대단히 죄송합니다만, 보다 많은 손님들이 이 카페를 즐기실 수 있도록 부디 양해 부탁드립니다."

나는 어제와 비슷한 설명을 늘어놓으며 손님들의 양해를 얻었다.

그리고, 교실 밖에서도 또 어제와 마찬가지로 들어오지 못한 손님들이 계속 열을 형성했다.

"여기서 계속 줄 서있는 것도 꽤 힘들단 말이지."

"여름코믹 때처럼 덥지 않은 게 그나마 다행이라니까."

"우우. 그 더위를 생각하면 위가 쿡쿡 쑤셔……."

손님들에게 메뉴를 다 나눠준 코토코와 하츠시바, 이브가 각자 뭐라고 형용하기 힘든 표정을 지었다.

자. 비책을 발동할 때다.

"지금부터 아까 말했던 정리권을 나눠주겠어."

"아, 그러니까…… 번호와 시간이 적힌 종이랑, 그것에 맞춰 준비한 보드 말이지."

하츠시바가 보드를 가져왔다. 보드에는 테이블의 약도와 시간과 번호를 적는 칸이 그려져 있었다.

정리권은 가게에 들어가는 순서를 적고 그 순서대로 손님을 들여보내기 위한 것이었다.

우리 가게는 시간제한을 두었기 때문에, 그만큼 입장시간과 순서를 파악하기 쉬웠다. 정리권에는 번호 외에도 시간이 적혀 있었다. 쉽게 말해, 그 시간에 맞춰 온다면 기다리지 않고 들어갈 수 있습니다, 라는 것이었다.

　"그래서, 손님을 가게 안으로 안내하면 이 보드에 정리권을 붙이면 되는 거지?"

　코토코가 확인을 하듯이 질문을 했다.

　"그래. 약간 혼란이 생길지도 모르지만, 그래도 몇 십 분이나 계속 줄을 서 있는 건 잔인하잖아. 모처럼의 문화제이니 다들 다양한 출전물을 보고 즐기고 싶을 테니까."

　"아라미야 선배. 혹시 그 점을 계속 신경 쓰고 계셨던 건가요?"

　"어제 손님들이 줄을 선 것을 보고는 좀. 줄을 서면 기본적으로 아무 것도 하지 못하니까."

　"과연 선배시네요. 역시 선배는 참 다른 사람을 배려를 잘 하세요."

　사이타니가 칭찬을 해 주니 기분이 엄청 좋은걸.

　"5분 늦으면 그에 맞춰 머물 수 있는 시간도 5분 줄어든다는 것도 잘 설명해 줘. 정리권에 적힌 시간부터 제한시간이 시작되니까. 이게 어긋나면 정체가 생길 테니까 말이지."

　"너, 진짜 빈틈이 없구나……."

　토자키가 쓴웃음을 지었다.

　"누구든 줄을 서고 싶지는 않아. 살 수 있는 것은 재빨리 사고 싶고, 먹을 수 있는 건 얼른 먹고 싶은 게 사람 마음이다."

나로서는 줄을 서면서까지 밥을 사먹는다는 것은 생각할 수도 없지만.

하지만 다른 사람이 보기에는 동인지를 줄을 서면서까지 사는 것을 믿을 수 없겠지.

그렇기 때문에 자신의 감각만을 신봉하는 것은 위험했다. 판단의 척도가 자신뿐이라면 시야가 좁아질 뿐, 그런 세계도 있다고 받아들일 필요가 있었다.

솔직히, 나는 NTR#6도 가학, 피학성애도 잘 알지 못했지만 그런 것을 좋아하는 사람도 있었다. 카레라이스를 싫어하는 사람이 있는 것과 마찬가지로, 언제나 옳은 츤데레를 거북해하는 사람도 있었다.

"그런 연유로, 번호순으로 정리권을 나눠주고 와줘, 코토코."

"내가 해도 괜찮은 거냐?"

"네가 열심히 일하는 모습을 내보여서 평판을 좋게 하려는 목적이 있으니까, 그래도 괜찮아."

"아, 알았다. 다녀오마."

코토코가 교실 밖으로 나가 줄을 선 손님들에게 고개를 숙이며 정리권을 나눠주었다.

"정리권입니다. 받으세요입니다. 여기에 적힌 시간에 와 주세요입니다. 그때까지 느긋하게 학교 안을 둘러보시면 기쁘겠습니다입니다."

#6 NTR 네토라레(寝取られ)를 영문 이니셜로 표현한 것. 자신의 연인이나 배우자를 타인에게 빼앗기는 상황을 말한다.

입니다입니다를 너무 남발하고 있지만…… 뭐, 됐나.

"이 시간에 오면 줄을 서지 않고 들어갈 수 있는 거구나."

"다행이다. 돌아보고 싶은 다른 곳도 있었는데."

평판도 더할 나위 없이 좋았다. 채 5분도 되지 않아 열을 형성하고 있던 손님들이 모두 흩어졌다.

"정리권은 몇 장이나 준비했어?"

하츠시바도 세세한 일에 신경을 쓰는군.

"80장 정도인데?"

"왜 또 그런 숫자가 나온 건데?"

"열 시부터 오후 네 시까지. 한 그룹당 제한시간이 20분씩이니까, 1시간을 삼등분할 수 있지. 거기에 한 번에 다섯 그룹을 받을 수 있으니까 말이다. 6×3×5으로 계산이 성립돼. 처음 입장한 다섯 그룹의 몫은…… 뭐, 남겠지만. 끝나는 시간이 정해져 있으니까 계산하기 편해."

"그렇구나."

어제 관찰을 하다가 알게 된 것인데, 이러쿵저러쿵 해서 제한시간을 20분으로 설정해둬도 10분 만에 나가는 손님은 거의 없었고 말이지. 그리고 손님들의 매너가 좋은 것도 무척 고마운 일이었다. 20분을 넘겨 계속 눌러앉는 사람은 거의 없었다.

문제는 가게를 나가 곧바로 다시 열에 줄을 서는 진성 메이드추종자인데…… 이 사람들은…… 뭐, 가게를 나갈 때 정리권을 다시 나눠주면 되려나.

"그런데, 이 정리권. 위조되거나 하지는 않겠지? 사람들이랑 실랑이 벌이는 건 싫어."

키요미가 싫은 얼굴을 하며 불평을 늘어놓았다.

이런 곳에서 위조 같은 게 일어날 리 없잖아.

그러나, 일단 대비는 해 두었다.

"그렇게 마무리를 허술하게 했을까 보냐. 정리권에 희미하게 문양을 집어넣어 놨다. 여기를 보면 돼. 이 문양까지 똑같이 위조했다면 항복해도 좋아."

고등학교 문화제의 메이드 카페에 그 정도의 노력을 기울이는 바보가 있다면, 이제 두 손을 드는 수밖에 없었다.

뭐, 하츠시바가 좀 더 유명했다면 좀 위험했을지도 모르지만 말이다. 실제로 어제 하츠시바를 보러 왔던 녀석들은 오늘도 왔을 거라고.

"그런 관계로, 정리권으로 손님들 안내를 잘 부탁해."

그 뒤. 첫 다섯 그룹의 커피를 다 끓이고 나니 우리도 한가해졌다.

음식을 다 내갔으면 이제 전원이 다 있을 필요는 없잖아.

첫 한 시간은 어제와 마찬가지로 모두가 다 같이 일하자고 해놨지만…… 이런 상황이라면 그럴 필요가 없었으려나.

"아라미야, 너희는 한 시간 정도 쉬다 와도 돼."

내 마음을 읽은 것일까, 토자키가 그런 제안을 해왔다.

"……그래도 괜찮겠냐?"

"역시나 이렇게까지 사람이 많이 있을 필요는 없을 거다. 게

다가, 이 뒤에는 연극 시작시간까지 계속 일을 할 테고 말이야."

"그럼, 모처럼의 호의이니 받아들이도록 하마."

나는 대기하고 있던 메이드 세 사람에게 말을 걸었다.

"코토코, 하츠시바, 이브. 갑작스럽긴 하지만, 한 시간 휴식한다."

"진짜? 그럼 사양하지 않고 그렇게 할게."

"응, 알았어. 역시나 다섯 명은 좀 많지."

"하긴 테이블은 다섯 자리밖에 없으니까—."

나는 이어서 나머지 두 명에게도 시선을 주었다.

"키요미와 사이타니는 미안하지만 한 시간 일해 줘. 우리가 돌아와서 교대하면 다음 교대는 세 시간 후가 될 거다. 만약 무슨 말썽이 생기면 바로 전화해 줘."

"네네. 부디 마음대로 하세요."

"알겠습니다. 열심히 일할게요."

키요미와 사이타니는 정말로 대조적이구나.

"그럼 뒤를 잘 부탁한다."

모두에게도 동의를 얻었기 때문에 우리는 교실 밖으로 나왔다.

교실 밖에 어제와 같은 열은 사라지고 없었다. 다만, 정리권을 받으러 오는 사람들이 간간이 있다는 느낌이었다. 카페를 찾은 손님에게는 사이타니가 정리권을 건네고 있었다. ……나도 사이타니의 시중을 받아보고 싶어.

"있지, 세이이치. 유우카하고 같이 문화제를 돌아보지 않을래?"

문득, 하츠시바가 그렇게 말하며 갑자기 내 오른팔을 붙잡았다.

"나는 부실에서―."

야겜이라고 하자고 생각하고 있었다. 그렇게 말하려고 했다. 하지만 그 말을 마치기도 전에 코토코가 끼어들었다. 너도 오른팔을 붙잡지 마…….

"잠깐. 세이이치와는 내가 같이 돌아보려고 생각하고 있었다고."

"나도나도―!"

거기에 이브까지 내 오른팔을 붙잡았다. 혹시 뭔가의 놀이나 그런 걸로 착각하고 있는 거 아니냐?

"처음에 말을 꺼낸 건 유우카이니까 우선권은 유우카한테 있지?"

"상대가 설령 너라고 해도 이건 양보하지 못한다. 오래 알고 지낸 걸로 따지면 나야."

"그렇게 따지면 소꿉친구라는 의미로 내가 더 오래 알고 지냈으니까―. 그럼 나네."

여자애들이 시끌시끌하게 말싸움을 시작했다.

이렇게 내게 엉겨 붙어 있는 모습은 사람들의 주목을 모을 거라고. 세 사람 모두 메이드이기도 하고 말이지.

"오른팔을 놔 줘."

"""넌 조용히 있어."""

"나는 누구를 고르겠다거나 함께 가겠다는 말은 한 마디도 하지 않았는데……."

"""됐으니까 좀 조용히 있어."""

"우째서냐……."

저도 모르게 간사이 사투리가 튀어나오고 말았지만, 어쨌든 그렇게 말하는 수밖에 없었다. 그렇지 않아도 짧은 휴식시간이 더 짧아지잖아. 빨리 놔줘.

"그럼 여기서는 서로 원망하지 않게 가위바위보로 결정하자."

결국 하츠시바가 그런 제안을 내놓았다. 그 제안에 코토코도 이브도 고개를 끄덕였다.

"늦게 내는 거 없다. 평범한 가위바위보야. 다이아몬드 같은 것도 금지고."

"어? 다이아몬드라니 그게 뭐야~. 혹시, 폭탄을 말하는 거야?"

"너, 다이아몬드를 모르는 거냐?"

"어— 나, 폭탄밖에 모르는데."

아무래도 좋으니까 빨리해!

"""안 내면 술래! 가위바위보!"""

하츠시바가 가위, 아야메가 보, 이브도 보.

하츠시바의 승리였다.

"이겼다—!"

코토코와 이브는 입을 앙다물고 분하다는 얼굴을 했다.

"어쩔 수 없군. 깨끗하게 포기하마."

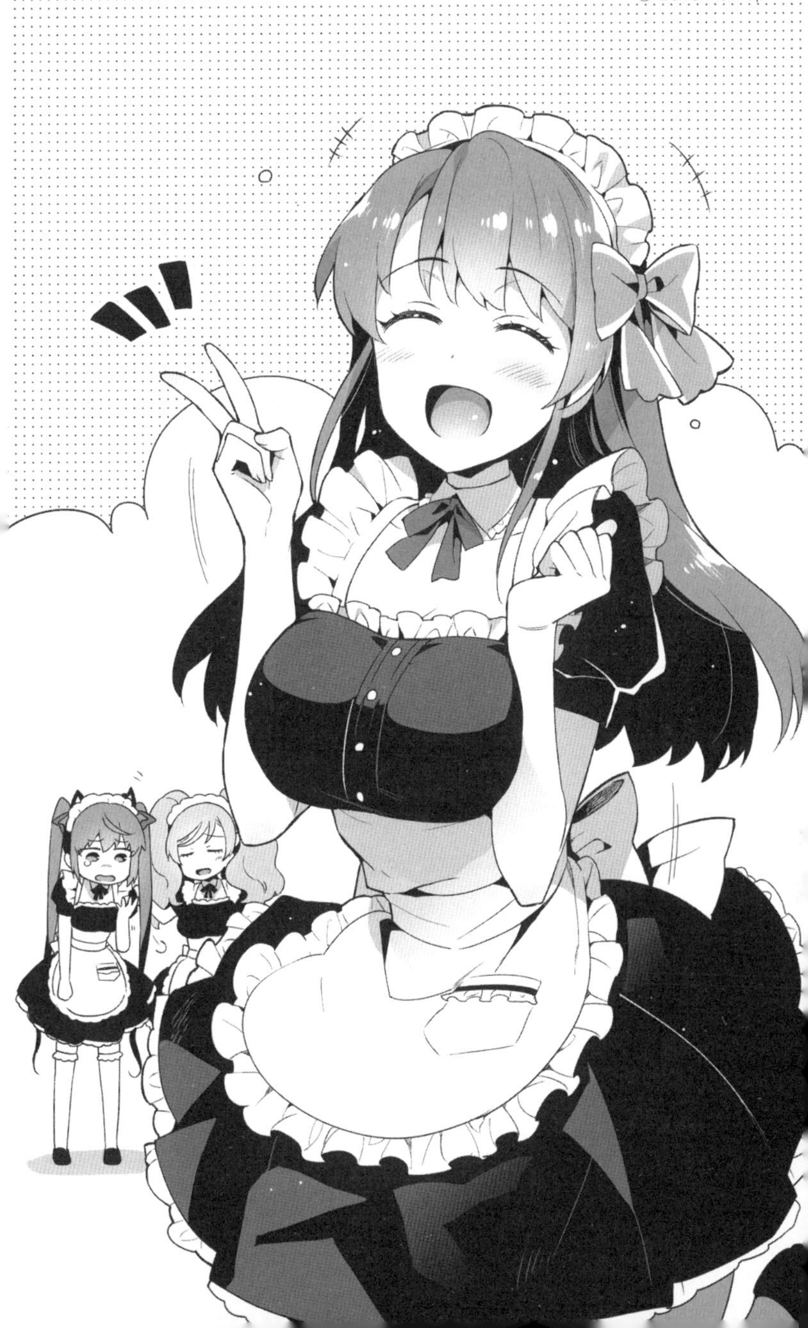

"그럼 코토콧치. 나랑 같이 문화제 구경하자!"

"너하고 말이냐……. 뭐, 괜찮지만."

"나, 어제 여기저기 많이 가 봤어—! 재미있는 곳에 많이 가 보자!"

나른한 것 같은 코토코와 즐거워 보이는 이브가 자리를 떴다.

겨우 팔이 해방되고, 그 자리에는 나와 하츠시바만이 남겨졌다.

"자, 가자. 세이이치."

"아니, 난 함께 가겠다고 OK하지 않았잖아."

"뭐어—. 이렇게까지 했는데!"

하츠시바가 쌜쭉한 얼굴을 했다. 거 참, 성가시군.

"좋다고 할 때까지 따라다닐 거야."

"하지 마……."

어쩔 수 없군. 단념하고 하츠시바와 돌아볼까.

"어디 가고 싶은 곳이라도 있어?"

"우웅—. 특별히는 없어. 그냥 둘이서 걷고 싶어. 모처럼의 문화제이니까 말이야. 추억, 만들고 싶지 않아?"

"그런 걸까."

"그런 거예요."

일단 나는 하츠시바와 함께 적당히 어슬렁거리기 시작했다.

각 반의 출점은 어제와 똑같은 곳이 있는가 하면, 다른 것으로 바뀐 곳도 있었다.

우리는 적당히 걸어 다니면서 눈으로 구경을 하며 아이스바 같은 것을 사보았다.

"으음―. 맛있다."

"시판하는 아이스크림을 200엔에 팔다니, 완전히 바가지잖아……."

슈퍼에서라면 60엔에 살 수 있다고.

"품삯이야. 운송비 같은 것도 있을 테고."

"뭐, 그거야 그렇겠지만……."

하지만, 하츠시바는 즐거워 보이는군.

그 모습을 보니 과연, 여러 모로 생각하게 되는 바가 있었다.

역시 물어봐야 할까.

"……어제 고백에 관한 이야기인데."

"그 일이 왜?"

"진심이냐? 너."

"진심이야. 전해지지 않았어?"

잘 전해졌으니까 내가 곤혹스러워 하는 거잖아.

"우―응. 그럼, 한 번 더 다시 할까? 테이크2[7]하자. 어디 빈 교실을 찾을까?"

"사양하겠어. ……죽을 것 같을 정도로 잘 전해졌으니까."

"그럼 다행이네."

이유도 이미 들어서 알고 있었다.

코토코가 나와 함께 있는 이상, 하츠시바만 거부한다는 것

#7 테이크 특정장면을 반복적으로 촬영할 때의 촬영횟수. 순번에 따라 테이크1, 테이크2……로 번호를 붙인다.

은 이야기의 이치에 맞지 않았다.

"아니, 그래도 말이지."

"그래도고 자시고, 유우카는 유우카가 하고 싶은 대로 할 거야. 만약 그게 불편하다면, 코튼한테도 그렇게 하지 못하게 해야 해."

"큭……."

확실하게 이쪽의 도주로를 차단하는군…….

"그저 곤혹스러워 하고 있다는 건 알아줬으면 해. 지금까지 현실의 여자애에게 고백을 받은 적이 없으니까. 2차원에서는 매일같이 받고 있지만."

"가장 뒤의 그 말은 하지 않아도 됐는데……. 하지만 사람과 사람과의 관계는 그런 것이지 않을까?"

"그런가?"

"그게, 사소한 일 하나로도 남녀 간의 관계가 파국을 맞이하는 일도 있잖아?"

"뭐, 있지."

"그렇다면, 사소한 계기 하나로 남녀가 서로 이어져도, 이상하지 않다고 생각해."

"실은 끊어지면 원래대로 돌아가지 않아."

"하지만, 남녀관계의 실은 처음부터 한 올이 아니야. 우선은 함께 엮어나가야 하니까."

일리가 있다……는 생각이 들었다.

사람의 인연이란 간단히 끊어지기도 하지만, 의외로 쉽게 이어지기도 하니까 말이지. 싸움을 해도 사과를 하면 이래저래 용서해주기도 하고. 뭐, 그건 싸움의 원인에 따라 다르지만.

"그러니까, 유우카는 세이이치를 아주 많이 좋아해."

"윽……!"

한 순간, 야겜의 히로인에게 그 말을 들은 것 같은 착각이 들었다.

헤드폰을 낀 채로 야겜을 하다가 아주 가까운 곳에서 그런 속삭임을 들은 것 같은 느낌이었다.

"창피하니까 그만해."

"에―. 괜찮잖아. 이런 건 말하면 말할수록 행복해져. 물론, 마음속으로 몰래 생각하는 것만으로도 마음이 따뜻해지고."

"……윽."

어떻게 대항할 수단이 없었다. 뭐, 사람의 마음을 제한할 수는 없는 법이었다. 표현의 자유라는 것도 있으니까 말이지.

그렇다고는 하나, 이대로는 내가 곤란해지리라는 것도 분명했다.

"그럼, 적어도 이름으로 부르는 건 그만 둬."

"뭐어!"

하츠시바가 이 세상이 끝장나기라도 했다는 것 같은 얼굴을 했다. 이 정도로 그런 얼굴을 하는 건가.

"그치만, 코튼은 이름으로 부르잖아! 스와마도 이름으로 부르고."

"아니, 그건……."

"그럼 유우카도 이름으로 불러도 되잖아? 그런데 왜 안 된다는 거야? 그런 건 불공평하지 않아?"

그야 그렇겠지. 하츠시바로서는 수긍할 수 없을 것이다.

그러나. 일단 이유는 있었다.

"저기 말이지. 처지를 좀 생각해 줘."

"처지?"

"넌 우리 반에서는 사회적 지위가 톱이다."

"사회적 지위라니…… 너무 과장하는 거 아냐?"

"됐으니까 그냥 들어. 적어도 네게는 코토코의 소문을 부정하고 뒤엎을 만큼의 힘이 있어. 아코가 네게 라디오를 맡긴 것에는 그런 이유도 있는 거잖아?"

"성우라서……가 아닌 거야?"

"영향력의 문제야. 광고에 왜 유명한 배우를 쓰겠어? 그건 단순히, 이 사람이 쓴다면 신용할 수 있다……라는 이미지를 심어줄 수 있기 때문이야. 너도 이 학교에서는 까마귀를 하얗다고 말하게 할 수는 없어도, 모호한 회색을 하양이라고 믿게 할 정도의 신망이 있어. 그리고, 그건 앞으로 더 두터워지겠지."

"흐, 흐음……."

어딘지 건성으로 듣고 있군, 하츠시바 녀석. 자신의 힘을 전혀 자각하지 못하고 있어. 이건 하츠시바에게 그 점을 자각시킬 좋은 기회다.

"그리고 덧붙여 말하자면, 어쨌든 남자들한테 인기가 많다."

"그렇지는……."

"몇 번이나 고백을 받았지? 여자친구가 있는 남학생한테 고백을 받았다고 말한 적도 했으니까. 1학기 때 말이야."

"용케 기억하는구나. 응. 뭐…… 일단 고백은 받고 있어. 실제로 얼굴을 맞대고 받거나 전화로 받거나, 메일로 받거나."

"전화나 메일로 고백이라니……. 그런 거, 진저리가 나지 않아?"

"농담처럼 말을 했다가 잘 되면 사귀어보고 싶다……라는 식인 경우가 꽤 있어."

내가 할 말은 아니지만 적어도 정면으로 부딪쳐라.

만날 수 없다는 제한이 없는 한, 내가 아는 야겜에서는 아무도 그런 식으로 고백하지 않아. 다들 정면에서 자신의 마음을 털어놓는다.

……뭐, 야겜의 주인공들은 대부분 옆에서 보기에 『아직도 고백 안 한 거냐』라든가, 『아직도 안 사귀는 거냐』라는 말을 들을 정도로 히로인과 사이가 좋지만.

"일단, 이야기를 본론으로 되돌리자. 그런 분위기 속에서 지위가 낮은 내가 너한테 이름으로 불리면, 반 녀석들은 격노할 거다. 토자키는 격노했다. 반드시, 그 간사하고 잔악무도한 왕을 제거해야 한다고 결의했을 정도로#8."

"그렇게까지……?"

자각 없다는 것은 무서운 일이었다. 토자키가 암살자#9였다

#8 **토자키는 격노했다. 반드시, 그 간사하고 잔악무도한 왕을 제거해야 한다고 결의했을 정도로** 일본 소설가, 다자이 오사무의 작품, 『달려라 메로스』의 한 구절. 원래 문장은 『메로스는 격노했다.』이다.

#9 **암살자** 『달려라 메로스』의 주인공. 메로스는 질투와 의심이 강한 왕이 차례로 백성들을 죽이자 포악한 왕을 죽이고자 성으로 뛰어들었다가 사로잡힌다.

면, 나는 오늘 아침 이미 죽었을 것이다.

"미카모토도 널 줄리엣으로 하고 싶어 했고 말이지. 어쨌든 네 일거수일투족은 좋은 의미로도 나쁜 의미로도 주위 사람들의 주목을 끈다. 게다가, 여자가 남자를 성이 아니라 이름으로 부르는 일은 둘이 특별한 관계가 아닌 이상 없잖아. 옛날부터 서로 이름을 부르던 소꿉친구라든가 그런 사이라면 몰라도."

"하지만, 코튼은 성으로 부르다가 지금은 이름으로 부르잖아."

"그러니까, 거기서 네 영향력이 문제가 되는 거야. 코토코를 노리는 남자는 없었다. 그래서 다들 코토코가 나를 어떻게 부르든 그냥 무시하고 넘어간 거지. 하지만, 하츠시바. 너를 노리는 남학생들은 엄청나게 많다. 나는 그 녀석들에게 살해당하고 싶지 않아."

아직 하고 싶은 야겜도 잔뜩 있고 말이지.

"너무 지나친 생각이 아닐까……."

"아―니. 이건 나의 지금까지의 경험에 기초한 상당히 신빙성 높은 추측이다. 애초에, 서로 사귀는 것이라면 어떻게 허용을 해주더라도, 네가 내게 일방적으로 호의를 보내고 있을 뿐이라면 어떻게 생각해도 좋을 결과를 낳지 않을 거야."

"그럼 사귀면 되는 거 아닐까?"

"1학기 동안 대체 뭘 들으면서 지낸 거냐?! 난 3차원은 노 땡큐라고!"

"아니, 그냥 한 번 시험해보는 거야. 한 번이면 되니까!"

"어떻게 그런 전형적인 속임수 문구를 아는 거냐?!"

"칫."

"그러니까 혀 차지 마, 혀."

하츠시바는 때때로 속 시커먼 구석이 보인단 말이지. 뭐, 그런 부분을 내보이며 기분 나빠 해도 동안인 탓인지 별로 무섭지 않지만 말이야.

"어쨌든, 나는 소동을 피우고 싶지 않아. 하츠시바도 함부로 이런저런 말을 듣고 싶지는 않을 거 아냐?"

"그럼…… 다시 성으로 부르라는 거네."

"그런 말인 셈이지."

"납득할 수 없어!"

소용이 없었다.

"분명히 납득이 안 될지도 모르지만 받아들여 줘. 우리가 원활하게 학교생활을 보내기 위해서라도."

"……뿌우."

하츠시바는 잠시 동안 불만스러운 얼굴을 했다. 하지만, 갑자기 뭔가 좋은 생각이라도 난 것처럼 손바닥을 마주치더니 짓궂은 미소를 지었다.

왠지 불길한 예감이 드는걸.

"그러니까, 세이이치는 단순히 같은 반 아이에게 이름으로 불리고 싶지 않은 거지? 모두에게 괜한 놀림을 당하고 싶지 않으니까."

"뭐, 그렇지."

"응. 그럼, 다시 성으로 부를게."

"이해해준 것 같아서 살았다."

"단, 조건이 있습니다."

안도한 것도 잠시, 불길한 예감은 한층 더 강해졌다.

"유우카는 모두의 앞에서 세이이치를 이름으로 부르지 않을 게. 그 대신 세이이치는 모두가 없는 곳에서는 유우카를 이름 으로 불러 줘."

"뭐?!"

"교환조건이야. 부실에서나 이런 식으로 둘만 있을 때에는 이름으로 부르겠지만, 반 애들이 있는 곳에서는 성으로 부를 게. 이걸로 문제없지?"

분명히, 내가 무서운 것은 반 아이들이나 하츠시바 추종자 들에게 공격의 대상이 되는 일이었다.

그들의 눈앞에서 이름으로 불리지만 않는다면, 피해를 입는 일도 없을 것이다.

"……뭐, 그렇군."

"하지만 그래서는 왠지 유우카만 조건이 붙는 것 같아서 불 공평하니까, 세이이치도 같은 조건으로. 반 애들이 있는 곳에서 는 하츠시바라고, 둘만 있을 때에는 유우카라고 부르는 거야."

"말도, 안 돼……."

"그걸 받아들일 수 없다면 유우카는 계속 다른 사람 신경 쓰지 않고 이름으로 부를 거야—."

조건적으로 아무 문제가 없는 것은 사실이었다. 나는 그저 필요 없는 트집을 잡히는 것이 싫은 것뿐이니까.

하지만, 그 대가로 나도 이름으로 불러야 하는 것인, 가. 부담이 크군…….

그렇다고는 해도, 하츠시바에게만 조건을 붙인 것이다. 코토코나 이브는 그런 것 없이 평범하게 서로 이름으로 부르고 있으니까. 이렇게 하는 것이 하츠시바에 대한 결론일 것이다.

"알았어. 그렇게 할게."

"야호—! 왠지 비밀스러운 관계인 것 같아서 불타오르지 않아?"

"안 불타올라!"

"그럼, 자. 모처럼 그렇게 정했으니까 유우카라고 불러 줘."

곧바로 요구를 하는군.

갑자기 이름을 부르라고 해도 곤란하다고 할까, 쑥스러운데 말이지.

분명히 주위에 우리 반 녀석들은 없었지만, 평범하게 주위를 지나다니는 사람은 있으니까. 어디에 공작원이 숨어있을지 알 수 없는 일이었다.

그러나, 하츠시바의 기대에 가득 찬 눈을 보노라면 여기서 그 말을 무시하는 것은 엄청난 죄악감이 느껴졌다.

……어쩔 수 없지.

"유우, 카?"

나는 약간 작은 목소리로 유우카를 불렀다. 그러자 그녀는 생긋 하고 미소를 지었다.

"왜—에, 세이이치?"

"네가 부르라고 했잖아."

"에이, 이런 것도 좋잖아."

그냥 불러봤어, 라는 식의 뻔한 짓을 해 버릴 것 같았다.

"그럼 기분을 새로이 해서, 계속해서 문화제 구경을 하자. 세이이치!"

"아아, 알았어! 그러니까 은근슬쩍 팔짱 끼려고 하지 마!"

"어—. 여자아이의 온기라든가 그런 거, 필요 없어?"

"필요 없어. 원래는 너하고 둘이서 문화제 구경하는 것을 들키기만 해도 위험하다고."

정말 조금도 빈틈이 없었다.

뭐, 이 부근은 코쿠료 고등학교의 출점이 많으니까 딱히 문제는 없을 것 같지만. 게다가 여차하면 변명도 할 수 있으니까 말이지. 이름으로 부르는 것만큼은 어떻게도 변명할 수 없지만.

나는 하츠시바와 적절한 거리를 유지하면서 교사 안을 걸었다. 그러고 있으려니 많은 사람들이 손님을 불러들이고 있다는 것을 알 수 있었다.

"코쿠료 고등학교 수예부예요—! 고리던지기, 안 하실래요—!"

그 말에 유우카가 교실 안을 들여다보았다. 나도 그 옆에서 안쪽을 살펴보았다.

그곳에는 수예부원들이 만든 것으로 보이는 손뜨개인형이 테이블 위에 죽 놓여 있었고, 손님들은 그 인형을 향해 고리를 던지고 있었다. 손바닥 크기의 손뜨개인형은 모두 동물로 개, 고양이, 새만이 아니라 사자에서 올빼미까지 매우 다양했다. 빨간 사자라든가 보라색 개 등 비현실적인 색의 동물이 있는 것은 장난기가 발동한 결과일까.

"어떠신가요? 메이드양과 집사군."

"집사가 아니라 바리스타인데."

일단은 말이지. 이 복장으로는 메이드양이 옆에 있으면 그렇게 여겨지는 것일까? 어디를 봐도 집사로는 보이지 않을 것 같은데.

"할래?"

나는 유우카에게 그렇게 물었다. 그러자 유우카는 지극히 자연스러운 미소와 함께 고개를 끄덕였다.

"응. 저 사슴인형, 좀 갖고 싶어."

저 다리가 짧은, 귀여운 모양으로 변형된 인형을 말하는 건가. 동그랗고 귀여운 눈이 특징적이군.

"기회는 열 번입니다. 그럼, 메이드양. 힘내세요—!"

"좋—아. 힘내자!"

유우카가 고리를 던졌다. 그러나, 그렇게 쉽게 되지는 않았다. 유우카는 살짝 심호흡을 하며 자세를 낮추거나 하면서 거리를 쟀다.

"뭐, 힘내라."

나는 나대로, 모처럼 코쿠료의 출점에 들어왔으니 할 일을 해둘까.

"있지. 좀 묻고 싶은 게 있는데 잠깐 괜찮을까?"

"예? 뭔가요. 고리를 잘 던지는 요령인가요?"

"아, 아니야. 좀 다른 이야기야."

"여자 친구가 있는데 작업을 거는 건가요?"

"……그것도 아니야. 작업을 거는 것도 아니고, 애초에 저 메이드양은 여자 친구가 아니야."

남녀가 둘이서 같이 있는 것만으로 커플로 여기는 풍조는 좋지 않다고 생각해. 또, 남자가 여자에게 말을 거는 것만으로도 작업을 건다고 여기는 것도.

뭐, 접수처의 이 여학생도 농담으로 그렇게 말을 한 것이겠지만……

"그럼 뭘 묻고 싶다는 거죠?"

"혹시, 시구레 아코라고 알아? 그쪽 학교의 학생회라는 것 같던데."

"아, 예예. 유명한걸요. 차기 학생회장이라는 말을 듣고 있어요. 아는 사이인가요?"

"유명하구나. 아니, 일단 옛날에 친하게 지내던 사이라서 말이야. 좀 신경이 쓰여서."

학생회 임원이라는 것은 알았지만, 차기 학생회장이기까지 한 거냐.

"유명해진 건 학교 안의 개혁을 주도한 뒤부터일 거예요. 우리학교, 사립인데요, 꽤 한참 전부터 질이 나쁜 학생들이 위세를 부려서 말이죠……. 그런데 그걸 숙청— 다시 말해 퇴학시켰어요."

그러고 보니 토자키가 그런 말을 했었지.

『코쿠료에 간 친구한테 들었는데, 1학기 후반부에 열 명 정도가 한꺼번에 퇴학을 당했다는 것 같더라.』

그 많은 인원이 한꺼번에 퇴학을 당하다니, 보기 드문 일이라고 생각하긴 했는데.

"악동들의 잘못을 파헤쳐서 자주퇴학을 시켰다는 것이 일관된 소문이에요. 우리 반에서 행패를 부리던 사람도 포함돼 있어서 우리로서는 다행이었지만요."

학교 안에서 설치고 다니는 불량배만큼 곤란한 것도 없으리라.

아코의 주장을 그대로 받아들이는 것은 아니었지만, 실제로 민폐인 것은 민폐이니까 말이지.

사립이라면 그런 조치는 가차 없이 할 수도 있을 테고.

"그럼, 아코 녀석, 인기가 좋은가?"

"으—음…… ……이건 우리끼리의 이야기인데요."

접수처의 소녀는 눈썹을 모으면서 목소리를 살짝 낮추었다.

"옛날 친구에게 이런 이야기를 하는 것도 좀 그렇지만, 찬반양론이에요. 수법이 꽤 억지스러워서. 게다가 불량배만이 아니라, 부활동들도 압력을 받고 있어요. 우리 부도 그렇고요."

"꽤나 활발하게 움직이고 있군 그래."

"예. 이렇게 말하면 잘난 척 하는 것으로 들릴지도 모르겠지만, 우리학교는 일단은 진학교잖아요? 하지만 편차치가 현내 1위인 건 또 아니잖아요?"

"뭐…… 그렇긴 하지. 상중의 중, 정도일까."

"그런데, 그 사람. 편차치 1위가 될 거라는 둥, 유명대학에 몇 십 명이나 보낼 거라는 둥 아주 기를 쓰고 있다는 이야기예요."

그것 참…… 그런 건, 학생회가 아니라 교사들이 할 일 아닐까?

우리 학교에 그런 녀석이 등장한다면 바로 해직요구감이라고. 그런 의미에서, 우리 학생회장은 참 유능해. 변태지만 말이야.

"그렇군. 고마워."

"아뇨아뇨. 혹시 그 사람을 만나서 이야기를 나눌 수 있다면, 부활동에 넣는 압력을 좀 풀어달라고 말 좀 해주세요."

"그래. 이야기할 기회가 있으면 할게. 수예부 이름은 안 꺼내고 말이야. 그러니까, 이쪽도 가능하면 그런 걸 물어봤다는 건 비밀로 해줬으면 해."

"네에—."

우리가 이야기를 마치자 때마침 유우카의 고리던지기도 끝난 모양이었다.

결과는 제로였던 모양인지 유우카는 어깨를 크게 축 늘어뜨리고 있었다.

"하나도 못 딴 거냐. 의외로 이런 거엔 약하구나, 너……."

"우우, 분해. 그렇다기보다, 세이이치가 잘못한 거야. 접수처 사람이랑 그렇게 사이좋게 이야기를 하고! 집중이 안 돼서 어쩔 수가 없었단 말이야!"

"그런 말을 해도 곤란한데……."

접수처의 소녀가 「어라? 여자 친구가 아니었던 거 아냐?」라는 표정을 지었다. 부디 이쪽의 복잡한 사정을 알아차려 줘.

그러나, 정작 중요한 유우카의 기분은 나아질 것 같지 않았다.

"그럼, 내가 따주면 되지?"

"할 수 있겠어?"

"열 번이나 던질 수 있으면, 한 개 정도는 딸 수 있겠지."

나는 고리를 건네받고 선 앞에 섰다.

그리고 몸을 살짝 앞으로 내민 자세를 취하면서 사슴인형을 향해 고리를 던졌다.

고리는 스윽 하고 위에서 뒤덮듯이 하며 인형을 통과했다.

"이걸로 됐지?"

"오오―!"

유우카가 놀람과 감탄이 뒤섞인 것 같은 소리를 냈다.

"그럼, 이왕 시작한 거, 개랑 고양이도 갖고 싶어!"

"개랑 고양이란, 말이지."

개와 고양이는 테이블의 좌우 맨 끝에 있었다. 조금 멀었다.

게다가 이 고리던지기, 좌우로는 움직일 수 없었다.

우선은 왼쪽에 있는 개부터 노릴까.

"얍."

나는 조금이라도 더 앞으로 나가고자 상반신을 앞으로 내밀고 두 개째 고리를 던졌다.

고리는 개의 왼쪽에 떨어졌다. 각도를 조정할 필요가 있군. 이 정도일까?

세 개째 고리는 개에게 닿긴 했지만, 아깝게도 튕겨났다.

"앗—! 아까워!"

유우카는 아주 신이 나 있었다.

네 개째에 더욱 힘을 조절. 그럭저럭 고리가 개를 통과했다.

"됐다—! 다음에는 고양이를 부탁할게요!"

나는 건네받은 개를 유우카에게 맡기고 마지막으로 고양이를 노렸다.

고양이는 꽤나 따기가 어려워서 아홉 개째까지 고리가 빗나가고 말았다.

유우카가 침을 삼키며 지켜보는 열 개째 고리.

고리는 가볍게 고양이를 가운데 구멍으로 통과시키듯이 하면서 떨어졌다.

"후우. 일단, 목적은 달성했다."

"고마워, 세이이치. 정말정말 좋아해!"

"에잇! 이 정도 일로 그런 단어를 사용하는 건 그만둬!"

방금 전의 접수처 여학생이 나를 여자의 적이라고 말하려는 듯이 어처구니없다는 눈으로 쳐다보잖아!

살짝 마음이 불편해지는 것을 느끼며 우리는 수예부의 가게를 뒤로 했다.

유우카는 세 개의 인형을 끌어안고 아주 기분이 좋다는 듯이 생글생글 웃었다.

짧은 휴식시간이 끝나고, 우리가 메이드 카페『ㄱㅂ』으로 돌아오자 안에서는 키요미와 사이타니가 부지런히 일을 하고 있었다.

코토코와 이브는 이미 돌아와서 사이타니와 키요미를 돕듯이 일을 하고 있었다.

"다녀왔어."

"지금 돌아왔어요—."

"오오. 어서 와."

마침 커피를 다 끓인 토자키가 우리를 맞아주었다.

그리고.

"호오……."

나와 유우카가 함께 돌아온 것을 보고는 수상쩍다는 얼굴을 했다.

"……자, 너도 가서 쉬다 와."

"……칫."

혀 차는 건 소리가 울리기 때문에 아무리 작아도 다 들린다고. 상처받으니까 그렇게 아무렇게나 혀를 차지는 말자.

"그럼, 난 쉰다. 뒷일은 부탁해."

"저도 쉴게요. 선배님들, 뒤를 부탁드려요—. 자, 가자, 료마."

"자, 잠깐만. 키요미. 옷을 갈아입고—."

토자키, 사이타니, 키요미 세 사람은 교실을 나갔다.

이제부터 연극이 시작되는 시간까지는 우리 넷이서 가게를 꾸리게 된다.

그런 가운데, 유우카는 코노코와 이브에게 뭔가를 보여주고 있었다.

"아, 세이이치. 코튼이랑 스와마한테도 줘도 될까?"

"손뜨개인형? 뭐, 그건 너한테 준 거니까 좋을 대로 해."

인형들의 소유권은 이미 유우카의 것이었다. 그것을 어떻게 하든 유우카 마음일 것이다.

"진짜냐? 그럼 난 이 개를 갖겠어. 땡큐다, 유우카. 그리고 세이이치."

"그럼 난 고양이ㅡ. 하츠시밧치, 세ㅡ이치, 고마워ㅡ."

"천만에. 따 준 건 세이이치니까 말이야."

뭐, 좋은 선물이 생겼다는 느낌일까.

아코의 정보도 얻을 수 있었겠다. 나쁘지 않은 시간이었다.

"감사합니다ㅡ."

한 그룹의 손님이 나가자, 곧바로 다음 손님이 들어왔다.

"실례하마."

출입문의 위쪽 문틀에 닿을 것 같을 정도로 키가 크고 호리호리한 야쿠자……가 아니라, 뇌신 타도코로였다.

"타, 타도코로 선생님……?"

어제에 이어 또다시 가게를 찾은 타도코로를 보고 코토코도 얼굴을 실룩거렸다.

"다, 다녀오셨나요."

"신세 좀 지마."

타도코로 선생님, 정리권을 받으러 오셨던 건가? 그런 이야기, 들은 적 없어. 타도코로가 왔다면 역시나 토자키도 그 이야기를 했을 텐데.

애초에 메이드에 흥미를 가질 것 같은 사람으로는 보이지 않는데. 오히려, 메이드에게 총화기를 쥐어주고 훈련을 시키는 쪽의 사람이리라.

"와―! 메이드다―!"

문득 타도코로의 등 뒤에서 어울리지 않는 어린 목소리가 들려왔다.

타도코로의 뒤에서 불쑥 튀어나온 것은 작은 여자아이였다. 소녀는 타도코로의 허리띠를 붙잡은 채 가게 안을 둘러보고 있었다.

초등학교 저학년쯤 되었을까.

우리의 의문에 가득 찬 표정을 알아차린 것일까. 타도코로는 우리가 묻기 전에 대답을 해주었다.

"……조카다."

그러고 보니 조카딸이 있다는 이야기를 들은 적이 있었지. 생일선물을 사러 역 앞에 나왔을 때 만났었던가.

"무슨 일이 있어도 오고 싶다면서 내 말을 듣지 않아서 말이다. 멋대로 정리권을 받아왔다. 자, 얼른 드리거라."

묻지도 않은 이야기까지 한다.

타도코로의 말을 들은 조카 양은 작은 주머니에서 정리권을 꺼내들었다. 번호와 시간. 틀림없었다.

"그, 그럼, 이쪽으로 오세요. 아가씨, 주인님."

코토코가 얼굴을 실룩이면서도 미소를 지으며 두 사람을 테이블로 안내했다.

"네—에. 에헤헤. 아가씨래! 왠지 재미있다—."

"실례하마."

두 사람이 테이블에 앉으니, 마치 인신매매범과 피해아동처럼 보이는군. 이곳을 뒷거래 장소로 만들지 말아줬으면 해.

"어제와 메뉴가 다르지 않다면, 나는 커피면 됐다."

반면, 조카 양은 메뉴를 건네주자 대범한 주문을 해왔다.

"어, 음…… 난 스탠드세트라는 거, 하나!"

"어……. 아, 아가씨, 그건, 양이 꽤 많습니다만……."

"괜찮아! 다 먹을 수 있으니까!"

"……방금 볶음국수를 먹었지 않니. 양이 많다면 다른 걸로 하려무나."

"이—거—먹—을—거—야—!"

그러나 조카 양은 완고하게 말을 듣지 않았다. 뾰로통한 얼굴을 하며 당장에라도 발을 동동 구를 것만 같았다.

포기한 것일까, 타도코로는 한숨을 내쉬었다.

"미안하지만, 스탠드세트를 부탁한다."

"아, 예. 곧 가져다 드리겠습니다."

주문이 결정되자 나는 커피를 끓이고 이브가 커피스탠드를 준비했다.

그리고 다 끓인 커피를 코토코가 내갔다.

"드, 드세요."

"음."

타도코로는 곧바로 잔을 들어 커피를 한 모금 마셨다. 그때―.

"있지― 신짱."

조카 양이 평소와 다른 귀여운 이름으로 타도코로를 불렀다.

타도코로가 성대하게 기침을 했다. 가까스로, 마시던 커피를 내뿜는 것은 피할 수 있던 모양이었다.

하지만, 신짱이라니. 그야 분명히 타도코로의 풀네임이 타도코로 신자부로이긴 했지만 말이지.

그 의외의 호칭을 듣고 코토코는 고개를 돌리고 필사적으로 웃음을 참았다.

"이곳에서는 그 호칭으로 부르지 마라."

"어― 왜―? 게다가, 신짱. 뭔가 평소랑 비교해서 딱딱해―. 집에 있을 때에는 제대로 잘 웃는데―."

"……그 이야기도 그만 해라."

우와아. 타도코로가 밀리고 있어. 조카 양. 완전히 무적이잖아.

그것보다, 타도코로도 웃는 건가? 집에서도 저 무뚝뚝한 얼굴을 하고 있는 건가, 싶었는데.

"세, 세―이치. 웃으면, 죄송하잖아……."

"너, 너야말로, 웃지 마……."

나와 이브도 웃음을 참는데 필사적이었다. 웃음이 비어져 나올 것 같은 것을 혀를 깨물어 참았다.

토자키도 조금만 더 늦게 휴식에 들어갔더라면 재미있는 광경을 볼 수 있었을 텐데.

꼭 동영상으로 녹화를 해두고 싶지만, 뒷일이 무서우니 그만두자.

"……아라미야, 아야메, 스와마. 나중에 각오해두도록."

우와. 우리 웃는 걸 똑똑히 다 보고 있었어!

"아이참, 신짱! 겁주지 마!"

"……음."

타도코로가 진심으로 곤란하다는 것 같은 얼굴을 했다. 진짜, 의외다.

"그런데 신짱. 제대로 선생님으로 일하고 있구나―. 나도 이 학교에 들어오고 싶다!"

"그렇다면 앞으로 6년 동안, 열심히 공부를 해라. 어느 학교라도 고를 수 있도록 말이다."

왠지 『더 좋은 학교에 가라』라고 말하고 싶은 것 같은 분위기가 느껴졌다. 우리학교는 편차치가 그렇게까지 높지 않으니까 말이지. 그렇다고는 해도, 이 학교에서 근무하는 교사로서 단어는 고른 모양이었다.

"자― 스탠드세트 나왔습니다!"

"와―!"

이브가 가져온 은제 삼단스탠드의 박력과 그곳에 놓인 과자에 소녀의 시선이 스탠드에 고정되었다. 순진한 눈이 반짝반짝 빛났다.

"먹어도 돼?! 신짱!"

"잘 음미하면서 천천히 먹어라."

"네—에!"

스탠드에 놓였던 과자가 점차 없어졌다. 와구와구 하고 순조롭게 조카 양의 입속으로 사라졌다.

그러나, 커피스탠드는 본래 3~4인용이었다. 결국, 작은 소녀는 두 번째 단을 다 먹어치운 시점에서 두 손을 들었다.

"항복!"

플래그 회수가 빠르구나.

"그래서 말했잖니."

"신짱, 남은 거, 부탁해—. 맛있어! 신짱도 먹어 봐!"

그 말에 타도코로가 깜짝 놀랐다는 것처럼 눈을 크게 떴다. 설마 자신이 먹게 되리라고는 생각도 하지 않았던 것이겠지.

타도코로는 작게 한숨을 쉬고는 과자 하나를 포장지에서 꺼내 먹기 시작했다.

"어때?!"

"……달군."

"과자인걸! 단 게 당연하지!"

바로 거기서 타도코로는 잠시 생각을 하는 것 같은 몸짓을 보였다. 그러더니 나를 돌아보았다.

"아라미야. 이 과자들 가져가도 괜찮은 거냐?"

"예? 예. 괜찮습니다만."

"자, 봉지에 담아 가져가거라. 그리고 먹고 싶을 때 먹도록 해."

"에— 신짱이 먹어주길 바랐는데."

"하나만으로 충분하다."

그 뒤, 타도코로는 단 맛이 가득 남은 입안을 중화시키듯이 또다시 커피를 마시기 시작했다.

이번에는 기침하는 일도 없이 무사히 다 마셨다.

20분의 제한시간이 끝나자 조카 양이 아쉽다는 듯 자리에서 일어났다.

"우—웅. 좀 더 있고 싶었는데."

"그게 규칙이다. 포기해."

"네—에. ……즐거웠어요? 또 올게요—!"

"다녀오세요, 아가씨."

"응. 다녀올게요—!"

소녀는 출입문을 통해 밖으로 나갔다.

그리고, 타도코로는 교실을 떠날 때 작은 목소리로—.

"오늘 일을 떠들고 다녔다간 따끔한 맛을 보여줄 테니, 각오해라."

"……아, 예."

그렇게 못을 박고는 조카에게로 걸어갔다.

그렇게, 머리높이가 매우 많이 차이나는 두 사람은 가게를 떠났다.

"조카 양한테 타도코로 선생님은 좋은 삼촌이었던 것 같아—."

"의외의 일면이었는걸. 선물을 챙길 정도이니, 사이가 나쁘지는 않겠지만 말이지."

이브도 코토코도 뭔가 엄청난 것을 봤다는 듯이 놀란 얼굴을 하고 있었다.

"타도코로도 체면이 말이 아니로군. 무슨 일이 있으면 저 조카 양에게 진압을 부탁하고 싶을 정도다."

뇌신을 진정시키는 어린 소녀라니, 선택받은 무녀라든가 뭐 그런 건가?

우리끼리 그러고 있는 사이에도 또다시 손님이 가게로 들어왔다.

"안녕하세요."

"안녕—."

그 2인조를 보자, 역시나 나도 얼굴이 굳었다. 솔직히 타도코로 때 이상으로 안면근육이 굳은 것 같은 느낌이 들었다.

코토코와 유우카는 물론 이브까지도 수상쩍다는 얼굴을 하고 있었다.

그것도 어쩔 수 없으리라.

설마, 아코와 쿄야가 오리라고는 생각도 못했던 것이다.

"여, 세이이치. 바리스타 차림이 꽤 그럴 듯한데. 너란 녀석은 옛날부터 그래야 할 때에는 제대로 모양새를 내는구나—."

"쿄야……."

쿄야는 한 손을 들고 마치 오랜 친구라도 만난 것처럼 미소를 지어보였다. 정말, 꽃미남미소로구나. 새하얀 치아가 눈에 확 띄었고, 치열도 교정이라도 받은 것인지 기분 나쁜 정도로 가지런했다.

그러고 보니, 어제는 안 왔지, 이 녀석.

"그래서, 안내해 주지 않을 건가요? 세이이치 군."

아코가 정리권을 손에 들고 과시하듯이 팔랑팔랑 흔들었다.

"……이브. 부탁한다."

"네~에. 잘 다녀오셨나요. 주인님, 아가씨."

지금 이 상황에 안내를 누구한테 맡기든 껄끄럽겠지만, 그나마 이브라면 아직 이 두 사람을 기피하는 마음이 크지 않으리라.

원래는 내가 해야 했겠지만, 메이드 카페에서 바리스타가 손님을 안내하는 것도 좀 이상하니까 말이지…….

그것보다, 설마 이 녀석들이 정리권을 받으러 왔을 줄이야. 대리인이나 뭐 그런 사람이 받아간 것일까.

"아콧치네, 뭘로 할래~?"

"그러네요. 커피 두 잔과 마들렌. 쿄야군, 뭔가 먹을래요?"

"아니, 난 커피면 됐어."

"커피 두 잔과 마들렌. 알았습니다."

나는 얼른 커피 두 잔을 끓여서 시판되는 마들렌과 함께 두 사람에게 내갔다.

"저기, 세이이치도 시간이 있으면 이야기를 좀 하자. 결국, 처음 만났을 때 이후로 별로 이야기도 못했으니까 말이야."

쿄야가 허물없이 빈 의자를 툭툭 두드리며 내게 권했다. 상큼한 미남 녀석. 커뮤니케이션 능력도 뛰어난 건가.

뭐, 문제는 없겠지. 오히려 조금이라도 더 정보를 손에 넣고

싶었다. 두 사람이 뭘 하러 왔는지도 모르니까 말이지.

"좋아. 코토코, 미안하지만 잠시 커피 좀 봐 줘."

"어, 그래."

나는 당황한 기색의 코토코에게 커피를 맡기고 아코와 쿄야의 테이블에 앉았다.

"이브도 같이 앉는 게 어때?"

"으, 응."

이브도 약간 긴장한 기색으로 자리에 앉았다.

이렇게 넷이서 모이는 것은 초등학교 때 이후로 처음이로군.

"진짜, 오랜만이다. 세이이치. 중학교 때에는 한 번도 못 만났으니까 말이야."

"그러네."

만나고 싶다고 생각할 리가 없었다. 아니 그것보다, 초등학교 때에는 어쨌든 아무도 만나고 싶지 않았다. 중학교에 올라간 뒤에도 초등학교의 동급생과 만나고 싶다고 생각한 적은 없었다.

현실의 여자애들은 대하기 어렵고 싫긴 했지만, 그렇다고 해서 현실의 남자 녀석들과 붙어 다니거나 하지도 않았다.

이브의 그룹과는 최대한 거리를 두었으니까 말이지.

"가게가 꽤 잘 되는 것 같은데?"

"소재의 승리지. 이런 건 좀처럼 보기 힘든 것이라, 다들 좋아하는 것뿐이다."

"그렇지는 않겠지. 가게를 다시 찾는 손님들도 있는 것 같으니까. 커피 맛이 좋다든가 서비스가 좋다든가, 그런 점에서 높은 평가를 받는 거 아니겠어?"

"그렇게 말해주니 고맙다."

이 녀석들, 진짜 뭘 하러 온 거지. 옛정을 새로이 하러 온 건 아닐 텐데.

"옛날부터 넌 참 요령 좋게 잘 해냈어. 아무리 어려운 일이라도 아주 간단히 말이지. 운동도, 공부도."

"……옛날이야기는 그만 해."

떠올리고 싶지도 않아.

"조금은 괜찮잖아. 너, 그때에는 엄청 빛났어. 나보다도 강했고 말이야."

괘씸하지만, 내 뼈를 깎아서 닥치게 만들어 줄까.

"……그 러브레터 사건이 있기 전까지는 말이지."

그러자, 역시나 쿄야도 입을 다물었다. 아코도 얼굴을 굳혔다.

당사자인 이브도 과연, 멋쩍은 것 같았다.

자 쿄야 녀석, 이제 어떻게 나오려나.

"그때에는…… 비웃어서 정말로 미안했다. 그렇게까지 상처 입을 줄은 상상도 못했어. 초등학생이라 아직 옳고 그른 걸 잘 몰랐다……라는 말로 끝나지 않을 거라는 건 잘 알아. 사실, 오늘 올 생각은 없었는데…… 아코에게 네 이야기를 들어서 말이야. 아코한테도 말해서 너한테 사과하러 온 거야."

정면으로 사과를 하는 건가. ……아니, 그것보다.

그 당시, 그 사건 때문에 몸져누웠다가 회복한 나는 학교에 한 번 등교했다가 반 전원에게 비웃음을 샀다.

교사도 『단순한 장난이었다』라고 말하기만 할뿐 상대를 전혀 책망하지 않았다. 지금 생각하면, 교육위원회가 됐든 경찰이 됐든 밀고해버렸어야 했다. 학교는 기본적으로 집단 괴롭힘을 은폐하고 싶어 한다…… 라기보다는, 그 행위가 괴롭힘이었다고 여기고 싶어 하지 않는 경향이 있었다. 학교의 평판에도 영향을 미치니까 말이지.

"역시나 용서해줘, 라고도 말할 수 없으려나."

"……아니, 딱히. 내가 먼저 말을 꺼내놓고 이런 말을 하는 것도 좀 그렇지만, 그 일은 이미 거의 다 잊었어."

예전이었다면 그런 말은 절대로 할 수 없었겠지.

하지만, 코토코를 만난 뒤로 그 때의 굴욕감이나 무력감 같은 것이 점점 옅어지고 있으니까 말이야.

"그것보다, 딱히 넌 잘못한 거 없잖아. 그 일을 주도한 건 아코이니까."

나는 아코에게 시선을 주었다. 그러자 아코는 묘하게 거북한 것 같은 표정을 지었다.

"내가 묻고 싶은 건…… 내가 왜 그런 일을 당해야만 했느냐는 거다."

어제도 물었지만 여전히 그 이유는 확실하지 않다고 해야 할까 납득이 되지 않았다.

『이유 같은 건 없었으니까요. 그저 재미있을 것 같아서 한 것뿐이에요. TV의 버라이어티쇼에서 하길래.』

『그건…… 이브가 세이이치 군을 좋아한다고 말했으니까요.』

설령 그렇다고 해도 왜 사람을 속이는 방향으로 간 것인가.

이렇게 말하는 것도 좀 그랬지만, 표적이 될 만한 사람은 나 이외에도 있었을 것 같단 말이지.

"어제도 말했지만 이유 같은 건 없었어요. 그저 나이 어린 초등학생이 해도 되는 일과 해서는 안 되는 일을 구별하지 못하고 저지른 것뿐이에요."

그러나, 아코의 대답은 변함이 없었다.

"그래?"

"지금은 정말로 진심으로 반성하고 있어요."

그 말, 영 의심스러운데 말이지.

"그렇기 때문에, 이 나이를 먹도록 해도 되는 일과 해서는 안 되는 일을 구분하지 못하는 사람들이 유독 눈에 잘 보이게 됐답니다."

"……예를 들면?"

"불량배, 라든가 말이죠."

커피를 홀짝이면서 아코는 코토코에게 시선을 주었다.

그러자 코토코는 아코를 노려보았다.

코토코에게 아코는 천적일 테니까 말이지.

코스튬플레이 때에는 모욕을 당했고, 또 유우카마저도 함정에 빠질뻔했으니까.

특히, 라디오 사건 때에는 얼굴에 드러내지 않았을 뿐, 아마도 분노로 속이 뒤집혔을 터였다.

그때—.

"지금도 해도 되는 일과 해서는 안 되는 일을 구분하지 못하는 것 같은데 말이야. 협박, 이라든가."

당사자 중 한 명인 유우카가 갑자기 옆에서 직접공격을 가해왔다.

"어머, 협박이라뇨. 그건 엄연한 교섭이었어요."

"……잘도 뻔뻔스럽게."

"증거는 아무 것도 없답니다."

분명히 협박을 입증하는 것은 어렵겠군. 그 현장을 누구도 보지 못했으니까.

협박을 받던 일을 떠올린 것일까. 코토코는 피가 나는 것은 아닐까, 하는 생각이 들 정도로 주먹을 강하게 쥐고 있었다. 예전이었다면 그 모습을 보고 아코가 얻어맞는 상상을 해버렸을 거야.

"……당신은, 그 주먹을 써서 **또** 폭력으로 해결할 건가요?"

아코가 조용히 말했다.

또? 폭력으로?

중학교 때 이야기인가?

그러자, 코토코는 윽, 하고 어찌할 도리가 없다는 얼굴을 하며 물러났다.

"별로 상관은 없지만요. 세 살 버릇 여든까지 간다고 하죠.

결국 사람의 본성은 아무리 나이를 먹어도 바뀌지 않아요. 그렇죠?"

아코가 그렇게 말하자 때마침 모래시계의 모래가 완전히 밑으로 다 떨어졌다.

제한시간이 끝난 것이다.

"고마워요. 커피, 맛있었어요."

쿄야와 아코가 자리에서 일어났다.

"저, 저기. 아콧치."

"어머, 뭔가요. 이브."

이브가 뭐라 말할 수 없는 얼굴로 아코를 바라보았다.

줄곧 친구라고 생각했던 상대이니까 말이지. 여러 모로 감정이 복잡할 것이다.

"이제, 그만하자."

"뭘 말이죠? 이브는 때때로 이상한 소리를 하는군요."

"아콧치……. 우리는……."

"괜찮아요, 이브. 저는 딱히 당신과 연을 끊은 것이 아니니까요."

그리고 아코는 이브에게 등을 돌렸다. 그 모습은 말과는 달리, 마치 이브를 거절하는 것 같았다.

"또 보자, 세이이치."

쿄야가 또다시 미소를 짓고, 두 사람은 조용히 카페를 떠났다.

"연극, 기대하고 있답니다."

카페를 떠날 때, 아코는 생긋 웃으며 그런 말을 남겼다.

"이런이런. 오늘도 무슨 일이 일어날지 염려가 되는군."

"세—이치……. 괜찮을까?"

"경계는 해두는 편이 좋겠지. 뭣보다, 이제 저 녀석이 쓸 수 있는 수는 한정돼 있다고 생각은 하지만 말이야."

그 비밀 이벤트일까, 아니면 연극일까.

연극공연 때 야유를 보내오는 일 정도는 있을지도 모르지만, 그런 짓을 했다가는 바로 쫓겨날 것 같고 말이지.

"그런데, 그 녀석이 말했던 또 폭력으로 해결한다는 말…… 그런 의미로 받아들여도 되는 거냐?"

"아마도……. 이러니저러니 해도 나는 삥뜯기나 협박을 폭력으로 해결해 왔으니까 말이다."

"그 일로 저 녀석이 불이익이라도 당한 거냐?"

"그건 모르겠다……. 그렇게까지 큰 상처를 입힌 기억은 없다만."

뭐, 그렇다면 괜찮지 않을까.

"넌 정학을 당하지 않았잖아? 그렇다면 학교도 용서했다는 뜻일 거다. 문제없을 거야."

"그, 그런가."

"널 편애하던 선생님이 계셨다면 이야기는 달라질지도 모르지만."

"짚이는 곳이 없군……."

교사들도 못 본 척 방치했던 건가.

나는 유우카에게 시선을 주었다. 그러자, 유우카는 곤란하다는 듯이 웃었다. 역시 코토코는 중학교 때에도 교사들에게 눈엣가시로 여겨졌던 것일지도 몰랐다.

하지만, 그래도 상대를 크게 다치게 하지 않았더라면 학교도 그 사실을 감추겠지. 완전히 덮을 수 없을 정도로 큰 상처를 입혔더라면 세상에 공공연하게 알려지겠지만.

"폭력으로 문제를 해결하는 건 칭찬받을 일이 아니지만, 그래도 상대를 다치게 하지 않았다면 가슴을 펴라."

"어, 어어."

"단, 앞으로는 폭력을 휘두르지 않겠다고 모두가 믿게 하는 것이 중요하니까 말이다. 그 점은 가슴에 제대로 새겨 둬."

"알고 있다. 그 점은 이미 맹세했어."

"그렇다면 됐어."

주먹을 굳게 쥐고 맹세했다고 하는 말을 들으려니 「정말 괜찮은 건가」 하는 생각이 들지 않는 것도 아니었다. 하지만 코토코이니 어쩔 수 없었다.

우선은 아무 일도 없이 무사히 연극이 끝나기를 바랄 뿐이었다.

약 한 시간 전.

세이이치와 코토코, 유우카가 휴식에 들어간 직후, 토자키는 커피를 끓이면서 한숨을 쉬었다.

"설마 하츠시바까지 아라미야 녀석의 독니에 걸리다니……."

"독니라니, 아라미야 선배가 무슨 독사인가요."

토자키의 푸념에 사이타니가 곤란하다는 듯이 웃었다.

지금 토자키의 마음을 치유해주는 것이라곤, 이 사이타니와 현재 테이블을 치우고 있는 키요미의 메이드복 정도였다.

"그런 남자는 독사나 마찬가지야. 몸통으로 칭칭 얽어매서 힘을 빠지게 하면서, 이때다 싶을 때 독을 흘려 넣는다고."

"하지만, 이러니저러니 해도 하츠시바 선배도 다시 기운을 차리셨죠."

"뭐, 독은 독이라도 활력을 주는 독 같은 것도 있으니까 말이지."

"그건 독이 아니라 약이 아닐까요……."

그때, 키요미가 다 사용한 컵을 반환하기 위해 두 사람이 있는 쪽으로 걸어왔다.

"토자키 선배가 따라가 보라고 그 인간을 보내셨잖아요."

키요미는 눈을 반쯤 내리뜬 것이 마치 토자키를 책망하는 것 같은 눈초리를 하고 있었다.

하츠시바가 기운 없이 「교내방송 라디오의 사전협의를 빠질까」라고 말하면서 휴식에 들어갔을 때였다.

『……자, 얼른 쫓아가. 인기남.』

토자키가 그렇게 말하면서 세이이치를 보낸 일은 키요미도, 사이타니도 목격했다.

"키요미. 모든 일에는 말을 해야 할 사람과 타이밍, 그리고 내용이 있어. 적재적소라고도 하지."

"그런가요?"

"가령, 키요미가 오빠에게 공부를 하라는 말을 듣는다면, 어떻게 할 거야?"

"우선 걷어차겠죠. 너한테 그런 소리 들을 이유가 없어, 라고 하면서요."

키요미가 태연하게 내뱉은 그 말에 사이타니가 얼굴을 파랗게 물들였다. 그러더니 하늘을 올려다보며 세이이치를 동정하는 것처럼 손을 모으고 기도를 했다.

"하지만, 그런 말을 한 사람이 아야메였다면? 어쩔 거야?"

"그렇게까지 성적 나쁘지는 않지만요. 공부를 가르쳐 주세요, 라고 말하려나요."

"……아야메 자신도 지금 공부 중이니 예시가 좀 안 좋으려나. 하지만 내가 하고 싶은 말은 이제 알았지?"

"뭐, 어렴풋이는 알 것 같다……고 할까요."

"그 타이밍에서 내가 하츠시바를 쫓아가서 위로했다고 해도, 그녀에게는 닿지 않았을 거라는 뜻이지. 게임식으로 말하자면 호감도가 낮으니까 말이야."

"그래서는 완전히 포기한 거잖아요! 그럼 안 돼요!"

"으—음…… 포기한 건 아니지만. 그래도 하츠시바를 격려해주고 싶어서 말이야. 그래서 그때 그것이 가능한 아라미야를 보냈다는 거지."

키요미가 복잡한 표정으로 토자키를 바라보았다.

"토자키 선배. 그래서는 연인 이하의 좋은 사람에 그칠 거예요."

"그건 아는데 말이지……."

토자키는 또다시 깊게 한숨을 내쉬었다.

"손에 든 카드로 승부를 하는 수밖에 없어."

"저라면 적극적으로 들이댈 텐데 말이죠. 토자키 선배는 초식계인가요?"

"적어도 육식계는 아니야. 예전에는 약간 그랬지만……. 저기, 키요미. 예를 들어 싫어하는 녀석 혹은 아무렇게도 생각하지 않는 녀석이라도 괜찮은데, 그렇게 자기 관심 밖에 있던 사람이 호의를 보내는 것에 대해 어떻게 생각해? 기쁠 것 같아? 그렇지 않으면, 기분 나쁘다고 생각해?"

"어……."

갑작스러운 질문에 키요미는 팔짱을 끼고 생각에 잠겼다.

"어떤 사람이든, 제게 호의를 보내오는 것은 기쁜 일이라고 생각하는데요."

키요미는 의심을 모르는 눈초리로 그렇게 말했다.

"그렇지만, 세상에는 그렇지 않은 사람들도 있어. 자신에게 그런 감정을 품는 것만으로도 민폐라면서 싫어하는 사람도 있지. 또, 전혀 의식하지 않았던 사람에게 고백을 받고 그런 식으로 생각이 바뀌는 사람도 있어. 여자의 마음이라는 건 참 까다로워. 뭐, 남자도 남자대로 성가시지만."

"토자키 선배. 혹시 그런 일로 뭔가 호된 일을 당했다거나 한 건가요?"

"하하. 그건 상상에 맡길게."

"에에―. 좀 더 이야기해주세요―."

그러나, 손님의 추가주문으로 키요미가 불려가고 대화는 강제적으로 중단되었다.

"토자키 선배도 여러 모로 고생이 많으시네요."

"고생하지 않는 사람은 그렇게 많지 않아. 다들, 고생을 고생이라고 생각하지 않던가 아니면 마음 편한 것처럼 가장하고 있는 것뿐이야."

그리고, 남겨졌던 사이타니도 손님이 떠난 테이블의 뒷정리를 하러 갔다.

점심시간도 한참 전에 지나고, 연극 시작시간이 가까워진 것을 싫어도 자각하게 되는 시간대.

앞으로 10분만 더 있으면 체육관으로 가서 공연준비를 하게 될 텐데, 그런데 줄리엣역인 코토코의 표정이 조금씩 굳어지기 시작했다. 그 모습은 메이드가 분발하려고 하고 있는 것처럼도 보였다.

"……하아~~~. ……후우~~~~."

때때로 심호흡까지 하고, 참 보기 드문 광경이로군.

"너도 겁을 내는 일이 있는 거냐?"

"다, 당연하잖냐. 연극 같은 건 처음이란 말이다. 나 스스로도 용케 대사를 외웠구나, 하고 자신에게 감탄하고 있다."

"그러고 보니, 최종 연습 때는 대사를 거의 틀리지 않았지."

연습 때를 다시 돌이켜보면, 코토코는 정말로 열심히 했다고 생각한다.

나도 조명담당으로 몇 번 정도 연습에 얼굴을 내밀었는데, 코토코의 연기가 조금씩 좋아지는 것을 직접 목격했으니까 말이지.

"연습 때 했던 대로만 하면 괜찮을 거다."

"다들 그렇게 말하겠지……. 하지만 실전에서 연습한 대로 할 수 있다는 보장이 있다면, 아무도 공연 전에 이렇게 긴장하지는 않는단 말이다."

"지당한 말이다. 하지만 연습에서 할 수 있었으니까 실전에서도 할 수 있다고 자신감을 불어넣어주기는 하잖아."

"뭐, 분명히 그렇긴 하다만. 긴장해도 소용없다는 건 알지만 말이지."

그때, 방금 전 들어온 손님에게 커피를 내간 유우카와 이브가 코토코에게로 다가왔다.

"괜찮아, 코튼. 코튼은 실전에 강하니까."

"아— 진짜로 그런 느낌이야! 코토콧치라면 할 수 있어, 할 수 있어."

"격려해주는 건 기쁘지만, 너희. 너희는 출연하지 않는다고 마음 편하게 말하는 거 아니냐?"

코토코는 어쩔 수 없다는 듯이 쓴웃음을 흘렸다.

"그, 그렇지 않아—. 코튼도 참—."

"고생스러워 보이는 게, 추천받지 않아서 다행이라고 생각하거나 하지 않는다니까~."

하츠시바의 말에 전혀 힘을 보태주지 못하고 있잖아. 틀림없이 추천받지 않아서 다행이라고 생각하고 있을 것이다.

코토코가 어쩔 도리가 없다는 것처럼 작게 한숨을 내쉬었다.

"나는 30분 동안 계속 나오니까 말이다."

"30분 안에 로미오와 줄리엣을 공연하다니, 정말 대단해. 대본을 보니까 정말 잘 요약을 했구나 하는 생각이 들긴 했지만 말이야."

유우카가 새삼 대본의 내용을 떠올렸는지 감탄했다는 것처럼 고개를 끄덕였다.

각본은 연극발안자인 사카이가 맡았는데, 그 녀석에게 이런 재능이 있었다니 놀라울 따름이었다.

"나, 로미오와 줄리엣에 대해 잘 몰라. 『오오, 로미오. 당신은 왜 로미오인가요』라는 대사밖에 모르니까. 그런데 그 대사, 솔직히 좀 이상하잖아."

"너, 고전명작의 대사를 두고 이상하다니."

신도 두려워하지 않는다는 것이 바로 이런 것이리라.

"뭐, 전제를 모르고 그 말만 들으면 무슨 말을 하는 건지 모르겠다는 마음도 이해 못 할 건 아니지만."

"좀 더 직접적으로 말해줬으면 해!"

그 말 대로하면, 당신은 왜 우리 집과 원수인 집안 출신인가요……가 돼 버리는데. 그래서는 정취고 뭐고 없다고.

그 대사는 『왜 아직도 집안의 이름을 버리지 않은 거냐』라는 식으로도 받아들일 수 있어 재미있는 대사란 말이지.

"당신은 왜 로미오인가요? 라는 대사는, 당신은 왜 남성인가, 라고 묻는 것이라는 설도 있지요."

당치도 않은 말이 귀에 날아 들어왔다.

그 소리에 나는 뒤를 돌아보았다. 그러자 어느샌가 학생회장인 야오타니 아이리가 뒤에 서 있었다.

뭐, 그 내용에서 이미 말을 한 사람이 학생회장이라고 대충 짐작할 수 있었지만.

"켁."

"켁, 이라니 무례하군요. 땅에 엎드려 이마를 비비는 정도의 경의를 표하도록 하세요. 마라미야."

또 사람의 이름을 멋대로 주무르다니. 마라[#10]라니, 당신.

"그것보다, 멋대로 줄리엣을 백합취미로 만들지 말아주시겠습니까. 그건 고전에 대한 모욕이라고 생각하는데요."

"명작이 됐든 고전이 됐든 어떤 해석을 하던 자기 마음이잖아요? 그것을 제한하는 것은 표현의 자유에 대한 모독이에요. 제게 로미오와 줄리엣은 여성끼리 사랑을 키워나가고 싶다고 바라는 소녀의 이야기이니까요."

"셰익스피어도 편히 눈을 감지 못하지 않을까요······."

뭐, 원전을 더듬어 올라가면 그리스 신화이지만.

"BL을 좋아하는 동인녀들이 평범한 남자들을 커플로 만들어 버리는 것과 같은 이치예요."

그 이야기, 똑같은 선에 놓고 말해도 괜찮은 걸까? 전혀 다른 것 같은 느낌이 드는데.

그런데, 이 사람은 결국 뭐 하러 온 거냐?

"우리 가게 커피를 마시고 싶다면, 정리권을 받은 뒤 지정한 시간이 될 때까지 기다려 주시겠습니까? 새치기는 인정하지

#10 마라 남성의 성기를 뜻하는 속어.

않습니다."

"정말 예의가 없군요. 딱히 당신이 끓인 커피 따위 마실 마음도 들지 않아요. 마시면 임신할 것 같고 말이죠."

"마시면 임신을 하다니, 그게 대체 어떤 커피야. 황새라도 든 건가?"

그러나 학생회장은 내 말을 무시하고 얼른 코토코에게로 뜨거운 시선을 옮겼다.

"여기 온 주목적은 연극을 하러 갈 아야메 양의 격려랍니다."

"어, 아, 예에…… 고맙습니다."

무서워서 흠칫거리는 기색으로 코토코가 감사의 인사를 했다.

"힘내세요! 저, 학생회 멤버들에게 부탁해서 확실하게 가장 앞자리를 맡아두게 했으니까요!"

일을 해라, 학생회. 순찰을 돈다든가, 좀 더 할 일이 있잖아.

"가, 갑자기 얼굴을 만지려고 하지 마! 깜짝 놀라잖아!"

코토코가 갑자기 뻗어온 것 같은 학생회장의 손을 순간적으로 쳐냈다.

"어머. 긴장을 풀어드리고 싶었던 것뿐인데 말이죠."

"쓸데없는 참견이다!"

학생회장 앞에서는 코토코도 체면이 말이 아니군. 하지만, 예전과 비교하면 묘하게 친해진 것 같은 느낌도 들어.

코토코도 진심으로 싫어하는 것 같지 않고……. 학생회장에게 감화되는 것 같은 감이 있었다.

"……주목적이라고 하셨는데, 그럼 그 외에도 목적이 있는 겁니까?"

그 말에, 학생회장은 약간 의심에 찬 얼굴을 했다.

"만일을 위한 순찰이에요. 그녀가 뭔가 또 무슨 짓을 해오지 않을까, 불안했으니까요."

그녀— 생각할 것까지도 없었지만, 아코를 말하는 것이리라.

학생회장이 걱정스럽다는 듯이 코토코를 바라보았다.

"아야메 양, 조심해 주세요. 그녀는…… 교활하니까요."

"어떻게든 할게."

반면, 코토코는 비교적 낙관적이었다.

그것이 나쁜 쪽으로 발휘되지 않으면 좋으련만.

"다녀왔습니다—."

교대시간이 가까워지고 있는 것도 있어서 휴식 중이던 키요미와 사이타니가 돌아왔다.

"오—. 어서 와라, 키요미. 미안하지만 교대해 줘."

"예, 코토코 씨. 저한테 맡기세요! 그리고 연극, 열심히 하세요! 저, 응원하고 있으니까요!"

"저, 저도 응원하고 있어요."

"고맙다, 키요미. 그리고 사이타니도."

그러자, 키요미가 불만스럽다는 듯이 나를 노려보았다.

"진짜, 이 시간을 끝으로 가게를 접으면 좋을 텐데. 나도 연극, 보러 가고 싶었는데 말이야."

"별 수 없잖냐. 나도 조명담당이니까. 근무표 짜는 데에는 꽤 고생을 했다. 모처럼 가게 쪽이 순조로운데 닫아버리는 건 아깝잖아."

　뭐, 아무리 매상을 많이 올려도 경비 외에는 모두 학교 손에 들어가지만.

　원래 나는 이렇게까지 손님이 많이 오리라고는 상정하지 않았다. 누군가 중 한 명은 메이드복 차림으로 홍보를 하러 밖을 돌아다니는 일까지 생각했으니까 말이지. 특히 코토코가 선전을 하고 다녔더라면 모두의 시선도 끌었을 테고.

　"어떻게 볼 수 없으려나……."

　그러자, 학생회장이 자신만만하게 미소를 지었다.

　"그렇다면, 생방송을 할까요. 저, 동영상 사이트에 계정을 갖고 있으니까요. 그곳의 개인 커뮤니티에서 방송을 하면 키요미 양도 볼 수 있답니다."

　"정말인가요?! 그거예요, 그거—."

　키요미가 눈을 크게 뜨고 반짝거리는 눈으로 학생회장을 바라보았다. 그야말로 존경의 눈초리라는 표현이 딱 들어맞았다.

　"새, 생방송이라니 당신……."

　코토코가 반사적으로 반응하며 동요하는 모습을 보였다.

　"개인 커뮤니티니까 괜찮아요. 제 커뮤니티에는 학생회 멤버들밖에 없답니다."

　"아니아니아니! 하지 마! 창피하잖아!"

　"무슨 말을 하는 건가요, 아야메 양. 당신은 이제부터 200명 가까운 관객들 앞에서 연기를 할 거예요. 그것을 부끄러워하면 안 돼요. 자신을 해방시키는 거예요."

"싫어! 그 모습이 데이터로 남다니!"

"저도 물러설 수 없어요. 아야메 양의 연기, 이것은 평생의 보물이 될 거예요."

"당신의 보물이겠지!"

"물론이죠. 그렇지만 동영상은 문화제 때에 이런 식으로 연기를 했었지, 하고 사진으로는 맛볼 수 없는 그리움을 맛볼 수도 있어요."

"그, 그건 그렇지만……."

코토코가 싫어하는 이유도 이해할 수 있었다.

지금의 코토코는 어디에서 어떤 사진이나 영상을 찍히고 있을지 알 수 없으니까 말이지. 그것이 설령 개인 커뮤니티에서만 볼 수 있다고 해도 뭔가의 잘못으로 확산될 우려는 있었다.

학생회장이니 그런 점은 확실하게 대비해 두었을 것 같지만, 역시나 싫은 것은 싫은 것이겠지. 게다가 학생회장은 인터넷에 올리지 않아도 개인적으로는 보존해둘 것 같고 말이지.

"에엥—. 저, 코토코 씨의 모습을 보고 싶어요오."

"윽. 아, 안 된다면 안 돼! 키요미한테는 미안하다만, 영상으로 남기는 건 아웃이다! 다른 요구라면 제대로 들어줄 테니까."

"녜~에. 약속하셨어요, 코토코 씨!"

코토코의 의지는 확고해서 결국 키요미는 순순히 물러났다.

"이런이런……."

코토코는 그렇게 한숨을 내쉬었다. 그런 가운데, 키요미와 학생회장은 서로 찰싹 달라붙어 있었다. 그 모습을 보건대,

이미 두 사람을 신용할 수가 없었다. 뭐, 학생회장이라면 코토코에게 해가 되게 하지는 않을 것이라고 생각하고 싶었다.

아마도 학교에 들어와 있는 프로 사진작가가 문화제 기간 중에 사진을 계속 찍고 있을 테니까 말이지. 문화제가 끝나면 그 사진이 전시될 테고, 모두가 그것을 사러 달려갈 것이리라.

"다녀왔다. 아라미야. 슬슬 교대시간이지?"

그리고, 토자키도 교대시간이 임박해서 가게로 돌아왔다.

"그럼 교대를—."

우리는 가볍게 인수인계를 마쳤다. 그 작업이 끝날 무렵, 한 소녀가 매우 급하게 가게 안으로 뛰어 들어왔다.

"아, 저기……!"

"어라아~. 니시하랏치. 무슨 일이야—?"

들어온 사람은 같은 반인 니시하라였다.

손님으로 온 것은 아니리라. 그녀는 분명히 대도구 담당이었을 터였다. 대도구는 원래 있던 것을 그대로 사용하는 형태로 빌려놓았지만, 일단 조립을 위해 대도구 담당들이 붙어서 일을 하던 것을 기억하고 있었다.

"저, 저기. 배역에 결원이 생겨 버려서……."

니시하라는 허둥대며 그렇게 말했다. 니시하라의 그 말에 토자키가 재빨리 반응했다.

"진짜? 어, 뭐야? 혹시, 미카모토야?! 내 저— 상상이 드디어 현실이 된 건가."

토자키, 이 자식. 너 지금 저주라고 말하려고 했지!

토자키가 내게 씨익 하고 사악한 미소를 지어보였다. 뭐냐 뭐냐. 정말로 토자키의 저주라도 발동한 거냐?

"아, 아뇨. 그건 아니고."

토자키가 유감이라는 듯이 어깨를 떨어뜨렸다.

나도 무심코 안도의 한숨을 내쉬었다. 미카모토가 어디 아프기라도 한다면, 정말로 내가 로미오가 될 것 같은 분위기였으니까 말이지.

뭣보다, 어딘가의 주인공과 달리 대사 같은 건 외우지 않았으니까 어떻게도 안 되겠지만. 딱히 맡은 역할 자체가 주인공 대역이었던 것도 아니었는데 대타라니, 곤란해.

"그래서, 결원이 생겼다니 그게 누구야—?"

이브가 니시하라의 뒷말을 재촉했다. 그러자 니시하라는 여전히 어쩔 줄 몰라 하는 기색으로 말을 계속 했다.

"아, 그게, 말이지. 해설을 맡은 호소에가 목을 다치는 바람에……."

"해설인가……."

아아, 과연. 그래서 이리로 온 건가.

"그, 그래서, 갑작스럽기는 하지만, 대역으로 하츠시바가 들어와 줄 수는 없을까 하고. 위, 위원장의 부탁으로……."

"유, 유우카에게?"

반 안에서 해설의 대역이라고 한다면 가장 먼저 거론되는 것은 유우카일 테니까 말이지.

"아, 음…… 하지만, 정해진 근무일정이 있어서 일을 해야 해서……."

"괜찮아요, 하츠시바 선배! 아침에도 저랑 료마 둘로 충분했으니까요."

"예. 가게는 저희한테 맡기고, 하츠시바 선배는 친구들을 구해주세요."

하츠시바는 잠시 고민을 했다. 그러나 곧 조용히 고개를 끄덕였다.

"알았어. 고마워. 부탁해. 이 빚은 나중에 갚을게."

"코토코 선배에 이어, 하츠시바 선배한테도 빚을 만들어 버렸다. 에헤헤―."

"사, 살살해줘."

유우카는 곤란하다는 듯이 쓴웃음을 지었다.

나는 코토코와 유우카와 함께 체육관으로 이동해서 연극의 준비 작업에 합류했다. 코토코는 곧바로 탈의실로 향했고, 하츠시바는 위원장인 호소에게 대본을 건네받았다.

"하, 하츠시바하. 미안, 해."

"아아, 호소에. 억지로 소리 내지 않아도 돼. 주의할 점 같은 것이 있으면 대본에 적어주면 되니까."

목소리를 내는 것도 무척 힘들어 보이는군. 위원장.

이미 모여 있던 반 아이들은 암막커튼이 내려진 무대에서 정신없이 대도구를 조립하고 있었다.

대도구가 사용되는 곳은 베로나의 가도, 성관의 파티회장과 발코니, 교회, 묘지의 풍경이었다. 질감이나 입체감을 표시하기 위해서일까, 대도구들은 하나같이 나무로 만들어져 있었다. 대도구들은 몇 개의 부품으로 나누어져서 해당 대도구를 사용할 때 조립해서 사용하는 방식인 모양이었다.

대도구는 발안자인 사카이가 준프로인 지인에게 빌려온 것으로, 매우 잘 만들어져 있었다. 적어도 고등학생이 한 달도 채 안 되는 기간에 만들어내는 것은 무리인 수준인 것 같았다.

지금은 성관의 파티회장을 조립하고 있었다. 그 밖의 다른 배경도 조립방법을 확인하고 있었다.

"니시하라. 묘지의 판자만 보고 있지 마. 다음에는 서둘러 발코니를 조립해야 하니까."

"아, 응…… 미안."

대도구는 암막을 내린 뒤, 바로 조립을 해야만 했다. 뭐, 이야기를 듣자 하니, 뼈대가 되는 나무틀에 다른 부품을 걸어 늘어뜨려서 사용하는 타입으로, 대개 십 초에서 이십 초 정도면 교체할 수 있다고 했다.

"잠깐, 얘들아. 길 좀 비켜 줘—. 배우들 지나갈 테니까! 옷을 밟거나 잡아당기거나 하지 않도록 해 줘."

옷을 다 갈아입은 배우들이 무대 뒤쪽에서 무대로 들어왔다.

로미오는 꽤 털털한 차림을 하고 있었지만, 그런 가운데에서도 기품과도 같은 것이 엿보였다. 다른 배우들도 귀족과도 같은 복장을 하고 있었다.

그리고, 마지막으로 줄리엣으로 분장한 코토코가 무대에

들어섰다.

"와아……."

누군가가 감탄의 목소리를 올렸다.

새빨간 드레스로 몸을 감싼 아가씨라는 표현이 딱 어울린다고 해야 할까.

대신, 원작대로의 온실에서 곱게 자란 아가씨가 아닌 조금 왈가닥에 활발해 보이는 줄리엣이었다.

무엇보다도, 코토코는 이 자리에 있는 그 누구보다도 그림이 되었다.

눈을 의심한 것은 나만이 아닐 터였다. 다른 급우들, 특히 남자 녀석들 중에는 숨을 삼키는 녀석도 있었다.

다들 사진으로 공주님 코스튬플레이를 한 것을 본 적은 있어도, 이런 의상을 걸친 코토코의 모습을 육안으로, 그것도 가까이에서 보는 것은 처음일 터였다.

"와! 역시 아야메, 귀여워—!", "전에 봤던 공주님도 잘 어울렸지만, 이쪽도 잘 어울려!", "어, 아야메, 역시 좋은 집안 출신인 거야?", "저런 모습, 나로는 무리야—."

여학생들이 아주 신이 나서 그렇게 떠들어댔다. 연습 때 한두 번 봤을 텐데도.

"아, 아니……."

여자애들에게 둘러싸인 코토코는 아주 체면이 말이 아니었다.

옛날이었다면 시끄러, 라는 한 마디로 정리했을 것이라고 생각하지만, 지금은 저항하지 않고 가만히 있었다.

"아."

문득 코토코가 내 시선을 눈치 챘다.

여자애들도 그것을 알아차리고는 내 쪽으로 코토코를 떠밀었다.

"봐, 아라미야—. 공주님이야—.", "아라미야. 다시 반했어?", "아라미야, 쑥스러워 하는 거야?"

쑥스러워 하는 거 아니야.

"어, 어떠냐?"

"뭐, 잘 어울리잖아."

"다행이다."

코토코는 안심했다는 듯이 생긋 웃었다.

"그보다, 왜 아라미야가 로미오를 안 하는 거냐."

로미오 역의 미카모토가 갑자기 그런 소리를 꺼냈다.

"네가 추천돼서 그런 거잖아."

"아니, 나는 하츠시바가 줄리엣이라면 해도 좋다, 는 마음으로 받아들인 거라 말이지."

그러자, 여자애들 사이에서 야유가 피어올랐다.

"아야메가 줄리엣으로 부족하다는 거야—?", "미카모토, 최악이야—!", "아야메의 어떤 점이 불만인데—."

다들 농담조이기는 했지만, 대답에 따라서는 진심으로 하는 비난으로 바뀔 수도 있는 패턴이었다. 여자란 정말 무서워.

이것은, 내가 하츠시바에게 고백을 받고 심지어 그것을 보류했다는 사실이 알려진다면 분명히 이렇게 되리라는 예상도

이기도 했다.

자. 어떻게 할 거냐, 미카모토. 만일의 사태에 대비해 네 대답을 참고하도록 하마.

"아니, 지금의 아야메라면 무섭지도 않으니까 불만은 전혀 없어. 다만, 로미오를 연기해야 할 녀석이 있던 게 아닐까, 하는 뭐 그런 이야기야."

"아―, 그렇긴 하지―.", "응응. 오히려, 입후보하지 않았던 게 더 신기해―.", "맞아맞아."

여자애들이 이번에는 내게 비난이 어린 시선을 보내왔다.

곤란해. 비난의 칼끝이 나한테 돌아왔다! 젠장. 전혀 참고가 안 되잖아!

"……몇 번이나 말하는 것 같지만, 우린 사귀는 사이가 아니야."

"아니, 오히려 왜 사귀지 않는 거야?", "이미 한참 전부터 사귄다고 생각했어. 육체적인 의미로."

여기서 따지고 들었다가는 지는 것 같은 느낌이 들었다. 육체적이지 않은 의미로, 다.

"로미오로 결정된 뒤부터 토자키 녀석이 만날 때마다 『유통기한 지난 우유 안 마실래? 1년쯤 된 녀석』이라고 하고 말이지. 그건 대체 뭐였던 거냐."

토자키 녀석, 대체 무슨 짓을 하는 거냐. 거기까지 가면 저주가 아니라 완전히 인위적인 과오잖아.

그런데, 미카모토 본인도 지금의 코토코라면 불만이 없다,

란 말이지. 좋은 경향이야. 옛날의 코토코가 히로인이었다면, 줄리엣이 선두에 서서 몬태규 가와 전면전쟁에 나서는 일수불퇴의 통쾌모험활극이 됐을 테니까.

"모, 모두들 잘 들으세요—!"

반의 전원이 모인 시점에서 오오하라 선생님이 긴장한 것 같은 목소리를 높였다.

"녀, 녀러분의…… 여러분의 년슙…… 연습은 이 선생님이 줄곧 디, 디켜봐…… 지켜봐 왔어요. 여러분이라면 부명히 멋띤 연극을 선보일 수 닜을 거예요!"

계속해서 발음이 꼬이는 그 말에 그 말에 모두가 폭소했다.

"오오하라 선생님, 발음이 너무 꼬여요—.", "어울리지 않는 일을 하니까 그러잖아요—.", "선생님은 평소대로 느긋하게 하면 돼요."

반 녀석들도 자기들 하고 싶은 대로 말을 해댔다. 다들 긴장이 풀린 것처럼 웃고 있었다.

"우리보다 긴장하면 어떻게 해요.", "선생님은 그냥 따뜻하게 지켜보고 있어 주세요.", "오오하라 선생님, 자, 심호흡—."

교사의 등을 쓸어주는 학생과 그 손을 빌려 심호흡을 하는 담임. 우리 반다웠다.

그리고 선생님은 코토코를 쳐다보았다.

"그치만그치만, 선생님은 정말로 기뻐요. 아야메가 이렇게 히로인으로서 참가해 준 일은 특히. 즐거워하는 것 같아서 정말로 다행이에요."

"선생님……. 아니, 하지만 이건 전부 세이이치— 가 아니라, 아라미야의 덕분……이니까요."

"물론, 선생님은 아라미야에게도 고맙게 생각하고 있어요. 하지만, 선생님은 아야메의 노력도 봐 왔으니까요. 두 사람 모두 이 선생님의 자랑스러운 제자예요."

그러자 미카모토가 「어— 그럼 우리는요?」라며, 모처럼의 진지한 말을 개그로 만들었다.

"물론, 모두 자랑스러운 제자죠!"

오오하라 선생님은 대견스럽다는 가슴을 폈다. 그러면서, 나와 코토코를 향해 작게 웃었다.

"뭔가 곤란한 일이 있으면 언제든지 이 선생님을 의지해주세요."

"자, 잘 부탁드립니다."

"무슨 일이 있으면 부탁드립니다."

코토코와 내 말에 선생님은 만족스럽다는 듯이 고개를 끄덕였다.

"그럼, 선생님은 무대 뒤에서 얌전히 있을 테니까, 다들, 문화제의 추억 만들기에 후회가 없도록 힘써 주세요."

아까워라. 모두의 눈이 그렇게 말하는군.

오오하라 선생님은 부끄럽다는 듯이 종종걸음으로 무대 뒤로 돌아갔다.

"마지막으로 잠깐 대본 확인을 하자."

"그래. 지금 갈게—."

무대중심에 배우들이 모여 대본의 최종확인을 하려고 했다.

그런데 아야메는 그쪽으로는 가지 않고 내 옆에 서 있었다.

"이, 있지. 세이이치."

"왜 그래? 빨리 가. 대본, 확인하는 편이 좋지 않아?"

"이 말을 끝내면 갈 거다. 저기……."

"응?"

"고맙다."

너무 갑작스러워서 그 말이 무엇에 대해 고맙다고 하는 것인지 알 수가 없었다.

"벌써 몇 번이나 비슷한 말을 했지만 말이다. 나, 이렇게 문화제에 제대로 참가하는 건 처음인 것 같은 느낌이 든다. 1학기가 시작됐을 때에는 이렇게 되리라고는 전혀 상상도 못했다."

"……나도 놀라고 있다."

"중학교 때에도, 그리고 작년에도 줄곧 문화제 따위 시시하다고 생각했다. 하지만, 아니었어. 나는…… 분명히 모두가 부러웠던 거다."

코토코는 열정적으로 말을 계속 했다.

"모두가 협력해서, 하나의 일을 해낸다는 것이 엄청 즐겁고, 기쁘다. 메이드 카페도 즐거웠고, 연극도 연습하는 내내 즐거웠다."

코토코는 오늘 본 것 중 가장 환한 미소를 지었다.

"그래서 고맙다는 인사를 하고 싶었다. 구해줘서, 고맙다고."

"……아니, 몇 번이나 말하지만, 넌 그만큼의 잠재력을 갖고 있었어. 나는 그저 계기를 만든 것뿐이야. 고맙다는 인사를 들을만한 일은 하지 않았어."

"그래도…… 역시 너는 나의 구세주 같은 사람이다. 아마도, 평생 존경할 거다. 그러니까, 오늘은 그 성과를 봐 줘!"

코토코는 주먹을 내게로 뻗어왔다. 이런 시원시원한 몸짓은 역시 코토코답구나.

나는 그 주먹에 내 주먹을 톡 갖다 댔다.

"뭐, 힘내라, 코토코."

"그래. 세이이치도 제대로 스포트라이트를 비춰줘."

"안다니까."

코토코는 배우들 사이로 섞여 들어갔다.

그 모습을 보고, 나는 그녀가 조금 멀리 가버린 것 같은 착각이 들었다.

"어라……."

뭘 감상에 젖어 있는 거냐, 나.

시시한 일을 생각할 여유는 없을 것이다.

코토코도 스포트라이트를 제대로 비춰달라고 말했으니, 우리 조명담당도 얼른 준비를 하자.

"마토바. 스포트라이트, 올리자."

"알았어. 그쪽, 제대로 들어줘, 아라미야."

조명담당인 나와 마토바는 둘이서 스포트라이트를 들고 무대 뒤에서 캣워크#11로 통하는 계단을 올라갔다.

우리가 사용하는 조명은 스탠드식의 스포트라이트였다. 둥

근 원 안에 다섯 개의 원이 크기대로 차례로 포개져 들어 있었고, 각 전구 앞에는 필름이 붙어 있었다. 빨강, 파랑, 녹색, 노랑. 마지막 하나에는 아무 것도 붙어 있지 않았다. 이 원을 돌려 분위기에 맞게 색을 바꾸는 것이다.

무대 위의 기본조명은 또 한 명의 조명담당이 맡기로 되어 있었다.

나와 마토바는 캣워크에 두 대의 스포트라이트를 올리고 잠깐 한숨을 돌렸다. 이거 꽤 무겁구나…….

"기본조명 쪽도 문제없는 것 같다."

"아라미야. 잘못 비추지 않게 조심해라—."

"아아. 너도 말이지."

우리 체육관은 지극히 평범한 구조로, 일부분은 무대로 돼 있고 나머지 부분은 모두 실내경기용 코트로 돼 있었다. 코트에는 지금은 파이프 의자가 빽빽하게 놓여 있었다. 손님도 조금씩 들어오고 있었다.

천장 부근에는 코트를 둘러싸듯이 캣워크가 있었고, 나와 마토바는 그곳에서 스포트라이트를 조작하게 되어 있었다. 무대의 왼쪽 대각선 위쪽과 오른쪽 대각선 위쪽에서 조명을 비추게끔 설치했는데, 나는 오른쪽 담당이었다.

조정을 마치자 남은 것은 각본이나 배우에 맞춰 조명을 움직이거나 색을 바꾸거나 하는 것뿐이었다. 본격적인 연극이라

#11 캣워크 TV 스튜디오의 천장 가까이에 만들어져 있는 좁은 통로로, 주로 조명버튼 조정, 보수용으로 사용된다.

면 어떨지 몰랐지만 문화제의 연극이라면 쉬운 일이었다. 다소 실수를 해도 문제가 되지 않았다.

"슬슬 시작할 시간이다. 그럼, 정신 똑바로 차리고 하자. 네 여친의 화려한 무대이니까."

"여친이 아니라고 했잖아."

마토바가 쓸데없는 소리를 하고는 자신의 자리로 돌아갔다.

그리고―.

『여러분. 오래 기다리셨습니다. 2학년 4반. 로미오와 줄리엣을 곧 시작하겠습니다.』

실내가 조금 술렁거렸다.

어쩌면 해설이 유우카라는 것을 알아차린 사람이 있을지도 몰랐다.

지금, 유우카는 무대 위쪽에 있는 방송실에서 대본을 읽고 있을 터였다.

유우카도 갑작스럽게 해설을 부탁받았기 때문에 아주 급하게 대본을 읽어봤을 것이다. 뭐, 그 녀석이라면 괜찮겠지. 프로이기도 하니까.

『사진은 프로 카메라맨이 찍고 있사오니, 일반 관람객께서는 전화와 스마트폰의 전원을 끄시거나 매너모드로―.』

주의사항을 전달하는 사이에도 관객들은 조금씩 계속 늘어났다.

혹시 다들 유우카의 팬들인 것일까. 대체 어떤 정보망을 갖고 있는 거냐.

『그럼, 여러분. 2학년 4반의 로미오와 줄리엣을 즐겨 주십시오.』

체육관의 조명이 모두 꺼졌다.

창문이라는 창문은 모두 차광커튼으로 가려놓았기 때문에 빛이 들어올 틈도 없었다. 회장은 완전한 어둠에 덮여갔다. 스마트폰의 빛이 눈에 두드러지기 시작하고, 그것을 알아차린 관객이 화면을 끄고 스마트폰을 주머니에 집어넣었다. 이렇게 위에서 내려다보고 있으려니 사소한 일도 알아차리게 되는군.

그런 가운데, 무대의 암막이 올라가는 소리가 조용히 울려 퍼졌다.

그 소리가 멈추자, 나는 조명을 켰다.

두 개의 스포트라이트가 만들어내는 하얀 빛이 미카모토와 코토코— 로미오와 줄리엣을 비추었다.

『옛날 아주 오랜 옛날, 꽃의 도시 베로나에 서로 적대하는 두 가문, 캐퓰릿 가와 몬태규 가가 있었습니다. 캐퓰릿 가에는 줄리엣이라는 외동딸이.』

둘 중 하나의 스포트라이트가 꺼지고 내 조명만이 코토코를 비추었다.

줄리엣의 빨간 드레스 차림에 관객들이 감탄의 목소리를 냈다.

배경이 좋았던 것도 있었겠지만, 그것과 합쳐진 코토코의 모습은 완전히 그림이 돼 있었다. 캣워크에서 보는 것만으로도 그렇게 생각할 정도이니, 정면에서 보고 있는 관객들에게

© 2016 ReDrop

는 더욱 고상하고 우아하게 비치고 있으리라.

『몬태규 가에는 로미오라는 외동아들이 있었습니다.』

이번에는 거꾸로 내가 조명을 끄고 마토바가 조명을 켜 미카모토만을 비추었다.

평소에는 바보 같은 짓만 하느라 묻히기 일쑤였지만 미카모토 녀석, 얼굴은 나쁘지 않단 말이지. 미남인지 평범한 얼굴인지 질문을 받는다면 여자애들은 고민을 할 것 같았다.

『로미오는 친구의 권유를 받고, 내키지 않는 마음으로 캐퓰릿 가가 주최하는 무도회에 가게 되었습니다.』

로미오는 몬태규 가의 사람이라는 것을 감추기 위해 나비마스크를 써서 눈매를 가렸다.

댄스파티에서 흐를 법한 BGM이 울리기 시작했다. 여기서부터는 음향담당들도 신경을 집중해야 했다. 잘못된 음악을 내보내면 그 장면 전체가 다 허사가 돼버린다.

무대 전체를 밝히는 기본조명이 켜졌기 때문에 우리는 일단 스포트라이트를 껐다.

로미오와 줄리엣이 파티에서 만나는 장면이 시작되었다.

원래 로미오는 짝사랑하는 로잘린을 만나러 왔을 터였는데, 줄리엣에게 한 눈에 반해버리는 것이다. 그리고 줄리엣 또한 로미오에게 반해버리고 만다.

참고로 여담이지만, 원작에서 줄리엣은 열네 살 생일을 목전에 두고 있었으며 로미오는 막 열여섯 살이 되었을 터였다.

그것이 양가를 뒤흔드는 대연애로 발전하는 것이니 대단한

이야기였다. 이탈리아 부유층의 결혼연령은 1400년대부터 조금씩 늦춰져서 열일곱 살에서 열여덟 살이라고 하니까, 그렇게 생각하면 역시나 열네 살은 꽤 빠르단 말이지.

"그럼, 성자와 순례자에게도 입술이 있지 않소?"

"오, 순례자님. 그 입술은 기도하라고 있는 것이랍니다."

두 사람은 서로에게 홀린 것처럼 가까이 다가가 서로의 이름도 모르면서 키스를 나누었다.

뭐, 키스하는 척 하는 것이겠지만…… . 내가 있는 장소에서 보면, 정말로 키스를 하는 것 같았다.

연극은 로미오와 줄리엣이었지만, 아무리해도 급우라는 시각도 있기 때문인지 미카모토와 코토코로밖에 보이지 않았다. 연기도 프로 정도의 수준이 아니기 때문인지, 아니면 높은 곳에서 내려다보고 있기 때문인지. 한층 더 그렇게 보였다.

……왠지 모르게 조금 짜증이 나는 것은 어째서냐.

"어이쿠."

이런이런. 스포트라이트를 비추는 것이 살짝 늦을 뻔 했어. 각본대로 조명을 조작해야지.

그리고, 스토프라이트 안에서 대화를 나누는 두 사람.

코토코 녀석, 부끄러워하는 연기가 이제는 아주 능숙한걸.

"줄리엣님! 마님께서 하실 말씀이 있다고 하세요!"

문득, 무대 위에는 없는 유모가 줄리엣을 불렀다. 그 부름에 줄리엣은 그 자리를 떠났다. 참고로, 유모는 반 녀석들 중의 누군가가 목소리만 담당하고 있을 터였다.

사람 수가 적긴 하지만, 정말 잘 하고 있는걸.

"저 분이…… 로미오."

자리를 떠나려고 하는 코토코의 혼잣말을 마지막으로, 만남의 장면은 순조롭게 끝이 났다.

그리고, 다음에는 바로 로미오와 줄리엣에서 가장 유명한 장면으로 이동했다.

그늘에서 뛰어나온 로미오와 2층 무대의 창에 나타난 줄리엣. 캣워크에서 보니 코토코가 사다리를 이용해 높은 장소로 올라가는 것을 고스란히 볼 수 있었다.

기본조명이 꺼지고, 밤이라는 것을 나타내는 푸른 스포트라이트 두 개가 서로 높이가 다른 위치에 있는 두 사람을 비추었다.

"당신은 날개를 가진 천사 그 자체요."

로미오로 분장한 미카모토가 마치 부르짖듯이 줄리엣을 격찬했다.

무대가 30분으로 압축된 것도 있어서 내용이 담백했다. 하지만, 여기서 두 사람의 대화를 원작 그대로 진행했다가는 외워야 할 대사의 양이 장난 아니게 많아지니까 말이지.

그 장갑이 되고 싶소. 그렇게 하면 그 뺨을 만질 수 있을 테니까, 라는 식의 지극히 도착적인 대사는 모두 삭제되었다.

그러나 도착적인 것은 둘째 치고, 빛나는 뺨은 별도 부끄러워하게 할 것이라든가, 그 눈의 반짝임에 새도 아침이 왔다고 생각해 울기 시작할 것이라는 등, 칭찬이 과한 나머지 비아냥

거림이 되지는 않을까 하는 생각이 들 정도였다. 어디까지나 원작의 대사를 말하는 것이지만 말이다.

여자란 무조건적으로, 그리고 무제한적으로 칭찬받고 싶어하는 생물인 것일까?

"오오, 로미오, 로미오! 왜 당신은 로미오인가요? 집안과 인연을 끊고 그 이름을 버려 주세요. 그럴 수 없다면, 나를 사랑한다고 맹세해 주세요. 그렇게 한다면, 나도 캐퓰릿의 이름을 버리겠어요."

코토코가 연기하는 줄리엣이 억양을 살려 그렇게 말했다.

박력 넘치는 그 목소리는 폐쇄된 체육관 안에 크게 울려 퍼졌다.

원래부터 목소리가 큰 것도 있을 테지만, 이 녀석의 목소리는 뱃속에서부터 우러나오는 것 같은 느낌이라 쓸데없이 가슴에 남았다.

희미하지만 관객들 사이에서 감탄의 한숨이 새어나오는 것이 여기까지 들려왔다. 가슴에 퍼지는 것 같은 비통한 외침에 저도 모르게 새어나왔다…… 라는 것이리라. 당장에라도 눈물을 흘릴 것 같을 정도로 슬퍼 보이는 표정도 연기로서는 근사했다. 몸짓손짓에 이르기까지 연기에 생명이 깃들어 있었다. 프로 수준은 아니더라도, 문화제에서라면 훌륭한 편이리라.

가장 유명한 장면인 만큼 연습을 정말 많이 했으니까 말이지.

반 아이들 앞에서만이 아니라, 또 내 앞에서만이 아니라, 분명히 집에서도 줄곧 반복해서 연습을 했을 터였다.

발성방법도 하츠시바에게서 배우거나 한 것이리라.

누구보다도 열심히 했을 것이다.

다른 배우들과의 연기차이를 뚜렷하게 알 수 있었다.

……그렇기 때문일까.

코토코가 진심으로 미카모토에게 말하는 것처럼 보였다.

상대가 미카모토이건만, 코토코가 진심으로 고백하는 것으로밖에 생각되지 않았다.

"참나……."

제목을 미카모토와 코토코라고 바꾸는 편이 좋지 않을까, 이 연극.

왜 나는 조명담당이라는 귀찮은 역할을 맡은 거냐.

이럴 바에야 조명담당을 거절하고 메이드 카페에서 커피를 끓이는 편이 마음이 더 편했겠다. 나도 유통기한이 지난 우유를 마시고 화장실에 틀어박혔어야 했을지도 모른다.

"……아아, 진짜."

무슨 생각을 하는 거냐? 나.

왜 이렇게 안절부절 못하는 거냐.

눈앞의 무대에서 전개되고 있는 건 극일 뿐이었다. 단순한 연극. 문화제의 반의 출전물에 지나지 않았다.

요컨대, 내 눈을 통해 자동으로 진행되는 야겜을 하는 것과 비슷했다.

게다가, 연기하는 사람도 프로가 아니었고 지금 내 눈에 비치는 것도 2차원이 아닌 3차원.

그런 상황에서 주인공이 히로인을 꼬시려한다고 해도 딱히 화가 치밀거나 하지는 않으리라.

그러니까, 지금 나는 단순히 템포의 차이 때문에 짜증나고 초조한 것이다. 그게, 자신의 페이스대로 나아가지 않으면 자동진행이라는 것은 기분이 나쁘니까. 분명히 그거였다. 그런 것이 틀림없었다.

『그리고, 두 사람은 결혼을 약속한 것이었습니다.』

그런 유우카의 해설에 마음속의 미묘한 감정은 더욱 강해졌다.

아아. 열여섯 살과 열네 살짜리가 결혼약속이라니, 그런 건 야겜의 신조차 용납하지 않는다고. 겉보기에는 아무리 어린 소녀가 나와도 이 게임에는 18세미만은 출현하고 있지 않습니다, 라고 주의사항에 쓰여 있으니까.

……그런 시시한, 푸념조차 되지 못한 것 같은 말을 떠올리는 것이 고작이었다.

정말로, 무슨 말을 하고 있는 걸까, 나는…….

장면은 로미오와 줄리엣이 만난 다음 날로 옮겨갔다.

『로미오는 로렌스 신부를 찾아가 결혼 중매인 역할을 부탁했습니다.』

처음 만난 그날 혼약.

그리고 그 다음날 결혼이라니. 현실적으로 생각한다면 『그런 일은 없어!』로 끝날 것이다. 하지만 로미오와 줄리엣은 딱히 그것에 주안점을 두고 있는 것도 아니니까 말이지.

하려고 한다면 좀 더 시간을 들여 사랑을 키워나가는 것 같은 스토리로 해도 좋았을지도 모른다. 하지만 그렇게 해봤자 중심주제에서 벗어나기만 할 뿐이리라.

오히려 『현실에서는 없을 일』이 존재하기 때문에 두 사람의 사랑의 강도가 더 두드러져 보이는 것이라고 생각한다.

"와 줄 것이라고 믿었소……. 나와 결혼해 주시오."

"제 마음은 이미 정해졌습니다. 당신을 믿어요. 저, 당신의 아내가 되고 싶습니다. 파리스와 결혼하는 것은 싫습니다."

"줄리엣!"

"로미오!"

서로의 두 손을 소중한 듯이 꼭 맞잡은 코토코와 미카모토.

그리고 두 사람은 무릎을 꿇었다.

두 사람이서만 비밀리에 올리는 작디작은 결혼식.

로렌스 신부는 두 가문이 이 일을 계기로 화해하기를 바라며 힘을 빌려주었다. 두 사람이 행복해졌으면 하는 마음도 있던 것이리라. ……뭐, 로렌스 신부는 배역에는 없지만 말이지! 아마도 각본을 맡은 사카이가 목소리만 연기하고 있을 터였다.

"그대, 로미오는 줄리엣을 아내로 맞아, 기쁠 때나 슬플 때나 부유할 때나 가난할 때나, 건강할 때나 아플 때나, 죽음이 두 사람을 갈라놓을 때까지 서로 사랑할 것을 맹세합니까?"

원작에서는 비교적 간단히 넘긴 부분을 사카이는 다소 길게 집어넣어 놓았다. 그냥, 평범하게 결혼식을 하고 있었다. 그렇게나 시간이 부족하다고 푸념을 늘어놓고는 왜 결혼식 장면은 거창하게 집어넣은 것인가?

"맹세합니다."

미카모토는 조금의 주저함도 없이 대답했다. 기분 탓인지 부끄러워하는 것처럼 보여서 묘하게 심사가 뒤틀렸다. 연기인 것인지 진짜인 것인지 전혀 알 수가 없군. 너, 연습할 때에는 그런 얼굴 하지 않았잖아.

—네가 코토코의 뭘 아는데.

스스로도 놀랄 정도로 어두운 감정이 흘러넘쳤다. 진짜냐. 우와, 믿을 수 없어. 나도 내 마음이 제어가 안 된다.

나도 코토코의 모든 것을 아는 것이 아니건만. 나 역시 이런 대사를 내뱉을 자격도, 그런 생각을 할 자격도 없어.

"그대, 줄리엣은 로미오를 남편으로 맞아 기쁠 때나 슬플 때나 부유할 때나 가난할 때나, 건강할 때나 아플 때나, 죽음이 두 사람을 갈라놓을 때까지 서로 사랑할 것을 맹세합니까?"

"맹세합니다."

코토코의 대답에도 망설임은 없었다.

대본대로 하는 것이니 당연했다. 아마도 뜸을 들여서 분위기를 조성할 그런 시간은 없을 터였다.

그렇기 때문에 대답하는데 주저하지 않는 것은 당연한 일이었는데, 코토코의 대사를 듣고 있는 것만으로도 마음이 술렁거렸다.

왜냐. 대체 왜 이러는 거냐, 나는.

야겜도 마찬가지잖아.

내가 아무리 히로인을 좋아해도 결국, 그녀들은 주인공에게 반한 것일 뿐 내게 호의를 보내는 것이 아니었다.

내가 아무리 주인공 기분에 젖어도 주인공이 될 수 있을 리 없었다.

결국, 매번 히로인을 주인공에게 빼앗기고 있었다.

그때와 같은 기분이었다.

……왜냐.

정말로 나는 무엇에 이렇게 짜증을 내고 있는 것인지 알 수 없었다.

"그럼 베일을 걷고 맹세의 키스를 해 주십시오."

두 사람의 맹세의 말이 끝나자 로렌스 신부가 말했다.

베일 같은 건 없잖아! 나는 하마터면 그렇게 태클을 걸 뻔했다. 줄리엣의 복장은 바뀌지 않았으니, 베일 같은 것이 있을 리 없었다.

그리고 두 사람은 두 번째의 키스를 했다. ─당연히 하는 척이었다.

그러나 얼굴이 너무 가까웠다.

몸의 균형을 살짝 잃는 것만으로도 서로 착 달라붙을 것만 같은 것이 정말로 키스를 하게 될 것 같았다.

스포트라이트의 핸들을 쥔 손에 저절로 힘이 들어가 있었다.

나는 허둥지둥 심호흡을 하면서 몸에서 힘을 뺐다.

진정해진정해.

앞으로 10분만 있으면 이 연극도 끝난다.

그렇게 되면, 이 영문 모를 불쾌한 감정도 악천후가 회복된 하늘처럼 맑게 갤 거야.

로미오와 줄리엣이 결혼함으로써 두 집안은 비밀리에 친척이 되었다.

그러나 그날 중에 사건은 일어난다.

원래, 두 가문의 불화는 상대를 보면 바로 검을 뽑을 정도의 상태였다.

특히 줄리엣의 친척인 티볼트는 로미오와 로미오의 집안을 싫어해서, 로미오의 친구인 머큐시오가 결투를 하게 되었다.

그리고, 로미오가 말리는 것도 허무하게 친구 머큐시오는 티볼트의 검에 심장을 찔려 죽게 된다.

"머큐시오의 길동무는 너이거나 나이거나 우리 둘 모두이다!"

머큐시오의 죽음을 목격한 로미오는 격앙해 티볼트에게 검을 향한다.

한순간 뒤, 로미오는 티볼트를 찔러 죽인다.

그러나, 이 사태가 그냥 끝날 리가 없었다.

로미오는 베로나에서 추방이라는 형벌을 선고받게 된다.

BGM도 템포가 빠른 곡으로 바뀌어 그 노도와도 같은 전개를 뒷받침해주었다.

티볼트의 죽음으로 줄리엣이 비탄에 젖어있다고 굳게 믿은 줄리엣의 양친은 파리스와의 결혼을 서두른다.

"말도 안 되는 소리 하지 마세요!"

줄리엣은 단호히 거절한다.

그러나 이미 사태는 이미 되돌릴 수 없었고, 결국 줄리엣은 로렌스 신부에게로 향한다.

"이 가사상태에 빠지는 약을?"

로렌스 신부는 로미오와 줄리엣, 두 사람을 도망치게 하기 위한 계책을 생각해 냈다.

줄리엣을 한차례 가사상태로 만들어 죽었다고 여기게 함으로써 자유의 몸으로 만드는 것이었다.

『줄리엣을 로미오의 곁으로 보낸 뒤, 소동이 진정됐을 무렵에 사실을 공표한다. 그것이 로렌스 신부가 마음속으로 그린 계획이었습니다.』

그리고 줄리엣은 집으로 돌아와 파리스와의 결혼을 승낙한 뒤, 약을 먹어 가사상태에 빠진다.

『줄리엣이 죽었다고 생각한 캐퓰릿 가의 사람들과 파리스 백작은 슬픔에 잠깁니다. 하지만 장례식을 거행한 로렌스 신부만큼은 로미오에게 편지를 전달하도록 사람을 보냅니다.』

그러나.

"줄리엣이 죽었다고?!"

로미오에게로 달려온 벤볼리오가 줄리엣의 장례가 치러졌

다는 사실을 전하고 만 것이다.

줄리엣이 가사상태에 빠졌다는 것은 로렌스 신부만이 아는 사실.

『로미오는 발견되면 사형을 당할 것이 분명할 베로나로 서둘러 향했습니다. 로렌스 신부의 편지와 엇갈리고 만 것입니다.』

로미오는 줄리엣이 잠든 캐퓰릿 가의 무덤을 찾아온다.

"왜…… 어째서요. 당신이 없는 세상에 의미 따위는 없건만……!"

사랑스럽다는 듯이, 분하다는 듯이 줄리엣의 유해를 끌어안는 로미오.

"당신은…… 죽어서도 여전히 아름답소."

그리고 관객에게는 보이지 않도록 키스하는 척을 했다.

……척이라고는 하지만, 대체 몇 번이나 키스를 하는 거냐. 야겜이라면 용서할 수 있건만, 3차원에서는 이렇게까지 짜증이 나는 건가. 어쩌면, 나는 TV 드라마를 보면 TV를 때려 부술지도 모르겠다.

애초에, 죽었다고 생각하는 상대에게 키스를 하는 건 과연 괜찮은 걸까.

아, 정말 뭐냐. 스스로도 무슨 말을 하는지 알 수도 없고, 분개하는 포인트로 잘못 됐잖아. 스스로가 스스로에게 태클을 건다는 최악의 심리상태였다. 정신상태가 완전히 중증이었다.

정말로 자신이 정서불안정이 됐다는 걸 알 수 있군 그래. 더구나, 그 이유를 전혀 알지 못한다는 그런 꼴이다.

"나도 지금, 그쪽으로 가겠소."

로미오는 줄리엣을 다시 눕히고, 주머니에서 작은 병을 꺼내 내용물을 단숨에 들이켰다.

그것은 독이었다.

로미오는 숨이 끊어져 줄리엣에게 몸을 바짝 붙이듯이 쓰러졌다.

그것과 교대하듯이 줄리엣이 가사상태에서 눈을 떴다.

"아아, 로미오!"

옆에서 숨이 끊어진 로미오를 보고 줄리엣이 비탄의 목소리를 냈다.

"어째서…… 어째서……."

슬픔에 잠긴 코토코를 스포트라이트가 계속 쫓았다.

연인이 죽은 것을 슬퍼하는 연기는 더욱 박진감이 넘쳐서, 잘 보면 눈에 눈물까지 떠올라 있었다. 그야말로 혼신의 연기였다.

그만큼, 내 심사는 계속 뒤틀렸지만.

……나는 왜 아까부터 연기에 헤살을 놓고 있는 거냐.

앞으로 조금만 더 있으면 이 익살극도 끝이었다.

인(忍)인인. 마음속으로 스스로에게 그렇게 들려주며 나는 조명을 두 손으로 끌어당겼다.

이제는 조금만 더 대사를 읊고 나서, 단검으로 목을 찌르기만 하면 되었다.

나는 무대 위의 코토코와 함께 배경을 스포트라이트로 비추었다.

"응?"

거기서 나는 문득 한 가지 사실을 알아차렸다.

저거, 배경이 움직이고 있는 건가?

무덤의 배경에는 몇 개인가의 대도구가 걸려 있었는데, 그 중 하나— 코토코의 바로 위에 있는 대도구가 지금 흔들흔들 작게 흔들리고 있었다.

마치 양쪽 끝을 걸어서 매달아 놓은 간판이 한쪽의 고정이 풀어진 것처럼.

—저런 구조였던가?

묘하게 헐렁헐렁하다고 해야 할까, 불안정하다고 해야 할까.

금방이라도 고리가 빠져서 떨어질 것 같았다.

—아니, 저 정도면 떨어질 거라고!

위험해.

어떻게 하지?

아직 연극 도중이라고.

아니, 그딴 거 상관할쏘냐. 사람 몸이 우선이다!

떨어진다고 해도, 어지간히 잘못 부딪치지 않는 이상 다치지는 않을 것이다. 그래봤자 결국은 나무합판인 것이다. 코토코라면 주먹으로 분쇄할 수 있어도 이상하지 않았다.

그러나, 크게 다칠 가능성이 있는 것도 사실이었다.

나는 스포트라이트를 대충 내던진 뒤, 문을 열고 캣워크를 뛰쳐나갔다. 그리고 어둠 속에서 무대 뒤로 통하는 계단을 한

꺼번에 몇 단씩 뛰어 내려갔다.

반 녀석들이 뭐야뭐야 하고 이쪽을 쳐다보는 기척이 느껴졌다. 하지만, 모두에게 사정을 설명했다가는 늦는다.

다른 대도구에 반만 걸려 흔들리던 문제의 대도구는 지금은 코토코 위로 쓰러지기 직전까지 기울어져 있었다.

관객들도 그것을 알아차린 것이리라. 객석에 약하게 술렁거림이 퍼져나갔다.

그러나 코토코는 그것을 알아차리지 못하고 있었다.

"코토코쨩!"

누군가가 외치는 소리가 울려 퍼졌다.

그제야 코토코도 뭔가 이상하다는 사실을 깨달은 모양이었다. 하지만 그녀의 위치에서는 등 뒤의 세트 일부가 금방이라도 떨어지려 하는 것은 보이지 않았다.

"코토코오오오오오오오오오오오오오오오오오오오오!"

나도 코토코의 이름을 외쳤다. 하지만 역시나 그녀는 이쪽을 한순간 힐끗 살피는 기색을 보이며 계속 동요할 뿐이었다.

어쩔 수 없지!

공연 도중이건 뭐건 내가 알게 뭐냐!

나는 망설임 없이 무대 위로 뛰어들었다.

관객들이 혼란에 빠진 것처럼 술렁거렸다. 그럴 만도 했다. 로미오와 줄리엣의 이 장면에서는 줄리엣이 단검으로 자신의 목을 찌른 뒤 로렌스 신부가 등장하는 것이 전부였다. 그런데 정작 튀어나온 것은 로렌스 신부가 아니었던 것이다. 심지어

의상조차 입고 있지 않았으니 그야말로 「넌 누구냐」라는 시선이 느껴졌다.

그러나, 그런 시선 따위는 아무래도 좋다고!

코토코는 무대 위에 갑자기 나타난 내게 명백히 놀라고 있었다.

"뭐, 뭐냐?"

나는 그 말을 가로막듯이 코토코의 팔을 붙잡았다.

그리고 잡아당기는 것인지 떠미는 것인지 알 수 없을 정도의 기세로 그 자리에서 미끄러지듯이 이탈했다.

그리고 무대의 끝까지…… 관객에게는 보이지 않는 곳까지 미끄러져 들어간 뒤 자빠졌다.

거기에 콰당! 대도구가 떨어지는 소리가 들려왔다.

그러자 역시나 관객석도, 무대 뒤도 어수선해졌다.

코토코도 대체 무슨 일이 일어난 것인지 믿을 수 없다는 것 같은 얼굴을 했다.

연극이 엔딩 직전에 사고가 난 셈이니까 말이지. 당연한 일이었다.

"이, 이거, 어떻게 하지?"

무대 뒤에 대기하고 있던 누군가가 작게 그렇게 중얼거렸다.

이야기는 마무리를 지어야만 했다.

그러나, 이미 무대 위에는 독을 마시고 쓰러진 로미오만 있을 뿐이었다.

『……어, 음─.』

해설역인 하츠시바도 어쩌면 좋을지 모르겠는지 당황한 것 같은 목소리를 냈다.

　『무너지는 무덤에서 가까스로 탈출한 줄리엣은, 자신을 구해준 남성과 새로운 사랑을 키워나갔습니다. 끝.』

　그 순간, 관객들에게서 일제히 폭소와 실소가 터져 올랐다.

　뭐냐, 이 결말은! 그렇게 분개하는 사람도 있는가 하면, 그저 웃기만 하는 사람도 있었다. 뭐, 갑자기 튀어나온 이름도 모르는 남자가 히로인을 낚아채 갔으니, 화를 내거나 웃을 수밖에 없겠지. 나라도 야겜에서 이런 시나리오를 본다면 배꼽을 잡을 것이다.

　그렇다고는 해도, 이 부분은 정말 하츠시바가 잘해 주었다. 깔끔한 마무리와는 완전히 동떨어졌지만, 그럭저럭 일단 이야기를 매듭지었으니까 말이다. 마치 라디오방송에서 하는 것 같은 즉흥극 같았다.

　막이 내려오고, 웃음소리와 노성과 박수가 울려 퍼졌다.

　급우들이 한숨 돌렸다는 것처럼 몸에서 힘을 뺐다.

　"이봐이봐. 이걸로 괜찮은 거야."

　로미오 역의 미카모토가 웃음을 참을 수 없는 것처럼 히죽거리면서 무대 뒤로 돌아왔다.

　"사고가 발생했으니 어쩔 수 없잖아."

　"그것보다, 대도구 담당들, 대체 뭘 한 거야. 어지간히 힘을 주지 않으면 떨어지지 않도록 만들어졌을 거라고. 준프로인 사람들이 만든 거니까."

"시작 전에 전부 확인을 했어. 고정 고리가 빠질 것 같던 곳은 한 군데도 없었는데."

"어쨌든, 다음 반의 무대가 시작되기 전까지는 정리해야 돼."

반 아이들은 와글와글 분주하게 그런 말을 주고받았다.

"때, 땡큐다. 세이이치. 구해줘서……."

나와 함께 나빠지듯 무대 뒤로 굴러 들어온 코토코가 쑥스럽다는 듯이 그렇게 말했다.

"아슬아슬했다."

"언니가 내 이름을 외치던 것은 들었지만 왜 그럴까, 라고만 생각해서 말이다. 전혀 알아차리지 못했다."

코토코의 이름을 외치던 목소리. 토쿠코 씨였던 것인가.

"그거 떨어졌으면…… 크게 다쳤겠지. 사전에 알아차렸으면 발로 차거나 해서 어떻게든 했겠지만……."

"발로 차서 어떻게든 할 수 있는 거냐, 너……. 뭐, 어쨌든 무사해서 다행이다."

"헤헤. 정말 믿음직하구나, 세이이치는. 설마 공연 도중에 무대 위에 올라오리라고는 생각도 못했다."

진짜, 난 대체 무슨 짓을 한 거냐…….

만약, 이래놓고도 대도구가 떨어지지 않았다면 나는 역적이 됐을 것이다. 분명히 졸업할 때까지 비실재 샛서방이라느니 그런 별명이 따라다닐 것은 틀림없었다.

"자, 일어설 수 있겠어?"

"괜찮다. 덕분에 다친 곳도 없어."

나는 아야메의 손을 잡고 끌어당겨서 자리에서 일으켜 세웠다. 그때—.

"괘, 괜찮은가요? 아야메! 상처는 없어요? 양호실에 갈래요?"

오오하라 선생님이 한 발 먼저 코토코에게로 달려왔다.

"괘, 괜찮다니까, 입니다. 선생님. 어디도 다친 곳은 없으니까요."

"찰과상도 없나요? 타박상이라든가 염좌 같은 것도 괜찮아요?"

오오하라 선생님은 울면서 코토코의 손을 붙잡고 무사함에 안도했다. 정말 좋은 선생님이라니까.

사고가 났으니 책임문제라고 여겨서 자기보신만 생각해도 이상하지 않은데.

"그보다, 대도구, 너희. 이건 좀 문제가 있는 거 아냐?"

"아, 아냐. 제대로 확인했어! 너희도 몇 번이나 살펴봤잖아? 분명히 사고가 일어나긴 했지만, 우리로서는 어쩔 도리가 없다고!"

그런 따뜻하고 온화한 공기 옆에서 대도구 담당자를 중심으로 급우들의 말싸움이 격화돼가고 있었다.

"사고가 난 건 관리를 게을리했기 때문인 거 아냐?"

"고리는 제대로 몇 번이나 중점적으로 살펴봤어! 가장 유의해야 할 부분이라는 건 우리도 잘 안다고!"

증거가 전혀 없으니 평행선만 달리는 논의가 될 것이 분명했다.

처음에는 면목이 없다는 것 같은 태도를 취하고 있던 대도구 담당의 리더, 우치다도 자기 좋을 대로 마구 던지는 말을 듣고 역시나 표정에 분노를 드러내기 시작했다. 아무리 자신에게 책임이 있다고 자각하고 있다고 해도, 짚이는 곳이 없는 사고에 대해 상대의 비난을 받아들이는 데에는 한도가 있었다.

　다른 대도구 담당들도 말이 심하다고 느꼈는지 그 표정에 조금씩 변화가 보이기 시작했다.

　니시하라만은 줄곧 미안하다는 표정을 하고 있었지만.

　"기, 기다리세요. 여러분. 냉정하게―."

　오오하라 선생님이 험악해지는 분위기를 재빠르게 감지하고 반 아이들을 제지하려고 했다. 그러나 다들 선생님의 말은 들으려고도 하지 않았다.

　"오오하라 선생님은 잠자코 계세요.", "우리 이야기가 끝난 다음에 해주세요."

　모처럼 좋은 느낌의 연극이었건만, 마지막의 마지막에 가서 다 망칠 것 같은 분위기가 되어가고 있었다.

　좋지 않은 흐름이었다.

　"잠깐 기다려!"

　그때, 객석에까지 들리는 것이 아닐까 싶을 정도로 큰 목소리가 그 자리에 울려 퍼졌다.

　코토코였다.

코토코는 줄리엣 차림 그대로 성큼성큼 급우들 사이로 들어갔다. 뭘 하려는 거냐, 이 녀석……

그리고 코토코는 우치다의 앞에 섰다.

"아, 아야메. 그, 저기, 사고는……."

우치다가 횡설수설하기 시작했다. 다른 대도구 담당들도 무슨 말을 들을지 전전긍긍했다.

코토코의 뒤쪽에서는 대도구 담당들에게 불평을 터뜨리던 녀석들이 살짝 공포에 떨고 있었다. 다들 『애들 싸움에 어른이 끼어들었다』라는 것 같은 얼굴을 하고 있었다.

코토코는 일단 작게 숨을 들이쉬더니 혼신의 미소를 내보였다.

"마, 마지막에 사고가 나긴 했지만, 좋은 연극이었잖아?"

다른 속내는 전혀 느껴지지 않는 귀여운 미소였다. 의상과 맞물려, 솔직히 말해 강한 감동이 느껴졌다.

"그러니까, 서로 말싸움을 할 필요는 없어."

"하, 하지만 아야메!"

"그건 그냥 단순한 사고였다. 예측할 수 없는 사태라고 하던가? 그런 건 언제 어디서든 일어날 수 있잖아. 사고라면 이제 누구의 책임도 아니야."

그러자 우치다가 면목 없다는 얼굴을 했다.

"그, 그걸로 괜찮은 거냐? 하마터면 다치게 할뻔했는데."

"그런 건 떨어져봤자 별 거 아니야. 난 주먹으로 깨부술 수 있으니까."

우치다는 그 말이 농담인지 진담인지 구별하지 못하고 곤혹스러운 것처럼 웃어 보였다.

"그러니까, 이번 일은 없던 일로 해 줘. 난 엄청 즐거웠으니까. 그것도 다 너희 덕분이다. 그러니까 마지막의 마지막에 와서 모두가 불쾌함을 느끼지 않았으면 해."

코토코의 말에 모두의 표정이 조금씩 부드러워졌다.

"미, 미안. 우치다. 가만 생각해보니 말이 너무 심했던 것 같아⋯⋯."

"아니, 우리도 고리를 걸기 직전까지 확인을 해 두는 편이 좋았을지도 모르니까⋯⋯."

그런 느낌으로 서로 사과를 하면서 불온했던 공기가 조금씩 풀려갔다.

오오하라 선생님이 안도한 기색으로 가슴을 쓸어내렸다.

코토코 녀석. 뭐라고 할까, 이제는 완전히 반의 일원이 된 느낌인걸.

그런 것이 모두 정리되어 끝났을 무렵, 또 한 명의 조명담당, 마토바가 캣워크에서 내려왔다.

"이야ㅡ. 아라미야가 갑자기 조명을 내팽개치고 뛰어나가서 무슨 일인가 싶었다니까."

그러자 다른 녀석들도 그 말을 좇아 서로 수군거리기 시작했다.

"하지만 진짜로 아야메가 무사해서 다행이야.", "아라미야도 위험을 알아차리고 도우러 오다니, 대단해.", "역시 남자친구

야.", "사랑이 이루어낸 결과인 것일까?", "위험하다고 알아차
려도 무대 위에 올라가는 건 망설여질 텐데—."

크으으윽. 다들 놀리고 있다.

그야 그렇겠지! 나라도 지금의 나와 같은 행동을 한 녀석을
봤다면 틀림없이 놀렸을 거다!

"나도 하고 싶지 않았어! 하지만, 어쩔 수 없잖아!"

"""그럼그럼."""

다들 「그래, 네 맘 다 알아」라는 것 같은 의기양양한 얼굴로
우리를 쳐다보았다. 다친 사람이 없다고 너무 안심하고 있잖아!

"방송실에서는 『무슨 일일까?』라는 정도로만 생각했어. 약
간 술렁거리는 소리만 들려서 말이지."

어느샌가 유우카도 내려와 있었다.

"그랬는데, 역시 세이이치구나. 에헤헤. 꼭 주인공 같아."

이 녀석, 반 아이들 앞인데도 이름으로 불렀다.

그러나, 다행히 다들 흥분한 것인지 그것을 알아차리지 못
했다. 일부러 그런 거냐, 이 녀석.

"애드리브를 해줘서 살았다."

"아하하…… 꽤나 억지스러웠지만 말이지."

유우카가 거북스럽다는 듯이 웃었다.

"하지만, 두 사람이 새로운 사랑을 하며 살아간다는 건 받
아들일 수 없으니까 말이야! 해설에서는 그렇게 말했지만!"

그렇게 말하면서 유우카는 내 얼굴 앞에서 척 손가락을 세
워보였다.

"아니— 나로서는 꽤 괜찮은 해설이었다."

"코튼도 참—!"

코토코와 유우카가 서로 장난을 치기 시작했다. 이런이런.

"여하튼, 무사히 마쳐서 안심했다."

이걸로 우리의 가장 큰 이벤트인 연극은 종료.

마지막을 잘 매듭지지 못한 것이 조금 유감스러웠지만, 다들 웃고 있기도 하니 무사히 끝이 난 이상 후회는 없을 것이다.

이제는 다들 각자 문화제를 즐기기만 하면 되었다…….

나로서는 조금 조사해봐야 하는 일은 생겼지만 말이지.

제2장 인터루드

"아─. 나도 코토코 씨의 연극, 보고 싶었는데─."

메이드 카페의 손님들이 환담을 나누는 가운데, 구석에서 키요미가 살그머니 중얼거렸다.

"또 그 소리네. 키요미도 참, 그렇게 보고 싶었어?"

"그렇다니까─. 아는 사람의 연극이라는 건 평소 볼 수 없는 모습이니까 말이야. 그런 거, 재미있잖아."

"그런 걸까."

"네 여장도 그다지 볼 수 없잖아? 그거랑 비슷한 거야."

"……지금 현재진행형으로 여장을 하고 있는데."

"그냥 평소부터 여학생 교복을 입고 다니면 되잖아. 그 편이 더 마음이 편할 것 같은데. 너, 여자탈의실에 들어가도 애들이 딱히 비난하지 않잖아?"

"몰라! 여자탈의실에 들어간 적 없으니까!"

사이타니는 발칵 화를 냈다. 하지만 큰 목소리를 냈다는 사실을 자각했는지 곧바로 손으로 입을 가렸다.

사이타니는 그런 사소한 몸짓이 정말 귀엽다니까. 자초지종을 지켜보던 토자키는 늘 그렇게 생각했다. 골격에서 살집, 몸짓까지. 여자로밖에 보이지 않을 정도였다.

"나는 아라미야가 주역이 아닌 시점에서 이미 흥미를 잃었어—. 또 어차피 연습 때 몇 번인가 봤고."

"토자키 선배는 그렇게나 우리 집 그 인간하고 코토코 씨가 연기하는 걸 보고 싶으셨던 건가요?"

"나는 그 두 사람, 이제 슬슬 얼른 이어졌으면 좋겠다고 생각하니까. 주역인 미카모토한테 몇 번이나 상한 우유를 줬는데, 그 녀석 안마시더군."

"마실 리가 없잖아요……."

옆에서 이야기를 듣던 사이타니가 어처구니없다는 얼굴을 하면서 토자키에게서 멀리 떨어졌다.

"하지만, 그 두 분이 이어졌으면 좋겠다는 마음은 이해합니다. 잘 어울리잖아요."

"에— 그래? 달하고 자라잖아. 오히려 동정과 자라를 같은 범주에 넣으면 자라한테 실례가 될 정도의 수준인걸."

"키요미도 참……. 또 그런 소리를 하고."

"그러고 보니까, 전부터 키요미한테는 아라미야가 없을 때 물어보고 싶었는데……."

토자키가 퍼뜩 생각이 났다는 것처럼 키요미에게 물었다.

"키요미는 언제부터 오빠를 싫어하게 된 거야?"

"엑."

키요미의 입에서 평소 나오지 않을 법한 소리가 새어 나왔다.

"뭐, 뭔가요. 왜 그런 걸 물으시는 거죠?"

키요미가 경계하듯이 몸을 뒤로 뺐다.

"아니, 키요미가 오빠를 싫어하는 모습은 꽤 일반적인 수준을 벗어나 있어서 신경이 좀 쓰여서 말이지."

"그, 그런가요? 보통이에요, 여동생으로서!"

"키요미…… 아무리 그래도 그건 보통이라는 말로 끝나지 않아. 일반적인 여동생이라면 그 정도까지의 폭언은 하지 않으니까 말이야."

사이타니가 포기했다는 것처럼 말했다.

"그, 그걸 물어서 어쩌려는 건데요?!"

"아니, 그게 말이지. 괜한 노파심이겠지만, 아라미야와 키요미가 좀 더 평범한 남매가 돼 주었으면 해서 말이야."

"저, 전 그 녀석을 오빠라고 인정하고 싶지 않은데요?!"

"하지만 호적등본에 실려 있는 이상, 어쩔 도리가 없지. 딱히 게임에 나오는 캐릭터처럼 찰싹 붙어 다니란 의미는 아니고, 서로 필요 이상으로 매도하지 않는 수준이 돼 주었으면 좋겠다고 생각하는 것뿐이야."

"괘, 괜찮잖아요, 딱히!"

"혹시, 그 녀석이 등교거부를 하게 됐다던 그 일하고 관계가 있는 거야?"

"토, 토자키 선배하고는 관계없으니까요!"

키요미는 고개를 휙 돌리고는 불쾌하다는 듯이 물병을 들고 테이블을 돌기 시작했다.

"이런이런. 아직 갈 길이 먼 것 같군."

토자키가 곤란하다는 듯이 웃으며 어깨를 떨어뜨렸다.

"역시 아라미야 선배와 키요미, 화해하면 좋겠어요."

"그렇지 뭐. 저 두 사람의 폭언은 그냥 봐 줄 수가 없으니까. 사이타니도 은근슬쩍 원인을 알아봐주지 않겠어?"

"어, 아. 그, 그렇게 말씀하셔도……."

"지금 당장 어떻게 하라는 건 아니니까. 느긋하게 가자고."

"아, 예……."

손님의 물 잔에 물을 채우기 위해 테이블 사이를 도는 키요미는 기분이 나빠 보이긴 했지만, 그래도 손님 앞에서는 웃는 얼굴을 내보이고 있었다.

대도구 정리도 끝나, 우리 반은 체육관을 나왔다.

"아—, 피곤하다.", "두 번 다시 안할 거야.", "그래? 난 다시 한 번 해보고 싶은데."

그렇게 반의 모두가 진정을 되찾았을 무렵.

"아아아아아아아아아아아아아아아아아아아아아아아아 아아아아아아아아아아아! 코토코쨩코토코쨩코토코쨩코토코 쨩코토코쨩코토코쨩코토코쨩!! 다행이야다행이야다행이야아 아아아아아아아아아아아아아아아아아아아아아아아아!!"

코토코에게 언니인 토쿠코 씨가 달려들었다. 흡사 사나운 개가 덤벼드는 것 같은 기세라 반의 모두가 흠칫 놀랐다.

"아야메의 언니?", "닮은 것 같기도 하고 아닌 것 같기도 하고…….", "좋은 사람 같네."

토쿠코 씨는 반 아이들의 그런 호기심 어린 시선을 신경 쓰지도 않고 진심으로 코토코를 걱정하고 있는 것 같았다. 콧물과 침, 눈물로 얼굴이 정말 엉망이 돼 있었다. 화장이 모두지워지는 것이 아닐까 하고 걱정이 될 정도였다.

그 모습에 사카이는 빌린 옷에 묻지는 않을까…… 하고 걱정스러운 것 같은 얼굴을 했다. 그러나 「방해하면 미안하잖아」라며 다른 애들이 끌고 가 버렸다.

그 자리에는 부활동 멤버인 코토코와 유우카, 이브, 그리고 나만이 남았다.

"어, 언니. 왜 그래?"

"왜 그래? 가 아니야! 놀라서 심장이 멈춰버렸단 말이야!"

심장이 멈췄다면 부디 이대로 성불해 주세요. 여기 있는 이 사람은 원령인 건가?

"아아. 무사해서 정말 다행이야……. 코토코쨩, 이름을 불러도 전혀 알아차리질 못해서 말이야."

"그러고 보면 내 이름을 불렀지. 하지만 내 이름을 부르기만 하는 것으로는 알아차리지 못해. 또 대본에 없는 일을 할 수도 없고."

"그래 그렇지. 내가 지금 일어나는 일은 제대로 설명도 하지 않고 널 부르기만 했구나. 미안해."

하지만 엄청나게 흐트러진 모습이군. 언젠가의 키리코 누나와 비슷할 정도로 당황한 것일지도 몰랐다.

이 사람도 평소에는 딱 부러지는 사람인 것 같으니까, 그런 의미에서는 키리코 누나와 비슷한 사람인 것일지도 모르지. 그렇기 때문에 서로 마음이 맞을 가능성도 있었다.

자…… 가족끼리의 오붓한 시간인 것 같으니 나도 이틈에 철수하자. 이 사람과 긴 시간을 함께 있는 것은 정말로 좋지 않았다. 어디선가 내가 야겜 오타쿠라는 사실이 드러나면 내가 죽는다.

기척을 없애고 이 자리를 조용히 바람처럼 떠나는 것이다. 슬그머니 살금살금.

"……어딜 가려는 걸까?"

문득 등 뒤에서 그 누님이 내게 말을 걸었다. 목에 사신의 예리한 낫이 들이대어진 것 같은 기분이다……!

그 기분에 따라 목과 몸통이 분리될 수도 있을 것 같아!

목덜미가 엄청나게 서늘했다.

"아, 아뇨. 가, 가족끼리 오붓하게 계시라고요."

"그렇게 싫다는 것처럼 서둘러 떠나려고 하지 말아줬으면 하는데."

"싫다는 것처럼, 이라니, 설마 그럴 리가요."

나는 뒤를 돌아보기 전에 딱딱하게 굳은 표정을 풀고 억지로 미소를 지었다. 심장고동이 격렬해지고 목이 바짝바짝 말랐다.

"……싫어하는 것 같지?"

"세―이치, 무슨 일일까."

함께 남아 있던 유우카와 이브가 뒤쪽에서 뭔가를 귓엣말로 속삭이고 있는 것 같았다. 미안하게 됐다!

"인사를 할 수 있게 해줘. 코토코쨩을 구해줘서 고마워."

토쿠코 씨가 극히 자연스럽게 미소를 띠었다.

그것을 보자 내 마음도 가벼워졌다.

지금까지 봐온 눈은 웃고 있지 않았으니까 말이지. 나를 완전히 적시하고 있다고 생각했는데 마음을 풀어준 것일지도 몰랐다.

"알았지?"

그리고, 토쿠코 씨는 손을 내밀었다.

나도 그에 따라 손을 내밀었다.

"정말로 고마워."

안심이 될 정도로 부드러운 손이었다.

다만…… 내 손을 쥐는 힘이 묘하게 강한 것 같은 느낌이 드는 것은 어째서일까. 감동에 겨운 나머지 힘이 너무 들어간 것뿐이려나?

"네가 구해주지 않았으면 코토코쨩은 크게 다쳤을지도 몰라. 정말로, 코토코쨩의 은인이야."

"아, 아뇨."

"하지만, 부둥켜안듯이 미끄러져 들어갔지."

손에 한층 더 힘이 들어갔다.

아파아프다고……!

"아—."

비명이 터져 나올 것 같아졌을 즈음에 토쿠코 씨가 손을 놓았다.

"왜 그래?"

그러면서 천연덕스럽게 그렇게 물어왔다.

이 정도로 아파하는 거야? 라고 생각하는 것인지, 아니면 이 정도로 끝나서 다행이구나, 라고 생각하는 것인지 판단이

서질 않았다.

"아뇨. 아무 것도 아닙니다. 여, 여자를 구해주는 건, 남자로서 당연히 해야 할 일이죠."

나는 일단 무난하게 그렇게 말을 해두었다.

이상한 소리를 했다가는 이 자리에서 살해당할 것 같기도 하니 되도록 잠자코 있는 것이 유리했다.

그리고 그밖에 깨달은 것이 더 있었다.

이 사람은, 역시 내 천적이었다.

가까운 장래, 틀림없이 내게 있어 말썽의 씨앗이 될 것이다.

그 말썽을 어떻게 회피할 것인지 생각해 두지 않으면, 내게는 폭발사산(爆發四散)하는 미래밖에 없을 것이다. 대비를 해두자.

"그래서…… 그 사고는 왜 일어난 거야?"

분위기가 180도 바뀌어, 토쿠코 씨는 진지한 얼굴을 했다.

"대도구의 고리 한쪽이 벗겨진 것 같더군요. 고리를 고정해둔 금속구의 나사구멍이 완전히 망가져 있었습니다."

그러자 토쿠코 씨는 알 수 없다는 표정을 해보였다.

"네게 말해도 별 수 없는 일일지도 모르겠지만…… 그런 건 금방 바로 알아차리지 않나? 튼튼한 나사는 일부러 손을 대지 않는 이상, 갑자기 망가지지는 않아."

"그렇겠죠. 그래서 대도구 담당자들도 혼란스러워했습니다. 모두 확인했다, 저 모양이 돼 있던 것을 절대로 못보고 지나쳤을 리 없다, 라고 말이죠."

그 대도구 담당자들은 연극이 끝난 뒤 진지하게 코토코에게 사과를 했다. 코토코는 웃으면서 용서해주었지만 말이다.

"……무슨 말을 하고 싶은 거야? 언니."

우리의 대화를 의아하게 생각한 것일까. 코토코가 고개를 갸우뚱했다.

"아하하하하하하하하하하하. 아무 것도 아니야, 코토코쨩. 신경 쓰지 않아도 돼. 자, 문화제도 얼마 안 남았으니까 즐기고 와."

"그래. 언니도 즐기고 가줘!"

그리고, 코토코와 유우카, 이브는 토쿠코 씨에게 인사를 하고 자리를 떴다.

"그럼 저도. 다시 만날 날까지……."

그렇게 생각했는데, 토쿠코 씨가 내 팔을 붙잡아 그 자리에 세웠다. 코토코와 다른 애들은 그것을 알아차리지 못하고 그대로 가버렸다. 도와줘!

토쿠코 씨는 나를 정면을 향하게 하고는 날카로운 눈으로 물었다.

"코토코쨩 앞에서는 말하지 못했는데…… 인위적인 사고일 가능성은?"

이 사람이 예리한 시선으로 노려보면 말하지 않아도 될 일까지 다 말해버릴 것 같았다. 코토코에게 보이는 상냥함의 10퍼센트라도 이쪽에 할애해줘.

……뭐, 코토코도 없으니 내 개인적인 생각을 말해도 좋으

려나.

"아마도 인위적인 것이겠죠. 재료가 썩은 것도 아니었고 손질과 관리가 미비했던 것도 아닙니다. 그렇다면, 인위적이었다는 답밖에 나오질 않죠."

"그렇구나. 그럼, 누구 주시하는 사람은 있어?"

"일단은요. 수상한 움직임을 보이는 녀석이 있었으니까요."

"뭐야. 상황은 제대로 잘 파악하고 있구나. 눈치가 빠른 것 같아서 다행이야."

토쿠코 씨는 의외라는 얼굴을 하며 작게 한숨을 내쉬었다.

"그래서, 어쩔 셈이야?"

"캐물어야죠."

"사형을 시킬 것이라면 도와줄 수 있는데?"

……지금 아무렇지도 않게 엄청난 소리를 했어, 이 사람!

"기, 기다려 주세요. 이야기를 들어보지 않으면 판단을 내릴 수 없어요."

"농담이야."

나는 질렸다는 얼굴을 하면서 피식 웃었다.

고도로 발달한 농담은 진담과 구별이 되지 않는다. 키리코 누나도 이런 사람과 용케 친하게 지냈구나.

"어쨌든, 무슨 일이 있으면 내게 연락해. 힘이 돼 줄 수 있을 거야. 스마트폰은 갖고 있어?"

"아, 예."

"잠깐 줘봐."

나는 스마트폰을 꺼냈다. 그러자 토쿠코 씨는 그것을 낚아채갔다.

그리고 그대로 폰을 조작해 멋대로 ID를 등록했다.

……바탕화면을 야겜의 벽지로 해놓지 않아서 다행이다. 안에 담긴 사진도 보이지 않아서 정말 다행이다. 만약 폰 깊숙한 곳까지 파헤쳐졌다면, 그 자리에서 폰이 박살나도 이상하지 않았을 거야…….

그런데, ID 교환을 하는 방식이 코토코와는 크게 다르군…….
그 녀석은 메일주소를 물어보기까지 엄청 시간이 걸렸는데.

"다 됐다. 그럼, 앞으로도 잘 부탁해. 아라미야?"

내게 보내오는 그 미소는 과연, 언니라는 점도 있어서 코토코와 매우 비슷했다. 하지만, 역시나 눈은 안 웃고 있구나…….

"저, 저야말로……."

나로서는 그렇게 무난한 대답밖에 할 수가 없었다.

그 뒤.

코토코 언니의 마수에서 벗어난 나는 코토코를 데리고 범인을 찾아 교내를 돌아다녔다.

이미 범인으로 점찍어놓은 사람이 있었기 때문에 나 혼자 찾아다녀도 상관은 없었다. 그럼에도 코토코를 대동한 것은 범인이 그녀에게 사과 해주기를 바랐기 때문이었다.

확증은 있지만, 솔직히 말해 그 녀석이 이번 일을 저질렀다는 사실이 아직 믿기지 않았다.

그런 짓을 할 녀석이 아니라고 생각하는데 말이지. 아니면, 평소부터 줄곧 그런 성격을 연기하고 있는 건가.

뭐, 사람의 본성 따위 겉에서는 알 수 없었다. 좋은 점도, 나쁜 점도.

"정말로, 그 녀석인 거냐? 세이이치."

"……아마도. 정황증거상으로는 그 녀석밖에 없으니까."

특히, 연극시작 전부터 줄곧 무덤의 배경도구를 확인하고 있었고, 연극이 끝난 뒤에도 거북하다는 표정으로 입을 다물고 있었다.

게다가, 이참에 달리 묻고 싶은 일이 있었다. 이것은 좋은 기회였다.

그리고, 드디어 우리는 그 하수인을 발견했다.

화장실에 갔다는 반 아이들의 이야기를 듣고 찾아 나섰는데, 지금은 사람 눈에 띄지 않는 계단의 층계참에서 스마트폰을 만지작거리고 있었다.

그 표정은 어딘지 불안해 보였다. 게다가, 겁을 먹은 것처럼 시선도 불안정했다. 말하자면, 나쁜 짓을 했다는 사실을 자각하고 남에게 발견되지 않기를 기도하는 어린아이 같았다.

"……니시하라."

나는 그 하수인에게 그렇게 말을 걸었다. 그러자 그녀는 온몸을 흠칫 떨었다.

"아, 아라미야…… 왜?"

그렇게 대답하면서도 니시하라는 뒷걸음질을 쳤다. 원래부터 남자를 거북해하는 것 같은 분위기를 갖고 있긴 했지만, 지금의 반응은 그것과는 다른 것 같았다.

"이야기, 들려줄 수 있지?"

"무, 무슨 이야기……?"

"연극 대도구 건."

그러자, 니시하라는 도망치기 위해 다리를 움직이려고 했다. 하지만 그 다리를 제대로 움직이지도 못하고 그만 그 자리에 주저앉았다.

몸을 피하지 못한 니시하라는 구석으로 도망갔다.

……이 모습은, 예상적중이로군. 틀림없이. 다만, 반응을 보건대 **주모자**인지는 좀 미묘하군…….

"니시하라."

나는 니시하라 앞에 쭈그리고 앉았다.

그러자, 니시하라는 눈물을 흘리면서 계속 사과를 했다.

"미안해……. 미안해……. 미안해……."

"그 사고를 일으킨 건 너지."

"……응."

니시하라는 흐느끼면서 머뭇거리는 기색으로 고개를 끄덕였다.

"이, 이봐. 울잖아?"

코토코가 거북하다는 듯이 내게 귓속말을 해왔다.

"……피해자는 너인데 말이지."

"아니, 그렇지만……."

"나도 알아. 나도 딱히 울리러 온 건 아니니까."

여자애의 눈물을 보면 기분이 좋지 않은 것도 분명하고 말이지. 야겜에서 환희의 눈물을 보는 건 엄청 좋아하지만.

"이유를 들려 줘. 코토코가 네게 무슨 심한 짓이라도 한 거냐?"

니시하라는 필사적인 모습으로 고개를 가로저었다.

원한 때문은 아니라는 것이로군. 뭐, 그럴 것이라고는 생각했지만.

"그러니까 말했잖아. 나는 니시하라에게는 아무 짓도 하지 않았어."

"기억하지 못하는 것일 수도 있잖아. 인간은 자신의 어떤 행동이 상대에게 영향을 끼쳤는지 따위 전부 알지 못하니까 말이지."

그야말로 단순히 재채기를 한 것만으로도 시끄럽다고 여겨져도 이상하지 않은 것이다. 어떤 사소한 일이라도 상대가 불쾌하게 여긴다면 원한이 될 수 있었다. 식사 중에 소리를 내는, 식사매너가 꽝인 사람이 자각도 없이 옆 사람이나 주위 사람들을 불쾌하게 만드는 것과 마찬가지였다.

예를 들어, 배기음을 높인 오토바이를 타는 사람은 그 굉음을 듣기 좋다고 생각하겠지만, 주위 사람들에게 그 굉음은 그저 소음에 불과하다. 개를 키우는 사람은 개가 짖는 소리를 귀엽다고 여길지도 몰라도, 주위 사람들에게는 시끄러운 소리에 지나지 않았다.

자신이 상대에게 어떤 영향을 주는지 따위, 상대에게 진심을 캐묻지 않으면 모르는 것이다.

"그래서, 왜 이런 일을 한 거야?"

"……."

"묵비권인가. 그럼, 이렇게 묻지. 누가 하라고 한 거야?"

니시하라의 몸이 움찔 하고 반응했다. 빙고였다.

"내게는 네가 스스로의 의지로 이런 짓을 저질렀다고는 도저히 생각되지 않아. 다만…… 네 뒤에 누군가가 있겠구나, 라고는 확신하고 있어."

니시하라는 내성적인 성격으로 매사에 그다지 적극적이지 않았다. 반에서도 그 경향은 현저해서 범죄를 저지를 것 같지는 않았다.

만약 지금까지의 그 모습이 모두 연기였다면 그야말로 표창감이었다. 그저 경의를 표하는 수밖에 없었다. 오히려 속아도 어쩔 수 없다, 라는 수준이었다.

때문에 그녀에게 숨겨진 이면은 없었다.

다만, 배후인물이 있었다.

"그게 누구야?"

그러나, 니시하라는 침묵을 유지할 뿐, 아무 것도 이야기하려 하지 않았다. 역시나 스스로 배후를 밝히는 것은 어렵겠지. 또 입막음을 당했을 가능성도 있을 테고.

……그렇다면, 이쪽에서 질문을 던지는 형태로 가볼까.

"다른 학교 녀석이지?"

니시하라는 고개를 위아래로도 흔들지 않았지만 가로젓지도 않았다. 이것은 무언의 긍정인 것이리라.

시간이 아까웠다. 얼른 유력한 주모자의 이름을 꺼내 보자.

"……시구레 아코."

니시하라의 표정이 다시없을 정도로 굳어졌다.

예, 제대로 적중했습니다.

"이, 이봐, 아라미야. 여기서 왜 그 녀석의 이름이 나오는 거냐? 맥락이 없어도 너무 없잖아. 분명히 그 녀석은 마음에 들지 않는 녀석이지만……."

뭐, 이번 일만 놓고 보면 그렇지만.

"이번 일만이 아니야."

"어……."

"난 이전부터 니시하라가 좀 신경이 쓰였다."

"시, 신경이 쓰였다니. 너, 니시하라 같은 여자애가 취향이었던 거냐?"

"이 분위기에서 그런 방향으로 이야기를 가져가지 마! 아아! 내 표현이 좀 안 좋았다! 아, 진짜!"

괜한 소리로 이야기의 흐름을 잘라먹다니.

"이브 때의 일을…… 잊지는 않았지? 니시하라."

내가 이브에게 덮쳐질 뻔했을 때 체육창고를 밖에서 잠근 것은 니시하라였으며, 이브에게 그런 행동을 취하게 한 것도 니시하라였다. 동인지를 읽고 실행에 옮겼다던 이브의 이야기는 영 수상쩍긴 했지만.

"그때, 넌 누군가와 통화를 하고 있었어. 그렇지? 처음에는 이브와 계획을 자세하게 논의했던 것이라고 생각했는데, 이브에게 물어봤더니 그런 일은 없었다더군. 그건 그 녀석의 휴대전화 착발신 이력을 확인했으니까 확실해."

그렇게 되면, 니시하라는 누구와 연락을 하고 있었느냐는 수수께끼가 남는다.

"즉, 널 통해 몰래 이브를 부추긴 녀석이 있던 거다. 전학 온 지 얼마 되지 않은 이브를 부추길 수 있을 만큼 잘 아는 녀석 따위 많지 않아. 우리 학교에는 없을 테고, 다른 학교라면 생각할 수 있는 범위 안에서는 원래 인연이 있던 아코의 패거리 정도다. 게다가, 그 녀석은 나와 이브의 사정도 알고 있으니까 말이지."

그래서 그 녀석의 이름을 꺼낸 것인데 들어맞은 셈이다.

물론, 니시하라와 아코가 서로 이어져 있는지 어떤지는 아직 분명하지 않았다. 지금 하는 말은 거의 어림짐작이나 마찬가지였다. 그것에 대한 근거라면, 이브에게 뭔가 수작을 걸 수 있는 녀석이 있다면 아코밖에 없다는 사실뿐이었다.

그러나, 그렇게 생각하면 많은 것들이 깔끔하게 연결되었다. 무엇보다, 중학교 시절 이브의 교우관계는 놀랄 정도로 좁았으니까 말이지.

"어떤 거야? 니시하라."

"아, 우……."

니시하라는 말을 할까 말까 망설이고 있었다. 이제 와서 뭘 새삼스럽게 주저하는 거냐, 라고 말하기는 쉬웠다. 그러나 그녀에게도 쉽게 말할 수 없는 이유가 존재하는 것이리라.

그랬지만, 우리도 그녀에게 이야기를 들어야만 하는 이유가 있었다.

"말해줘. 니시하라. 이번 같은 일은 두 번 다시 일으키면 안 돼. 누구에게도 득이 안 될뿐더러 뒷맛이 너무 쓰다. 만약 코토코가 다치기라도 했다면 완전히 아웃이었다고."

"나, 나도, 알, 아······."

이윽고 니시하라가 흐느끼면서 고개를 끄덕였다.

"마, 맞아. 아코, 야."

니시하라는 겨우 그 이름을, 떨리는 목소리로 입에 올렸다.

"지, 진짜냐······."

"미안해, 아야메······. 정말 미안해······."

"······."

코토코는 어떻게 반응해야 좋을지 당혹스러워했다.

그녀는 화를 내지도 않고, 니시하라를 비난하지도 않고 그저 도움을 요청하듯이 나를 쳐다보았다. 그렇게 쳐다봐도 곤란한데.

"아코가 하라고 했어······. 대도구는 어차피 나무합판이니까, 약간 위협하는 정도라면 괜찮을 거라고, 몇 번이고 말을 해서 말이야. 하, 하지만, 아야메한테 부딪칠지도 모른다고 생각하니까 걱정이 돼서······."

니시하라는 참회하듯이 그렇게 말했다. 그 눈에서는 눈물이 계속 흘러넘쳤다.

그렇다 쳐도, 새삼 다시 들으니 역시 수수께끼로군.

"그 전에, 너와 그 녀석의 관계를 가르쳐 줘."

나는 니시하라에게 그렇게 물었다. 그러자, 니시하라는 머 뭇거리면서도 천천히 입을 열었다.

"중학교 때…… 아코랑 같은 학교였어……."

나는 코토코를 쳐다보았다. 내 시선에 코토코는 고개를 저 어보였다. 코토코는 니시하라를 모르는 모양이었다.

"아야메는, 모를 거야……. 같은 반이었던 적도 없으니까……. 아야메는 유명해서 나도 알았지만……."

같은 중학교 출신이라고 해도 모르는 녀석은 많지. 게다가 애초에 니시하라는 눈에 띄지 않는 타입에 코토코는 불량배. 반이 달랐다면 접점은 없었을 것이다. 게다가 토자키와 유우 카처럼 코토코와 같은 중학교에서 우리 학교에 진학한 학생 은 많았다. 그 수가 적었더라면 시험을 칠 때 뭔가 접점이 생 겼겠지만, 응시하는 학생의 수가 많아지다 보면 그것도 힘들 었다.

"그래서, 다시 묻겠는데, 왜 아코의 말에 따른 거야?"

"……빚이, 있어. 그 애한테는."

"빚?"

"심한 괴롭힘에서 도움을 받은 적이, 있어서……. 그, 그 뒤 로도 계속 신세를 졌어. 그 애로서는 타인을 괴롭히던 아이에 게 벌을 준 것뿐일지도 몰랐지만, 그래도 난 무척 기뻐서 말이야……."

그랬군. 그 약점을 파고든 건가.

사람은 자신을 도와준 상대에게는 약했다. 결정적으로 위급한 때일수록, 도움을 받았을 때에 큰 은혜를 느끼게 된다.

언젠가 그 은혜를 갚자. 그렇게 생각하지 않을 수 없게 된다.

내가 키리코 누나에게 머리를 들지 못하는 것과 비슷한 것이었다. 다른 점이라면, 정도의 차이였다.

그런 부분에서 키리코 누나는 그다지 신경을 쓰지 않지만…….

"나는, 아코의 부탁은 거절할 수가 없어……."

그래서 그렇게 어중간한 형태가 됐던 건가.

코토코를 다치게 하는 것뿐이라면 좀 더 효율이 좋은 방법이 있었다.

바로 대도구 그 자체가 쓰러지도록 손을 쓰면 됐다. 무대 위의, 특히 대도구 뒤쪽은 어두워서 잘 보이지 않았다. 끈과 누름돌을 사용하면 얼마든지 공작할 수 있었다. 피할 수 없는 상황에서 코토코는 크게 다쳤을 테고, 목적을 확실하게 달성할 수 있었을 것이다. ……뭐, 곧바로 누구 짓인지 탄로 났겠지만.

하지만, 니시하라는 그렇게까지 하지 못했다.

한쪽의 고리만 뺀다는 어중간한 공작밖에 하지 못했던 것이다.

양심의 가책을 받은 것일지도 몰랐다. 착한 사람으로밖에 보이지 않으니까 말이지.

그런 것을, 아코가 억지로 남을 다치게 만드는 일을 시킨 셈이다.

"미안해……."

니시하라는 자신이 저지른 일이 상상 이상으로 큰일로 번졌기 때문인지 온몸을 떨고 있었다. 틈만 있으면 코토코에게 사과를 했다.

……내친김이니 여기서 물어보자.

"그럼, 이브의 사건 때에 통화했던 것도 아코가 상대였던 거로군?"

"응……."

니시하라는 신묘한 얼굴로 고개를 끄덕였다.

"그 녀석이, 왜 너한테 그런 일을 시켰는지, 그 이유도 알아?"

"내가 이브에 대해 아코에게 이야기를 하다보니까…… 아라미야의 이야기까지 하게 됐어……. 당시의 일은 자세히 보고하고 있었거든. 그러자, 아코가 이브랑 아라미야를 함정에 빠뜨리자고……."

"……잠깐만. 그렇다는 건, 그 녀석은 그때부터 내가 이 학교에 있다는 걸 알았다는 거냐?!"

"응……. 원래 그 연장선에서 아야메가 이 학교에 다닌다는 것도 알게 된 거야."

"진짜냐. 그렇다는 건, 아야메의 용모에 대해서도 이야기한 거야?"

"아, 아니……. 그건 몰랐어. 그래서 그 일로 최근에 혼이

났어. 용모가 바뀐 일을 왜 보고하지 않았느냐고……."

과연. 여러 가지 수수께끼가 풀렸다.

"아코는 전부터 아야메를 내쫓는 일에 기를 쓰고 있어서, 아라미야와 사귀는 것 같다고 이야기를 했더니……. 이브를 움직이라고. 그 뒤에는 아코의 지시대로 했어……."

"사귀지 않는데 말이지……. 그보다, 코토코를 쫓아내는 일에 왜 나와 이브가 이용된 거지?"

"아야메가 남자와 사귀는 것이 마음에 들지 않았던 모양인지……. 갈라놓자고 말했어."

밴댕이 소갈딱지 같으니라고…….

아니, 뭐가 됐든 그 녀석은 코토코의 행복이 마음에 들지 않는 것이리라.

그 탓에 내가 역강간미수라는 일을 당하게 된 셈인데.

그 무렵, 우리는 하나부터 열까지 다 아코에게 놀아나고 있었다는 건가.

"이게 내가 이야기할 수 있는 전부야……. 미안해."

니시하라의 눈물은 끝없이 흘러내렸다. 교복의 가슴주머니에 손수건이 들어있는 것이 보였지만 그것으로 눈물을 닦거나 하지도 않았다.

그저, 그렇게 하는 것만이 용서를 구할 수 있는 길이라는 것처럼.

니시하라에게 앙금이 전혀 없는 것은 아니었지만, 결국 니시하라도 피해자라고 한다면 피해자였다. 비난해봤자 의미가 없었다.

"……어떻게 할 거냐, 아라미야."

"어떻게 할 거냐고 해도 말이지……."

평범하게 생각한다면 해야 할 일은 하나지.

뭐, 일단 말은 해둘까.

"니시하라는 경찰에 자수해줘야겠어."

그러자 니시하라는 흠칫 하고 몸을 떨었다.

그 말에는 오히려 코토코가 눈을 크게 뜨고 놀랐다.

"겨, 경찰?!"

"당연하지. 이 일은 어디까지나 인위적인 사고이니까. 학교 측에서는 싫어할지도 모르지만."

우선해야 할 것은 코토코의 안전이었다.

또다시 이런, 다칠지도 모르는 일을 당하는 것은 참을 수 없었다. 아무리 그래도 이번 일은 옹호할 수 없었다.

"니시하라. 이번 일은 역시나 좀 심했다. 아무리 뭐라고 해도 그냥 넘어갈 수 없어. 그 점은 이해하지?"

"으, 응…… 이해해. 자수, 할게……."

그러자 코토코가.

"아……. 아니. 그건 안 돼, 안 돼. 경찰은 안 돼. 니시하라에게 좋지 않아."

"어……."

"이번 일은 내 가슴 속에만 묻어두마."

그렇게 싱겁게 용서해 버렸다.

알고 있었다. 이 녀석은 틀림없이 용서할 거라고 생각했어.

"잘 들어, 코토코. 니시하라에게 자수를 시키면, 아코와도 확실하게 연결이 돼서 그 녀석을 주범으로 붙잡을 수도 있어."

……뭣보다, 그 녀석은 딱 잡아뗄 것 같긴 하지만.

"나는 경찰이 와서 사건의 진상을 조사해주기를 바라는 게 아니다. 그저, 두 번 다시 이런 일을 하지 않으면 하는 것뿐이야. 나만이 아니라, 다른 녀석들까지 휘말리거나 하는 게 싫은 것뿐이라고."

"아, 아야메……."

"그게, 아까부터 듣고 있으려니까, 넌 그 일을 하고 싶지 않았던 거잖아? 이제 말이지. 보고 싶지 않아. 너처럼 착한 녀석이 나쁜 녀석들에게 좋을 대로 이용당하는 걸 말이야."

코토코는 니시하라를 전면적으로 용서하고 있었다.

이전의, 마지못해 자신의 소문을 흘리던 유우카를 봤기 때문일 것이다. 그 녀석도 손고에게 강요당해 그랬던 것뿐이니까 말이지.

"사, 상냥하구나. 소, 소문이랑 전혀 달라."

"……너, 코토코가 바뀌었다는 말을 믿지 않았던 거냐?"

유우카가 교단에 서서 그렇게까지 호소했건만. 그것으로 우리 반 녀석들은 전원 코토코가 옛날과는 달라졌다는 것을 믿었다고 생각했는데……

"아야메의 중학교 시절의 소문이 너무 강렬해서…… 게다가 **지금도 새로운 소문이 계속 만들어지고 있어서 말이야.**"

그냥 지나칠 수 없는 말이었다.

"잠깐만, 니시하라."

"으, 응······?"

2학기 들어와서는 이렇다 할 새로운 소문은 없었다. 특히, 아야메를 깎아내리는 종류의 것들은.

그랬는데, 『지금도 새로운 소문이 계속 만들어지고 있어서 말이야』라니.

나와 니시하라 사이에는 상당한 인식의 차이가 존재했다.

설마······.

"니시하라. 너, 혹시 그 SNS에 가입했냐?"

"어, 그 SNS····· 라니?"

"코토코의 사진이나 소문이 퍼지고 있는 그룹채팅이라고 하면 되려나."

그러자 니시하라는 머뭇거리면서 고개를 끄덕였다.

"미안하지만 그 그룹채팅, 내가 좀 볼 수 있을까? 그걸로 이번 일은 넘어가도 좋아."

"야, 야. 세이이치. 여자애의 폰을 들여다보는 건······."

"어, 어쩔 수 없잖아! 그럼, 네가 보고 판단해!"

"괘, 괜찮아. 남이 봐서 곤란한 것들도 없으니까······."

니시하라는 쭈뼛쭈뼛 스마트폰을 꺼내더니 화면 위에서 손가락을 놀려 예의 그룹채팅을 화면에 표시했다.

로그양이 정말 어마어마했다. 만 단위의 유저가 있다는 건 허풍이 아니었군.

© 2016 ReDrop

심지어는 지금 이 순간에조차도 코멘트가 계속 올라오고 있었다.

그것을 무시하고 나는 화면을 밑으로 스크롤했다.

그곳에, 있었다.

"코토코의, 사진⋯⋯!"

되는 대로 지어낸 소문이 코멘트로 같이 딸려 있었다. 그곳에 몇 개 정도의 응답이 달려 있었다.

화상은 최신의 메이드복 차림. 이 각도라면 밖에서 찍은 것이로군.

그리고 화면을 더 밑으로 스크롤하자 여름코믹 때의 공주님 코스튬플레이 사진도 있었다. 날짜는 마침 코스튬플레이를 했던 그 다음 날이었다.

"여긴 어떻게 가입한 거야?"

"아코가, 가입하라고 해서⋯⋯. 난 코멘트 같은 건 전혀 하지 않았지만⋯⋯. 가끔 아코의 말을 듣고 들여다보는 정도였어⋯⋯."

과연. 초대라는 정통적인 방법으로 가입을 하는 건가.

"니시하라가 초대를 해주면 우리도 가입할 수 있는 건가?"

"아니⋯⋯. 초대를 할 수 있는 건, 일부 사람들뿐이라는 것 같아."

계급이 있다는 건가. 간부니 뭐니 하는 것들이 있는 것이로군.

"왜, 오합지졸이라는 것들은 이렇게 등급을 매기고 싶어 하는 걸까⋯⋯."

"아직 오합지졸이라고 결정 난 것도 아니지 않아?"

코토코가 의아하다는 눈으로 나를 쳐다보았다.

"그 사람을 직접 보지도 않고 인터넷에 떠도는 정보만으로 다 알았다고 생각해서는, 나쁜 소문을 흘리며 흡족해하는 녀석들 따위, 오합지졸인 게 뻔하잖아. 메뚜기와 동급이다."

그저 다른 사람들이 그렇게 말하니까 자신도 그렇게 했다. 그런 소리를 지껄이는 녀석들이었다.

아마도 조금이라도 흐름이 바뀌면 바로 손바닥을 뒤집을 것이다. 그런 녀석들의 손목은 모터로 작동하니까 말이지.

"게다가, 그 사실을 알아차리지 못하고 자신만은 메뚜기가 아니라고 생각하니 더 고약하지."

"가차 없구나, 세이이치……."

"원래대로라면 네가 더 화를 내야 하는 부분이라고. 네 소문이니까."

"아니, 네가 대신 화를 내주니까 난 됐어."

그럴 생각은 없다만…….

"일단, 그 일은 제쳐두자. 니시하라, 아코 외에 이 채팅을 하는 사람은 또 모르는 거냐?"

니시하라는 고개를 저었다.

"몰라. 이곳에 가입했다는 이야기는 다른 사람한테는 너무 떠들지 말라고 아코가 말하곤 했으니까."

"그렇구나.

나는 한층 더 화면을 밑으로 내려 로그를 거슬러 올라갔다.

"……이 이상은 무리인가."

약 다섯 달 전. 즉 신학기가 시작된 시점까지밖에 로그를 거슬러 올라갈 수가 없었다.

"미, 미안해. 2학년이 됐을 때 부모님께 부탁드려서 스마트폰을 새로 바꿨거든……."

로그를 계승하지 않은 건가. 분명히 니시하라의 휴대전화는 비교적 최신 모델이었다. 그러고 보면 작년 겨울에 발매된 모델, 나도 갖고 싶었어……. 키리코 누나한테 말했더니 너무 비싸서 안 된다고 했지만 말이지.

뭐, 그건 둘째 치고.

"코토코에 관한 코멘트를 흘리고 있는 건 대체로 비슷한 녀석들이 많군."

"아코의 이야기로는 그 그룹 안에서도 파벌이 있다는 것 같아……."

폐쇄된 SNS 속에서까지도 쟁탈전 비슷한 것을 벌이는 거냐. 오합지졸인 주제에 하는 짓만큼은 한 사람 몫이로군.

"그런데, 애초에 이건 대체 무슨 그룹이야?"

"나, 나도 잘 몰라……. 무서워서 그다지 자세히 안 물어봤으니까……."

단, 코멘트를 하나하나 꼼꼼히 읽고 있으려니, 아무리 해도 냄새가 내는 것은 분명했다.

살해예고가 있는 것은 아니었지만, 그 대신 폭주족이나 야쿠자, 불량배 등에게 대한 원통함과 원한이 쓰여 있었다.

또, 악랄한 짓을 하면서도 천연덕스러운 얼굴을 하고 세상을 살아가는 녀석들에게도 증오심을 쌓아올리고 있었다.

그리고, 희희낙락 그들에게 복수를 했다거나 평판을 떨어뜨렸다고도 쓰여 있어서 솔직히 음습함과 섬뜩함만이 두드러졌다.

언뜻 보기에는 단순히 푸념을 늘어놓는 채팅인 것 같았지만……

"응?"

나는 스크롤을 원래 위치대로 되돌려 가장 최신의 코멘트로 돌아왔다. 그러자 그곳에는 이렇게 쓰여 있었다.

『미카게&코쿠료 문화제에서 뭔가 재미있는 일이 있을 거라는 것 같다! 가까운 녀석들은 집합!』

그 옆에는 New라는 아이콘이 붙어 있었다.

코멘트 주인의 아바타 아이콘은 실제 고양이 사진으로, 이름은 포치라고 했다. 반면, ID는 bird라니, 무슨 모순계AA[#12]나 그런 거냐. 이거.

"이거, 혹시 아코냐?"

"아, 아니. 아니야. 하지만, 아코의 파벌 중 한 사람인 것 같긴 한데……."

니시하라도 그 존재를 알고만 있을 뿐, 누구인지 어떤 사람인지는 완전히 파악하지는 못했다는 건가.

하지만 SNS의 내용을 이렇게 입증할 수 있게 됐다는 점은 매우 큰 성과였다.

[#12] **모순계AA** AA란 문자를 사용해 그림을 표현하는 아스키아트. 모순계 AA는 하나의 그림 안에 모순된 내용이 포함되는 AA를 말한다.

"니시하라. 미안하지만, 앞으로도 이 코멘트에 뭔가 변화가 생기면 가르쳐 줘."

"하, 하지만…… 아코가…….."

"아코는 내가 어떻게든 하겠어. 이제 슬슬 그 녀석에게는 따끔한 맛을 보여줘야 해. 니시하라에게는 피해가 가지 않게 할 테니까 말이야. 부탁 좀 할게."

나는 니시하라에게 머리를 숙였다.

니시하라는 잠시 망설이더니 작게 고개를 끄덕였다.

"그리고, 아코에 대해 좀 묻고 싶은 게 있는데, 대답 좀 해 줄 수 있겠어?"

조금 악당 같은 얼굴을 하고 있었을지도 모르지만, 그 정도는 용서해 달라고.

니시하라와 이야기를 마친 나는 코토코와 함께 코쿠료 쪽의 출점이 늘어선 곳을 걸으며 아코를 찾았다.

"이렇게까지 원망을 받고 있을 줄이야……."

폐쇄형 SNS의 건.

그리고 이브의 건.

여러 모로 알게 된 것은 많았으나, 그래도 역시 가장 큰 수수께끼는 남아 있었다.

"대체 무슨 짓을 한 거냐, 너."

"몇 번이나 말했지만, 난 아무 짓도 안 했어."

"몇 번이나 물었지만, 짚이는 곳은 없는 거냐? 수업 중에 갑자기 에어기타를 쳤다거나, 시험을 방해했다거나, 훔친 오토바이를 타고 교정을 마구 달렸다거나."

"넌, 나를 대체 뭐라고 생각하는 거냐! 그런 짓은 하지 않았어!"

그야 그랬겠지.

"아는 건, 네가 그 녀석을 알게 모르게 불쾌하게 만들었다는 거다. 네가 무의식적이었다고 해도 말이지."

"······그렇, 겠지."

"문제는 그것이 어느 정도의 것이냐, 하는 거다. 그야말로 보고 있는 것만으로도 불쾌하다든가 그 정도의 이유라면 그쪽이 참으라는 이야기가 되겠지. 결국은 경계선이 어디 있느냐는 거다."

코토코와 아코의 접점은 내가 듣기로는 단 하나.

『······그러고 보니, 옛날에 자꾸 나한테 시비를 걸던 계집애를 세게 떠밀었더니 그 바람에 넘어진 일이 있었지. 분명히 다음날, 오른팔을 과장되게 붕대로 감고 나타났던 것 같다.』

그 상대가 아코였다는 이야기는 예전에 들었다.

"너 말이지. 『여자애 한 명을 재기불능으로 만들었다』는 소문이 돌았을 때, 아코를 밀어 쓰러뜨린 적이 있다고 했었지. 그때 일이랑 관련해서 뭔가 기억할 수 있는 건 없어? 애초에, 그 녀석은 뭣 때문에 너한테 시비를 건 거야?"

"······잘 기억이 안 나는데."

"조금이라도 좋으니까 기억해 봐."

중학교 시절, 코토코가 얼마나 주위에 흥미가 없었는지를 잘 알겠군.

"아―음…… 다치게 하다니, 무슨 생각이냐……라고 말했던 것 같기도 하고……."

"기다려. 난 네가 아코를 밀어 다치게 하기 전의 이야기를 묻고 있는 거다만."

"그러니까, 밀기 전에 한 이야기라니까. 그러니까 뭔가 아닌 것 같기도 하고."

"남을 괴롭히던 아이는 자신이 괴롭히던 아이를 하나하나 다 기억하지 못하죠. 그러니까, 나도 둥글어졌군……이라는 구역질나는 말을 아무렇지도 않게 할 수 있는 거예요."

갑자기 누군가가 우리의 대화에 끼어들며 앞을 가로막고 섰다. 그 사람은― 호랑이도 제 말하면 온다더니.

시구레 아코 본인이었다.

"아코……."

"저에 대해 꽤나 캐고 다니는 것 같더군요. 한참을 찾았답니다, 세이이치 군. 저, 세이이치 군에게 무슨 짓이라도 했던가요?"

"러브레터로 이것저것 말이지."

"그 일은 이미 사과했잖아요. 지금은 당신에게 아무 짓도 하지 않고 있는데요."

"그렇게 말하면서 잊어버릴 생각인 건가? 방금 네가 한 말, 그대로 되돌려 주겠어. 남을 괴롭히던 아이는 자신이 괴롭히던 아이를 하나하나 다 기억하지 못한다고 말이야. 사과를 받았다고 해서 내 초등학교 시절의 시간이 되돌아오는 건 아니야."

"그럼, 어떻게 하면 용서해줄 거죠?"

"지금 와서 내 일로 용서를 빌라고 하지는 않겠어. 하지만, 그 대신 코토코를 용서해 달라는 건 무리인 건가?"

"무리네요."

일도양단. 오히려 시원스러울 정도로군.

"방금 전 이야기의 진실을 이야기해 드리죠. 제가 왜 아야메 씨에게 시비를 걸었는지 이유 말이에요."

"부디 꼭 가르쳐줬으면 좋겠군."

아코가 코토코를 노려보았다. 아코가 그렇게까지 감정을 드러내다니, 별일이었다.

"쿄야 군이 크게 다쳤기 때문이에요."

"쿄야가?"

아코가 코토코를 척 가리켰다.

"예. 거기 있는 코토코 씨에게 맞아, 이가 부러졌어요. 결국, 그 일로 쿄야군은 축구부를 관두게 됐죠. 악물어야 할 이가 없어져서 힘을 줄 수 없게 된 거예요. 그런 사소한 상처가 큰 문제로 이어질 정도로 실력을 연마해 왔으니까요."

"……다치게 해? 때렸다고? 코토코가 쿄야를? 왜?"

중학교 때에도 코토코는 의미도 없이 폭력을 휘두르지 않았을 터.

그런 불합리한 폭력을 휘둘렀다면 정학을 당했어도 이상하지 않다. 중학교였으니 정학이라는 징계는 없었을지도 모르겠지만, 뭔가의 처분은 내려졌을 터……

"그걸 제가 어떻게 알겠어요? 그래서 아야메 씨에게 따진 거예요. 무서웠지만, 왜 쿄야군을 다치게 했느냐고요. 그랬더니 아야메 씨는『시끄러』라면서 절…… 떠밀었어요."

아코는 마치 떨듯이 팔로 자신의 몸을 끌어안았다.

"그 일로 저도 몸에 지워지지 않는 상처를 입었어요. ……붕대는 부모님이 감아주신 탓에 과장되게 감겼지만요."

……지워지지 않는 상처? 어디에 말이냐. 지금 입고 있는 옷만 해도 반소매 옷이었고, 또 코미케 때에도 노출도가 높은 옷을 입고 있었을 텐데.

내가 보지 못한 곳이라면…… 등 정도인가?

"제 체면도 완전히 구겨졌죠. 제가 명확하게 불량배들을 싫어하게 된 것은 이때부터예요. 납득했나요? 이것이 세이이치군이 알고 싶어 했던 저와 아야메 씨의 진실이에요."

"……"

그 말을 듣고 코토코는 아무 반론도 하지 않았다. 왜냐.

"……그 일을 바로 이야기하지 않았던 건 왜지?"

"세이이치 군도 러브레터 사건을 일부러 남들 앞에서 이야기하거나 하지는 않잖아요? 그것과 같은 거예요."

그렇게 말하니 끽소리도 할 수 없군.

"아야메 씨는 남의 꿈을 짓뭉개놨어요. 쿄야군이 장래에 프로가 될 수 있었을지 어땠을지는 모르지만…… 결과적으로 그는 그 길을 단념하지 않을 수 없었어요. 그 분함을…… 당신이 아나요? 자기 마음 내키는 대로 의적행세를 하면서 폭력을 휘둘러 온 아야메 코토코 씨?"

"몇 번이나 말하지만…… 그건 너한테도 해당되는 말이야, 아코."

"그래요. 그래서 저는 저 자신을 엄격하게 다스렸어요. 두 번 다시 다른 사람의 꿈을 짓밟는 행동은 하지 않겠다고 말이죠."

"그래놓고, 이번에는 코토코의 새로이 생긴 꿈을 짓밟는 건가."

"그 전에 죄를 보상받는 것뿐이에요."

"이야기가 안 통하는군. 결국 넌 너 자신에게는 무른 것뿐이다. 나는 러브레터 사건에 대해 이러쿵저러쿵할 생각은 없어. 덕분에 결과적으로 넌 자신의 잘못을 용서받았다고 생각하고 있다. 그러면서 코토코의 사정도 모르는 채 코토코의 꿈을 짓밟다니, 가소롭기 짝이 없군 그래. 속죄가 끝났다고 생각하기라도 한 거야? 내게 직접 사죄하러 오지도 않았으면서?"

"사죄는 했다고 생각하는데요."

"넌 때마침 만난 내게 그 이야기를 듣고 사죄했을 뿐이다. 네가 사죄하러 자주적으로 날 찾아온 게 아니야."

"그건……."

"그렇지 않으면 뭐냐. 자신이 찾아감으로써 과거를 떠올리게 해 괴롭게 만들지도 모른다고 생각한 건가? 웃겨서 배꼽이 빠질 지경이로군. 사죄라는 건 가해자가 피해자를 찾아가 진지하게 사과해야 하는 이벤트이잖아."

"······그러네요. 하지만, 그렇게 따지면 아야메 씨도 마찬가지에요. 그녀는 자신이 한 짓이 어떤 결과를 초래했는지도 알아차리지 못하고 태평스럽게 지내고 있어요. 그러면서 쿄야군에게 사과조차 하지 않았죠."

젠장. 역시 평행선을 달린다고 해야 할까, 의견차이가 좁혀지질 않는군.

궤변으로 구슬리려고 해봤자 의미가 없나.

애초에 나에 대한 죄를 대가로 코토코의 죄를 없앨 수 있을 리 없었다. ······뭣보다, 코토코가 정말로 죄를 저질렀는지 어떤지조차 알 수 없었지만.

······아니, 망설이지 마. 나는 이미 결심했단 말이다. 이 녀석을 믿겠다고. 어쩌면, 정의감에 준해 행동한 결과일지도 모르니까.

"저는 아야메 씨에 대한 원한을 잊을 생각이 없어요. 결과적으로 두 개 정도 계획이 실패했지만, 마지막 비장의 계획이 있으니까요. 결판은 거기서 내도록 하죠?"

"결판? 무슨 말을 하는 거냐, 너."

"곧 알게 될 거예요. 기대하세요."

그 말을 끝으로 아코는 몸을 돌려 자리를 떴다. 붙잡을 틈도 없었다.

도망치는 발 하나는 빠른 녀석이로군.

"······참나. 무슨 결판을 낸다는 건지."

아직도 뭔가를 꾸미고 있는 건가, 저 녀석.

그러고 보니, 니시하라의 그룹채팅에도 문화제에 모이라든가 그런 이야기가 있었지.

……뭐, 왠지 저 녀석이 기획할 법한 일은 대충 짐작이 갔다. 특히, 방금 들은 이야기로 확신할 수 있을 정도로.

코토코의 평판을 깎아내린다는 목적과 지금의 이야기, 그리고 니시하라에게 들은 이야기를 종합해보면 아코가 할 수 있는 일에는 한계가 있었다.

즉, 겨우 그 녀석을 무대에 올릴 수 있다는 뜻이었다. ……아니, 그 녀석 스스로 무대에 올라가는 것이지만.

"……역시, 불량배 따위 되는 게 아니었다."

문득, 옆에 있던 코토코가 그런 말을 흘렸다.

코토코는 고개를 숙인 채 한눈에도 알 수 있을 정도로 침울한 얼굴을 하고 있었다.

방금 전까지는 비교적 평범하게 아코를 노려보고 있었는데, 역시 상처를 받은 건가.

"그래서, 그 녀석이 한 말은 사실인 거냐?"

"사실……일지도 모르지. 삥을 뜯거나 하던 녀석들을 팬 건 사실이니까……."

그 점은 아마도 일관됐을 터였다.

코토코는 예전부터 예외 없이 의미도 없이 폭력을 휘두르지 않았다. 그 점은 나도 믿고 있었다.

"그렇게 되면, 네가 쿄야를 때렸다는 말이 사실이 된다. 다시 말해, 쿄야가 네 눈앞에서 뭔가 나쁜 짓을 했다는 셈이지."

"······그래. 아마도 그럴 거다. 다만, 그 쿄야라는 녀석은 기억이 나질 않는다. 그때의 내게 다른 사람들은 그 밖의 다수였을 뿐이니까."

뭐, 중학교 때의 코토코가 제대로 인식했던 것은 유우카와 그리고 기껏해야 손고 정도일 것이다. 그 외에, 토자키도 들어가려나?

"이야기를 정리해보자. 아코가 트집을 잡기 시작한 건 언제부터냐?"

"분명히······ 1학년 2학기 때, 였던가."

"손고가 엉겨 붙기 시작한 무렵인 건가."

"마침 그맘때로군. 손고를 도와주고 난 뒤로 시간이 별로 많이 지나지 않았거든."

"그때, 네가 기억하는 범주 안에서 폭력을 휘두른 건 몇 번이나 되냐?"

"아니, 그 무렵에는······ 분명히 그 한 번 뿐이었다."

······응? 그렇다면.

『나오스미도 말이야. 중학교에 들어오고 나서 거칠어졌어. 싸움도 자주 하고. 그래서 1대 5로 당하고 있을 때, 코튼이 끼어들어서 도와줬다는 것 같아.』

유우카의 말이 사실이라면 코토코가 손고를 구해준 것은 1대 5로 당하고 있을 때의 일이란 말이 되었다.

"손고를 폭행하던 녀석들 중에 쿄야가 있던 거냐?"

"모르겠다······."

그러나, 코토코는 고개를 저었다.

뭐, 어중이떠중이들은 기억하지 못한다는 건가.

……그러고 보면, 나는 쿄야의 중학교 시절에 대해 아무 것도 모르는군. 그 부분은 좀 더 찔러봐야할지도 모르겠어.

다만, 코토코가 쿄야에게 폭력을 휘둘렀다는 것은 아마도 확정적일 것이다.

아무리 상대가 잘못을 했어도, 그것이 정의감에서 비롯된 행동이라고 하더라도, 역시 상대를 다치게 했다면 그것은 죄가 될 것이다. 자신이 얻어맞을 뻔한 것을 반격한 것이 아니니 정당방위에는 해당되지 않았다.

"난 왜 그런 짓을 했을까……."

코토코는 어깨를 축 늘어뜨렸다. 그 모습은 무척이나 기운이 없어 보였다.

"아니……. 결국, 그럴 듯한 이유를 찾아서 폭력을 휘둘렀을 뿐이니까 말이다. 뭐라고 할까, 자업자득이라는 건가."

"코토코……."

"아, 미안하다. 어울리지도 않게 약한 소리를 했네. 신경 쓰지 마라."

잠시 후, 코토코는 주먹을 쥐며 다시 기운을 되찾……은 것처럼 가장했다.

아코의 말은 가슴 깊숙한 곳에 꽤 날카롭게 박혔을 터였다. 그렇게 간단히 기운을 되찾을 수 있을 리 없었다. 마음을 정리하기 위한 시간이 필요할 것이다.

"……나는 일단, 메이드 카페로 돌아가겠어."

"그래. 그럼, 나도……."

"아니. 넌 좀 더 쉬다 와도 돼."

"어……."

"그런 풀이 죽은 얼굴을 손님에게 내보일 수는 없으니까 말이다."

"그, 그렇게나 얼굴이 엉망이냐? 나."

"엉망이다. 만약 네가 옥상에 있고, 맨발로 신발을 나란히 놓고 있다면 당장에 말리러 뛰어 들어갈 것 같은 얼굴이다."

"그거 참 엄청 구체적이구나……. 그것보다, 옥상에 맨발로 있다면 누구나 그렇게 생각하겠지."

정확한 태클, 고맙다. 내 말은 제대로 들리는 것 같아 다행이다.

"뭐, 그런 것이라면 고맙게 쉬도록 하마. 오히려, 연극으로 지친 것도 있으니까. 미안하다."

"그래. 고생했다. 푹 쉬도록 해."

그리고, 코토코는 어디 갈 곳이 있는 것인지 없는 것인지, 내게 기운 없이 웃어 보인 뒤 등을 돌리고 그 자리를 떴다.

여전히 작게 어깨를 떨어뜨린 채였다.

나도 할 일만 없다면 곁에 있어줘도 좋았겠지만…….

지금은 정보수집이 먼저였다. 이제부터는 바빠질 거다.

나는 일단 메이드 카페로 돌아가 근무에 들어갔다.

폐회 예정시각까지 앞으로 한 시간. 이 시간 동안은 전원이 다 같이 근무를 하기로 정해놓고 있었다. 단, 코토코는 연극의 피로 때문에 쉬고 있다고 모두에게 전해두었다.

지금은 토자키와 내가 커피를 끓이고, 하츠시바와 이브, 키요미와 사이타니가 접객을 맡고 있었다. 키요미는 테이블을 정리하고, 사이타니는 아무렇지도 않은 듯 자연스럽게 바닥을 청소하고 있었다.

"세—이치, 커피 둘."

"예이."

나는 두 개의 컵에 커피를 따라 그것을 이브에게 건넸다.

이것으로 가게를 찾는 손님의 발길도 어느 정도 진정되었다.

겨우 정보를 알고 있을 것 같은 녀석과 이야기를 할 수 있었다.

"토자키. 너, 시구레 아코는 잘 모르지?"

옆에서 커피가 내려지는 것을 지켜보던 토자키는 갑작스러운 이야기에 의아하다는 얼굴을 했다.

"시구레 아코라면 오전에 왔던 그 애 말이야? 모르겠는데. 같은 중학교 출신이라고 해도 바로 단박에 떠오르지는 않아. 우리 중학교에서 이 학교에 온 녀석들이 꽤 많아서 일일이 기억 못해."

토자키에게는 얻을 수 있는 정보가 없나. 그럼, 또 한 명에게 물어보자.

"유우카는 어때? 아코를 기억해?"

나는 교실 구석에서 대기하고 있던 유우카에게 같은 질문을 해보았다. 그러자 유우카는 「우—응」 하고 뺨에 손가락을 갖다 대며 생각에 잠겼다.

　"음—. 유우카도 그렇게까지 인상이 강하지 않은걸. 그 애와는 같은 반이 된 적도 없으니까……."

　두 사람 모두 그렇게까지 자세히 기억하고 있지는 않은 건가. 같은 반이 된 적도 없다면 당연하겠지. 같은 반인 녀석들의 얼굴은 외울 수 있어도, 접점이 없는 학생과는 이렇다 할 교류도 갖지 않을 테니까.

　"아, 하지만 그 사람은 알아."

　"그 사람?"

　"왜, 오전에 그 시구레랑 같이 왔잖아?"

　"쿄야를 안다고?"

　"아—. 이름까지는 잘. 분명히 카제……카제 뭐였는데."

　유우카가 더듬더듬 그렇게 말을 꺼냈다. 그래서 나는 얼른 뒷받침을 해주었다.

　"그 녀석 이름은 하루카제 쿄야야."

　"그런 이름이었던 것 같아. 응. 아마도 틀림없을 거야."

　유우카는 자신 없다는 것 같은 목소리로 그렇게 말했다.

　"아아. 그 녀석이라면 나도 알아."

　토자키도 기억해 낸 모양이었다.

　"두 사람 모두 쿄야는 잘 아는구나? 같은 반이었다든가 했던 거냐?"

"아니, 한때 좀 말이지."

토자키가 지난 일을 상기하는 것처럼 그런 말을 중얼거렸다. 유우카도 무슨 일인지 아는 것 같았지만, 어떻게 말하면 좋을지 몰라 말을 채 하지 못하는 기색이었다.

"그 좀이라는 걸 가르쳐 줘."

내 말에 토자키는 신묘하게 고개를 끄덕였다. 그러고는 마치 비밀 이야기라고 말하는 것처럼 한층 목소리를 낮추었다.

"전에 손고라는 녀석이 있었지? 손고 녀석이 집단폭행 당했다는 이야기는 알아?"

"들었어. 그것을 코토코가 구해줬다는 이야기도."

그것이 원인이 되어 손고가 코토코에게 엉겨 붙게 된 것인데, 지금 그 일은 잠시 제쳐두자. 그 일은 이번 일과는 별개의 사건이었다.

"하루카제 그 녀석. 그 가해자 다섯 명 중 한 명이었어. 그런데, 한 명을 집단으로 폭행한 사실이 발각돼서 정학을 당해서 말이지. 일시적으로 좀 유명해졌다."

"쿄야가?"

"명목은 정학이 아니라 자택학습이었지만 말이지."

토자키는 그렇게 말하고는 어깨를 움츠렸다. 뭐, 요컨대 근신이라는 것이리라.

"그 뒤로 하루카제가 축구부를 그만뒀다고 풍문으로 들었어. 듣자하니 이가 부러져서 힘을 줄 수 없게 됐다든가."

유우카가 토자키의 설명을 이어받듯이 담담하게 이야기했다.

이가 부러졌다는 것도 아코에게서 들은 이야기와 일치했다.

"아아— 그 이야기는 나도 들었어. 하루카제는 원래 꽤 유망한 선수였던 모양이야. 아는 사람이 스트라이커 후보가 없어졌다면서 한탄을 하더라고."

축구부를 그만둔 것도 사실, 인가.

"부러진 이가 어디인지 알아?"

"어금니였던 게 아닐까. 오늘 봤을 때 앞니는 평범하게 다 있었어."

그러고 보니 나도 봤지. 꽃미남미소와 고르게 늘어선 이는 인상에 남아 있었다. 치아교정이라도 받은 것처럼 치열이 가지런했다.

"하지만, 그 하루카제라는 녀석도 이가 부러진 정도로 축구를 그만두다니, 아까워."

토자키가 눈썹을 찌푸리며 그렇게 말했다. 약간 질투가 섞여 있는지도 몰랐다. 토자키도 운동신경이 대단치 않으니까 말이지.

"그렇긴 하지만, 치아는 스포츠에서 매우 중요하다는 것 같으니까 말이지. 교합이 안 좋아지면 순발력을 낼 수 없다고 말하기도 하고."

나도 그런 이야기를 몇 번인가 인터넷인가 TV에서 본 적이 있는 느낌이 들었다. 아니, 스포츠계열의 야겜이었을지도 모르겠군. 아니, 내가 기억하고 있다는 것은 야겜 쪽일 것이다. 분명.

"그럼 치아를 심는다거나 하는 선택지도 있지 않을까? 내가 그 정도의 유망주라면 그렇게 운동을 계속해서 갈채를 받고 싶다고 생각할 것 같은데."

"그야, 그런 사람 쪽이 훨씬 많겠지만."

"하지만 유망주였기 때문에 옛날과 같은 기량을 발휘할 수 없게 됐다는 사실에 절망했다거나 그랬을지도 몰라……."

유우카가 속삭이듯이 그렇게 말했다.

"성우로 친다면 이가 빠져서 목소리가 바뀌었다, 라는 것 같은 일이겠지."

"연기력 자체를 잃는 것은 아니지만, 지금까지의 캐릭터는 연기할 수 없게 될 테니까. 그건 역시 괴로울 거라고 생각해."

유우카는 쿄야의 마음을 약간은 이해할 수 있는 모양이었다.

그러나 그 고찰은 모두 어떤 전제를 기초로 하고 있는 것이 잖아.

"있지, 애초에 쿄야의 이가 부러졌다는 거, 사실이야?"

그러자 토자키와 유우카는 얼굴을 마주보았다.

"실제로 본 것은 아니니까 유우카는 뭐라고 말을 못하겠는걸."

"본인에게 들은 것도 아니니까 말이지. 내가 아는 건 소문으로 들었다는 것뿐이야. 축구부를 그만둔 건 사실이니까."

두 사람 모두 실제로 입안을 보고 확인한 것은 아니다, 라는 건가.

하지만 코토코의 주먹은 무서우니까 말이지.

남자 고등학생을 2, 3미터 정도 날려버리는 것을 본 적도 있으니까. 그런 것에 얻어맞는다면 아무리 생각해도 안면이 무사하지는 않을 거라고.

어금니가 부러져도 이상하지는 않다.

"참고로 자택학습은 며칠이었냐?"

"일주일 정도였어. 분명히. 유우카네 반에도 자택학습 처분을 받은 남자애가 한 명 있어서 말이야. 그건 기억하고 있어."

"……그때 그 녀석은 어떤 모습이었어?!"

나는 말허리를 자르듯이 유우카에게 물었다. 그러자 유우카는 놀란 것처럼 몸을 뒤로 뺐다.

"응? 응? 평범하게 교복차림이었는데. 뭔가 중요한 일이야?"

"붕대를 감거나 파스를 붙이거나 하지는 않았어?"

"응……. 적어도 눈에 보이는 범위에서는 그런 건 없던 것 같은데."

"그럼, 또 하나. 근신이 풀린 날 등교한 쿄야를 본 적 있어?"

"응―. 그때도 딱히 붕대나 파스는 보이지 않았어. 그 애네 반을 지날 때, 여자애들이 그 애를 둘러싸고 『힘들었지~』라고 말하는 걸 봤거든."

"아아. 그건 나도 봤어. 그냥 확 폭발해 버리라고 생각했던 게 기억난다."

토자키는 당시를 떠올리고 있는 것인지 화난 얼굴을 하고 있었다.

"넌 중학교 때부터 그 모양이었냐……."

"시꺼. 그냥 냅둬."

나는 두 사람에게 확인차 다시 질문을 던졌다.

"뺨에 아무 것도 없던 거지? 부은 흔적이라든가, 멍이라든가, 긁힌 상처라든가."

"아무 것도 없었다고 생각해. 유우카, 시력에는 자신이 있으니까."

이건 꽤 유익한 정보였다.

"땡큐, 유우카. 완벽한 정보, 고맙다."

"응? 유우카, 도움이 된 거야?"

"그래. 엄청 도움이 됐어. 다음번에 사례할게."

그러자, 유우카는 살짝 짓궂은 장난을 떠올린 새끼고양이 같은 얼굴로 웃었다.

"음―. 그렇다면, 데이트가 좋으려나?"

"알았어. 데이트……란 말이지. ……아니, 잠깐. 이봐. 다른 것도 있을 텐데 왜 하필 데이트인 거냐. 잠깐 기다려."

"어. 사례라는 건, 뭐든 되는 거 아니었어?"

"뭐든이라고 말한 적 없어!"

"에― 괜찮잖아. 둘이서 외출하는 것 정도는."

"무슨 목적으로 외출하는 거냐."

"그러네……. 그럼, 심심풀이와 마음의 치유를 위해, 라는 걸로 어때?"

"……집에서 야겜을 하는 편이 더 의미가 있을 거다."

"그런 말 말고."

유우카와 그런 대화를 나누는 옆에서 토자키는 빛을 잃은 눈을 한 채 눈썹을 분노로 일그러뜨리고 있었다.

"……뭐, 뭐냐. 토자키."

"증오로 사람을 죽일 수 없는 세상으로 만든 신 자식에게 감사해라. 그렇지 않았다면 넌 이미 죽었을 거다."

무서운 소리를 하다니. 유우카 추종자답게 말하는 것이 과격했다.

애초에 나는 그 데이트를 어떻게 거절할까 그렇게 생각하고 있었건만.

"그런 연유로 잘 부탁해, 세이이치. 약속이야. 시간은 나중에 알려줄 테니까, 제대로 시간 비워둬."

말을 마친 유우카는 손님의 부름을 받고 주문을 받으러 그 자리에서 떠났다.

언질을 줘 버린 것 같은 형태가 돼 버리고 말았다.

"네가 이상한 얼굴만 하지 않았으면 거절할 생각이었는데"

"시끄러워. 대기권에서 완전히 타 버려서 폭발해 버려라."

질투의 불꽃은 무서웠다.

그리고, 토자키는 체념한 것처럼 깊게 한숨을 내쉬었다.

"……그래서, 그런 걸 물어서 뭔가 알게 된 거라도 있는 거냐?"

"뭐, 물적 증거가 있는 건 아니지만 말이지."

남은 것은 몇 가지의 정보를 뒷받침할 증거를 찾는 것뿐이었다.

"그런 연유로 미안하다, 토자키. 난 가서 좀 더 정보를 모아 갖고 오겠어."

"예이예이. 이쪽은 나한테 맡기고 다녀와. ……하츠시바도 있으니까 말이지."

그게 본심인 거냐.

나는 메이드 카페를 나와 학생회장인 야오타니 아이리에게 전화해 이것저것 부탁했다. 그랬더니—.

『잠깐만요! 여러모로 저한테 너무 의존하는 거 아닌가요?! 저는 당신의 몸종이 아니에요!』

귀청을 찢는 것 같은 강렬한 목소리가 되돌아와서 나도 모르게 귀에서 폰을 뗐다. 고막이 터지는 줄 알았다.

"아니, 나도 이럴 때 의지할 수 있는 사람이 회장밖에 없단 말입니다. 게다가 나는 달리 또 움직여야 할 일이 있고요."

『당신의 부탁 따위는 사양하겠어요. 다른 곳을 알아봐 주실래요?』

"코토코를 지키기 위해서야. 부탁해."

『크으으윽. 비겁하게…….』

살짝 양심에 찔렸지만 뭐 사실이기도 하니 괜찮을 것이다.

『그러고 보면, 당신. 저를 마음대로 부려먹을 수 있다고 생각하고 있지는 않나요?』

"생각해."

『이……!』

"회장의 비뚤어진 애정표현은 기겁을 할 정도이긴 하지만, 코토코를 소중히 여기는 마음 자체는 누구라도 알 수 있는 수준이니까 말이야."

『뭔가요. 뻔뻔스럽게……!』

"내 말이 틀린가? 아— 뭐, 코토코를 아무렇게도 생각하지 않는다면……."

『아— 진짜! 알았어요! 하면 되잖아요, 하면!』

될 대로 되라는 식으로 회장은 한 발 물러나 주었다.

『제게 빚 하나 지는 거예요. 한 번 정도는 아야메 양을 내 마음대로 하겠어요.』

"그 녀석이 싫어하지 않는 일이라면 괜찮아."

……사후승낙이 되는 셈이지만 괜찮겠지. 이제는 범죄에 가까운 짓은 하지 않을 테니까.

『알겠습니다. 연락을 취해보죠.』

"고마워. 일반학생인 나로서는 아무리해도 수상히 여겨질 가능성이 커서 말이지."

『오해하지 말아주세요. 저는 당신을 위해서가 아니라 아야메 양을 위해 움직이는 거니까요!』

"그럼 알고말고."

그것으로 전화는 끊어졌다.

좌우간 고마운 일이었다. 이것으로 정보를 뒷받침할 증거를 확보할 수 있을 터였다. 정보가 잘못되지 않았기만을 빌 뿐이었다.

남은 것은…… 이쪽 일은 양호 선생님에게라도 물어보자.

나는 양호실로 가 문을 노크했다.

"2학년 4반, 아라미야 세이이치입니다. 실례하겠습니다."

양호실 안으로 들어가자, 그곳에는 키리코 누나와 토쿠코 씨가 의자에 앉아 있었다. 두 사람은 느긋하게 테이블을 꺼내 놓고 차를 마시고 있었다. 심지어 다과까지 준비돼 있었다.

"⋯⋯왜 두 사람이 여기 있는 거야."

"여, 세이이치. 우린 걸어 다니느라 좀 지쳐서 말이다. 휴식 중."

"그러니까, 왜 여기서 쉬는 거냐고⋯⋯ 양호 선생님은?"

"아이노 선생님이라면 지금 잠시 자리를 비우셨다. 그 모습을 보건대 당분간은 못 돌아오실 거야. 컨디션이 꽤 안 좋아 보이셨으니까. 카와다 선생님이 같이 가셨으니 걱정할 필요는 없겠지만."

"어, 안 계시는 거야?"

"그래서 우리가 대신 양호실을 지키고 있는 거다."

그러자 토쿠코 씨가 자리에서 일어나 소독약이니 뭐니 하는 것들을 꺼내기 시작했다.

"무슨 일이야? 아라미야. 다친 것이라면 내가 소독해줄 수 있는데? 탈구라도 바로 고쳐줄게. 죽을 만큼 아플지도 모르지만."

그러면서 생글생글 그런 말을 해왔다. 역시 무서워, 이 사람!

"아, 아뇨. 다친 게 아니니까요. 그것보다, 그거 학교비품이에요. 멋대로 꺼내지 말아주세요."

"뭐, 괜찮잖아. 이 녀석, 양호교사 자격을 갖고 있으니까. 실력은 확실해."

키리코 누나가 일부러 그렇게 보충설명을 해주었다.

그 말에 내 머릿속에 한 가지 생각이 번뜩였다.

"양호교사……. 그렇다면, 치료에는 해박하시겠네요?"

"응. 뭐, 남들만큼은."

"그럼, 죄송합니다. 좀 여쭙고 싶은 게 있는데요."

나는 토쿠코 씨에게 개요를 설명했다. 그러자 토쿠코 씨는 내 설명을 농담으로 돌리지 않고 끝까지 제대로 들어주었다.

그 진지한 태도에 약간이나마 토쿠코 씨에 대한 인상이 바뀌었다. 자신의 직업에는 프라이드를 갖고 있는지도 모른다.

그리고, 설명이 끝나자—

"있을 수 없네."

"없나, 요."

"그래. 자신을 갖고 단언할 수 있어. 사람의 몸은 그렇게 편리하게 돼 있지 않은걸. 아무리 젊다고 해도 한도가 있어."

좋았어. 이쪽의 언질도 얻을 수 있었다.

"고맙습니다. 덕분에 살았어요. 그럼, 용건은 끝났으니까 전 이만 가보겠습니다!"

나는 빠른 걸음으로 양호실을 뒤로 했다.

"그, 그래. 그렇게 서두르지 않아도 될 텐데……."

"그렇지? 좀 더 이야기를 하고 싶었어."

등 뒤에서 키리코 누나와 토쿠코 씨가 그렇게 말하는 소리가 들려왔다. 하지만 말도 안 되는 소리였다. 토쿠코 씨가 있는 장소에는 오래 머무르지 않는다. 이것이 내게 새로 생긴

철칙이었다.

"이제는…… 학생회장의 보고를 기다리면 되려나."

그리고 또, 비밀이벤트에서 아코는 무엇을 꾸미려고 하고 있는가.

정보를 어떻게 사용할지는 그것에 따라 결정되리라.

나는 일단 메이드 카페로 돌아가려고 했다. 그때, 스마트폰 쪽에 메시지가 도착했다.

『코튼이 돌아오질 않네~? 메시지에도 대답이 없어~』

유우카에게서 온 것이었다.

메시지 다음에는 걱정스러운 표정의 스탬프가 보내져 왔다.

이미 기분은 풀렸을 거라고 생각했는데, 아직도 시간이 더 필요한 건가.

『찾아볼게』

나는 그렇게 답신을 보내고는 코토코를 찾았다.

코토코에게 메시지를 보내보았지만, 유우카의 말처럼 대답은 돌아오지 않았다. 메시지를 읽었다는 표시조차 뜨지 않았다.

적어도 지금 와서 집으로 돌아가 버리지는 않았으리라.

"뭐, 갔을 법한 곳이라면 있으니 우선은 그리로 가 볼까."

그래서 나는 문화동, 다시 말해 부실로 향했다.

부실의 문은 열려 있었고, 안에서는 코토코가 메이드복 차림 그대로 책상 위에 엎드려 있었다.

"……뭐 하냐?"

"세이이치나……."

코토코는 상체를 일으키더니 의자 등받이에 깊숙이 몸을 기댔다.

"여러모로 생각을 하거나 기억을 떠올리거나 하고 있었다."

"뭔가 답은 찾은 거냐?"

"아니, 전혀. 결국, 불량배가 돼서 했던 나쁜 짓들이 되돌아오고 있구나, 하는 생각만 든다. 난 왜 그런 잘못을 저질렀던 것일까……."

코토코는 크게 한숨을 내쉬었다.

"전에 야겜에서 이런 대사를 본 적이 있다. 『언젠가 네가 만나게 될 화(禍)는 모두 네가 소홀히 했던 그 시간의 과보다』라고 말이지."

프랑스 영웅 나폴레옹이 했다고 전해지는 말이었다. 아마도 위인을 여체화한 계열의 게임이라든가 그런 것에서 들은 것이리라.

"중학교 시절 내내 그 시간을 등한시했기 때문에 지금에 와서 재앙이 닥친 것이구나, 그런 생각이 들더라."

코토코는 신묘한 얼굴로 말을 계속 했다.

"내 소문은 이제, 없어지지 않는 것으로 받아들이는 수밖에 없는 것일까……."

코토코가 안타깝다는 듯이, 슬프다는 듯이 그런 약한 소리를 흘렸다.

내가 생각했던 것 이상으로 중증이었다. 약간 쉬는 정도로는 나을 리가 없었다.

"웃기지 마."

나는 테이블을 사이에 두고 코토코의 맞은편에 앉았다.

"나는 네 소문을 없애려고 많은 일을 했어. 그걸 전부 헛수고로 돌릴 셈이냐?"

"네, 네가 도와준 건 기쁘지만…… 이것도 다 과보라고 생각해. 자업자득이기도 하고……."

"아니야."

나는 단적으로 그 말을 부정했다. 그것이 뜻밖이었던 것일까, 코토코는 눈을 깜빡거렸다.

그에 개의치 않고 나는 말을 계속했다.

"이건, 네 자업자득이 초래한 결과가 아니야. 그저 사람의 악의가 퍼지고, 그것을 재미있어 하는 녀석들이 있어서 더욱 확산된 결과에 불과하다. 네가 폭력을 휘두른 결과가 이렇게까지 수지가 맞지 않는 소문이라니, 그런 것은 절대로 용납할 수 없어."

"하, 하지만 폭력을 휘둘러서는 안 되는 거잖아? 너도 여러 번 말했잖아."

"그래. 분명히 폭력은 최악의 행위다. 그렇다고 해서 모든 일을 다 최악이라는 말 하나로 싸잡아서는 안 돼. 예를 들어 예의범절을 가르치거나 지도를 할 때 뺨을 때리는 건 어떻게 생각해?"

"……폭력이지만, 휘두르지 않을 수가 없지."

"형편없는 행위이기는 해. 하지만 그렇게 된 이상, 나는 어쩔 수 없다고 생각한다. 그렇게 하는 것 외에는 해결할 수 없는 문제란 게 분명히 존재하니까. 인간은 모두 똑똑하지 않아. 입으로 말해도 알아듣지 못하는 녀석들은 아무리 해도 튀어나오지. 그런 녀석들은 실력으로 조용히 만드는 것 외에 방법이 없어."

"하지만, 지도할 때의 폭력은 요즘 뉴스에서도 말이 많잖아……."

"그딴 거 알게 뭐냐. 지도도 상대를 생각해서 휘두른 폭력이라면 어쩔 수 없다고 생각해. 기분이 안 좋다는 이유로 때렸다든가, 모두가 다 같은 잘못을 했는데 불평등하게 한 명만 때린다든가 하는 그런 폭력이 비난받아야 하는 거지."

"하지만, 나는 우울함을 달래려고 주먹을 휘둘렀단 말이다!"

코토코가 자리에서 일어나 분개한 것처럼 주먹을 꽉 쥐었다.

그녀는 쓸쓸한 것 같은 얼굴로, 안타까운 것 같은 얼굴로 뭔가를 갈구하고 있었다.

……꾸짖어주기를 바라는 것일지도 몰랐다.

내가 꾸짖어준다면 코토코는 분명히 안심할 것이다. 나쁜 짓을 했으니까 혼난다는 상식적인 의식을 거치면 불안은 누그러진다. 혼이 나면 그것으로 끝이라는 풍조도 있었다.

그것은 코토코의 죄의식을 약화시킬지도 몰랐다.

그래서는 안 되었다. 내가 코토코의 죄를 경감시켜서는 의미가 없었다. 스스로를 납득시키는 형태가 아니면, 결국 이 녀석은 구원받을 수 없었다.

다만, 코토코의 죄의식을 누그러뜨리기 위한 힌트는 줄 수 있었다.

"우울함을 달래려고 한 것이든 어떤 것이든…… 네가 누군가를 구해줬다는 건 사실이다. 집단으로 폭행을 당했던 손고도 그렇고, 그리고 삥을 뜯기던 사이타니도, 말이지. 그 외에도 잔뜩 있잖아?"

방법이 방법이었던 만큼, 칭찬받은 일도 감사받은 일도 없을 것이다.

사이타니가 처음이 아니었을까. 그 때에는 아슬아슬하게 폭력사태를 회피했으니까 말이지.

"네가 불량배가 아니었다면 그때 도움을 받지 못했을 녀석이 있었을지도 몰라."

"하, 하지만, 내가 불량배라서 상처 입은 녀석들도 있을 거고……."

"나쁜 쪽만 보지 않아도 돼."

"그, 그런, 걸까?"

"품행방정하게 살았어도 어디선가는 원한을 사기 마련이다."

코토코의 표정이 조금씩 부드러워지는 것 같은 느낌이 들었다.

하지만, 아직은 조금만 더 힘을 내주면 좋을 것 같은 수준이려나.

……이 말은 그다지 하고 싶지 않았지만.

"네가 불량배가 아니었다면, 나와 너는 만나지 않았을 거다. 그러니까 자신의 과거를 모조리 부정하고 사고를 멈추지 마."

"······세, 세이이치."

"지금 네게 필요한 건 앞으로 잘못을 저지르지 않겠다는 말을 주위 사람들에게 믿게 할 만큼의 신용이다. 자신을 완전 부정해 봤자 아무도 위로해주지 않아."

코토코가 묘하게 열정적인 눈동자로 나를 올려다보았다.

조금은 부정적인 감정이 덜해졌을까?

"하하. 그렇지만 넌 위로해줬잖아."

"그, 그렇게 몇 번이나 위로해줄 거라고는 생각하지 마!"

"아니, 하지만, 네 말대로다. 나는 불량배였기 때문에 너와 만났다."

"그렇게 생각하면 돼."

문득 코토코가 내 두 손을 잡았다.

"······고맙다."

그리고 그녀는 그 손을 꽉 강하게 쥐었다. 코토코의 힘차면서도 가냘픈 힘이 체온과 함께 전달되는 것 같았다.

"하지만. 하지만 말이다······. 어떤 경위를 거쳤다고 해도 우리는 결국 만났을 거라고 생각하는 것도 괜찮겠지?"

그건 과연 어떤 경위일까?

"······뭐, 그걸 생각하는 것도 재미있을지 모르지."

"헤헤. 땡큐, 세이이치."

코토코가 만면의 미소를 지었다.

이런 얼굴을 할 수 있다면, 이제는 문제없으리라.

남은 것은—.

『아―아― 문화제와 관련해 알려드립니다.』

그때, 갑자기 교내방송이 울려 퍼졌다.

『오래 기다리셨습니다. 비밀이벤트의 내용을 공개하겠습니다.』

코토코가 스피커 쪽으로 얼굴을 향했다.

"그러고 보니, 폐회식 전에 그런 이벤트가 있었지."

이것이 아코가 싸움을 걸어올 마지막 기회.

아코가 결판을 내자고 했던 그것이었다.

아마도 내용은―.

『미카게&코쿠료의 미스 콘테스트입니다! 여학생 여러분, 분발해서 참가해 주세요! 그리고 미스콘테스트입니다만, 남자도 오케이입니다!』

한 순간, 교내가 술렁거리는 것이 느껴졌다.

"미스콘테스트라. 큭큭큭…… 아하하하하하하!"

저도 모르게 웃음이 터져 나왔다.

"왜, 왜 그러는 거냐, 세이이치."

코토코가 기이한 눈으로 나를 쳐다보았다. 하긴, 갑자기 웃음을 터뜨렸으니까 말이지. 역시나 무슨 일인가 싶긴 할 것이다.

하지만, 나로서는 웃지 않을 수 없었다.

"거의 예상한 범위 안이군."

"뭐가?"

"그 녀석이 기획하는 것이 말이다."

"비밀이벤트가 미스콘테스트라는 걸 알았던 거냐?"

"미스콘테스트일지 어떨지까지는 확실하지 않았어. 하지만,

어떤 것을 보이기 위해서는 어떻게 해서든 자연스러움을 가장
해야 하니까 말이야."

"······뭔 소린지 전혀 모르겠다."

이렇게까지 상정했던 대로 일을 진행시켜주다니, 어떤 의미
로는 올곧구나. 귀엽게 느껴질 정도다.

"좋아, 아코."

네가 바라는 대로 결판을 내자고.

단.

네가 기대하는 결과는 절대로 나오지 않겠지만 말이야.

"키, 키요미. 아라미야 선배는 초등학생 때 어떤 느낌이었어?"

"푸흡."

그 말에 키요미는 뿜고 말았다. 아마도 음식을 나르는 중이었다면 접시나 컵을 떨어뜨렸을 것이다.

"무, 무슨 말을 하는 거야. 너. 뜬금없이."

"아, 아니 그게. 조금 신경이 쓰인다고 할까……."

사이타니는 토자키에게 세이이치와 키요미가 서로 으르렁대는 원인을 알아봐 달라는 말을 들은 뒤 기회를 엿보고 있었다.

초등학교 시절의 세이이치에 대해 물으면 뭔가 알 수 있을지도 모른다고 생각했기 때문이었다.

하지만 질문이 너무 직설적인 나머지, 제안을 한 장본인인 토자키는 웃음을 참으려는 듯이 입을 틀어막으며 등을 돌리고 있었다.

"그런 게 왜 듣고 싶은데. 그 녀석한테 마음이라도 있어?"

"그, 그런 말 하지 마! 나, 난 노멀이니까!"

"그렇게까지 듣고 싶을 법한 정보라고는 생각되지 않는데."

"그렇지 않아."

다만, 옛날의 세이이치와 지금의 세이이치가 전혀 다르다는 점에 대해 흥미가 있는 것은 사실이었다.

달라진 이유도 이미 들어 알았다. 하지만 그래도 흥미가 생긴 것은 이브나 키요미가 요즘의 세이이치를 두고 옛날 같다고 말하는 일이 많아진 것이 원인인 것일까.

"……옛날의 그 녀석은 지금이랑은 완전히 달랐어. 노는 것도 거의 밖이었고, 집에 들어오는 것도 늘 저녁 늦게였어. 진흙투성이가 돼서 돌아오는 일도 많았지."

키요미는 싫다는 듯이 더듬더듬 이야기를 늘어놓기 시작했다.

"아웃도어파였구나."

"운동회에서도 가장 눈에 띄었어. 시험에서도 좋은 성적을 받았던 것 같고. 엄마도 아빠도 늘 성적표 받아오는 걸 기대했으니까."

"흐응—. 지금 모습에서는 좀 상상이 안 되는걸."

"그렇지 뭐. 나도 어디선가 바꿔치기 당한 게 아닐까 하고 생각하니까."

"아하하……."

사이타니는 쓴웃음을 지을 수밖에 없었다.

"그 녀석은 말이야. 초등학생 때부터 머리가 엄청 잘 돌아갔어. 뭐든 다 아는 것 같았다니까. 지금 생각하면 나도 알 수 있을 법한 일이긴 하지만, 초등학생 때에는 그렇질 못했거든. ……하지만, 그 녀석은 그런 걸 그때부터 이미 이해하고 있었어."

"어떤 일이 있던 거야?"

"그게 말이지. 예를 들면, 언젠가 나랑 친구들이 상급생들이랑 공원에서 쟁탈전을 벌이게 된 적이 있었어. 상급생들한테 둘러싸여서 마구 공격당하는 바람에 긁힌 상처 같은 것도 생기기도 했는데, 그때 그 녀석이 와서 싸움을 말려줬지."

"좋은 오빠잖아."

"그리고 다음 날부터 그 상급생들은 공원에 안 오게 됐어."

"왜, 왜?"

"공원에서 자초지종을 다 지켜본 사람이 있었다는 것 같아서 말이야. 그 사람한테 나온 이야기가 여기저기에 퍼졌던 것 같아. 상급생들은 그것 때문에 부모님한테 꾸지람을 들은 것 같아."

"아라미야 선배는 그렇게 되리라는 걸 알았다는 거야?"

"그 시간에는 장을 보고 돌아가는 어머니들이 많으니까, 라더라……. 그때 상급생들한테 『상처를 입히다니 너무해!』라든가, 『하급생을 괴롭히는 건 형편없는 짓이야!』라고 일부러 큰 목소리로 강조해서 말했으니까 말이야. 그 말 때문에 상급생들이 혼났을 거라고 생각해. 지금 생각하면 교활한 방법이었지."

"아하하……. 하, 하지만, 제대로 상황을 잘 이용하는 대단한 사람이었구나."

"지금은 그 흔적조차 찾아볼 수 없지만 말이야."

키요미는 자조하듯이 코웃음을 쳤다.

"그래서 사람들이 따른 건지, 그 녀석의 친구들도 우리 집에 자주 놀러왔었지, 아마. 남자 쪽이 많긴 했지만, 가끔 여자들도 왔었어."

"그건…… 예의 그 일이 있기 전까지?"

"그러네. 그 일이 있기 전까지는. 이브 씨도 자주 놀러오곤 했으니까."

"대단하구나, 아라미야 선배는……."

"뭐가?"

"보통 말이야. 초등학교 고학년쯤 되면 남자랑 여자는 자연스럽게 갈라지잖아. 같이 있는 걸 부끄러워하거나 해서. 그런데, 여자애들하고도 아무렇지도 않게 접하다니 말이야."

"……그러고 보니 그러네—. 그다지 의식하지 않았는데, 신기하네. 하긴, 그래서 집에 오던 친구들도 다 그 동정을 칭찬한 거구나. 너희 오빠는 대단하구나— 라고."

사이타니는 말없이 조용히 키요미의 말에 귀를 기울였다.

지금 키요미의 얼굴에 떠올라 있는 것은 화가 난 표정도 슬퍼 보이는 표정도 아니었다.

굳이 말하자면 어딘가 쓸쓸해 보이는 표정이었다.

"그 정도로 사람들이 잘 따랐다는 거겠지. 그 녀석을……."

"그런 모습은 지금도 있긴 하지."

"뭐?! 어디에?!"

"미, 미안. 아무 것도 아니야."

키요미의 기분을 상하게 하는 것을 피해 사이타니는 뒷말을 재촉했다.

그러나 키요미는 고개를 저었다.

"뭐, 할 수 있는 이야기라고는 이 정도이려나."

"어, 조, 좀 더 다른 건 없어?"

앞으로 조금이면 알 수 있을 것 같다.

"아무 것도 없어."

그러나 키요미는 테이블을 정리하러 가 버렸다.

"으─응……. 대체 원인이 뭘까."

사이타니는 팔짱을 끼면서 곰곰이 생각에 잠겼다.

그러나, 역시 그녀의 마음을 알기에는 아직 갈 길이 먼 것 같았다.

제 4 장　나를 위해, 모두 고맙다

"설마, 제가 없는 사이에 교장과 저쪽 이사장만으로 결정해 버리다니……!"

『ㄱㅌ』의 테이블에 앉은 학생회장, 야오타니 아이리가 새하 얀 테이블보 위에 팔을 올리고 턱을 괸 채 금방이라도 손톱 을 물어뜯을 것처럼 짜증을 내고 있었다.

덧붙여 메이드 카페 『ㄱㅌ』은 마지막 손님을 보내고 영업을 종료한 상태였다. 지금은 전원이서 키리코 누나의 감시 아래, 한창 청소와 뒷정리를 하는 중이었다.

영업을 종료한 메이드 카페에 왜 학생회장이 있느냐면, 단 순히 푸념을 늘어놓으러 온 것뿐이라는 것 같았다.

이쪽도 부탁을 해 놓은 것이 있는 만큼 함부로 내칠 수 없 었지만.

"뭐, 학생회라고 해도 대단한 권력을 갖고 있는 게 아니니까. 선생들보다 더 강권을 쥐고 있는 건 게임 속에서 뿐이겠지."

"교사들의 잡무 담당 따위, 정말로 번거롭고 싫어서 조금씩 권한을 확대해 왔건만……. 진홍색으로 물드는 언덕에 나오는 학생회 정도의 권력이 있으면 좋을 텐데 말이죠……."

"당신, 일반 야겜도 하는 건가……."

"아아, 진짜! 그 교장, 그냥 밟아주고 싶어요."

학생회장의 짜증난 정도가 보통이 아니었다. 눈초리가 무서웠다. 진짜로 일을 벌일 것 같은 표정이었다.

"그래서…… 그 미스콘테스트에는 그 녀석이 얽혀있는 거겠지?"

"예. 시구레 아코……. 아무래도 코쿠료 고등학교 이사장이 그녀를 마음에 들어 하는 것 같아요. 설마 여성에게 순위를 매기는 전근대적인 짓을 시킬 줄은 생각도 못했습니다. 우리 교장도 교장이에요. 왜 그런 걸 인정한 건지 정말 이해할 수가 없어요."

뭐, 아코로서는 굳이 미스콘테스트가 아니어도 되었을 것이다.

다만, 미스콘테스트라면 자연스러움을 가장하기 쉬운 것이다. 미스콘테스트 자체는 부자연스럽다면 부자연스러웠지만, 대학의 축제에서는 종종 볼 수 있으니까 말이지.

미스콘테스트에서 참가자에게 무엇을 시킬 것인지, 그 프로그램도 대충 예상이 되었다.

"그렇다고 해도 미스콘테스트란 말이지……."

코토코가 빗자루로 바닥을 쓸면서 무심하게 중얼거렸다.

"나, 나가고 싶어—!"

"스와마는 정말 망설이지 않는구나……."

"에~! 그치만~ 재미있을 것 같은걸. 또 미스콘테스트 같은 건 그렇게 자주 개최되지 않고 말이야. 이게 처음이자 마지막 참가가 될지도 모른다고?"

"순위 매겨지는 것이 싫지는 않아?"

"여러 사람한테 평가를 받는 거 별로 신경 쓰이지 않아! 세이이치에게 글렀다는 말을 들으면 상처 입겠지만~."

내 이름 꺼내지 마.

하지만, 이브는 이브대로 정말 꾸밈없는 솔직한 성격이로군. 여러 사람에게 평가받아도 신경 쓰이지 않는다, 란 말이지.

나도 야겜을 살 때 유저의 평가를 보고 주저하는 일이 있으니까 말이지. 원래대로라면 다른 사람의 평가보다도 자신을 믿어주는 사람이나 자신 스스로의 평가가 더 중요하다고. 이브의 그런 마음가짐은 솔직히 본받고 싶다.

"료마. 나랑 같이 참가하자."

그런 가운데, 키요미가 사이타니에게 또 무리한 요구를 했다.

"뭐─! 싫어, 절대로 싫어! 미스콘테스트라고 했잖아!"

"방송에서는 이렇게 말했잖아. 『미스콘테스트입니다만, 남자도 오케이입니다!』라고! 이건 료마도 참가하라는 신의 계시야."

"싫어싫어싫어!"

"자, 빨리 참가등록 하러 가자!"

"싫어━━━━━━━━━━━━━━━━━!"

사이타니가 메이드복으로 몸을 감싼 채 맹렬하게 거부했다. 그거야 당연하겠지.

고문인 키리코 누나가 그런 사이타니를 동정하는 것처럼 어깨를 으쓱했다.

"실제로 타도코로 선생님을 비롯해 선생님 몇 분은 교장에게 강력하게 항의했으니까 말이다. 사춘기 여학생들을 구경거리로 삼다니 이게 무슨 일인가! 교육자로서 있을 수 없는 일 운운하면서 열화와도 같이 엄청나게 화를 내셨지. 그런 걸 코쿠료 쪽이 책임을 진다는 선에서 밀어붙였다는 것 같아."

"그야, 타도코로의 성격으로는 좋은 기분은 아니겠지. 그렇지만 키리코 누나는 어떻게 생각해?"

"좀처럼 없는 기회이기도 하니까, 참가하고 싶으면 하면 되지 않겠어? 그딴 행사로 여자의 품격이 정해지는 것도 아니니까. 마음 편하게 참가해서 즐기면 돼. 추억의 하나로 말이야."

변함없이 적당주의로군. 뭐, 키리코 누나답지만.

"미스콘테스트인가. 야겜에도 순위투표라든가 그런 게 있지."

토자키가 갑자기 엉뚱한 소리를 꺼냈다. 그야 분명히 있긴 하지만.

"있지. 그리고 발매 전과 발매 후의 평가가 확 바뀌기도 하지."

"히로인이 자아를 갖고 있으면 최하위라니 너무하다니까. 메인히로인인데 공략도 할 수 없는 서브캐릭터 쪽이 득표수가 더 많다니 말도 안 돼."

"메인 히로인은 무난한 성격으로 하지 않을 수 없다는 사정도 있을 테니까."

뭐, 여자에게 순위를 매긴다는 의미에서는 어느 쪽도 마찬가지였지만.

"이브도 키요미도 적극적이군……. 하지만 나는……."

코토코는 고민하는 기색을 보였다.

"물론, 참가해줄 거죠?"

거기에 울려 퍼지는 밝은 목소리.

어느샌가 시구레 아코가 입구에 서 있었다.

"참가는 임의이지만…… 참가하지 않으면, 어떻게 될지는 알 수 없답니다."

"참가하면 하는 대로 어떻게든 될 거잖아, 아코."

나는 그렇게 지적을 했다. 그러자 아코는 쿡 하고 작게 웃었다.

"설마요. 저는 이 문화제를 즐겁게 끝내고 싶을 뿐이에요. 문화제 자체가 조금 부족한 느낌이 들기도 했으니까요. 두 학교의 분위기를 크게 고조시켜야 하겠다고 생각했답니다."

뻔뻔하군.

그렇다고는 해도, 여기서 언쟁을 벌여봤자 소용이 없다. 시간 낭비다.

"물론 저도 참가할 거예요."

아코는 자신만만하게 불온한 미소를 띠었다.

그야, 너 자신이 직접 참가하지 않으면 코토코를 함정에 빠뜨릴 수 없을 테니까 말이야.

"이미 전교생이 의욕에 가득 차 있으니 중지되지는 않을 거예요. 그러니 꼭 참가해주세요."

"만일을 위해 말해 두지만, 그거 나한테 하는 이야기 아니지?"

"……세이이치 군이 그런 농담을 하는 사람이라고는 생각도 못했네요. 뭐, 남자가 참가해도 괜찮지만요."

"농담이다. 사양하겠어."

방금 전부터 아코의 시선은 코토코에게 고정돼 있었다.

표정에는 드러나지 않았지만 적대심을 있는 대로 내보이고 있군…….

"시구레. 너, 이길 수 있다고 생각하는 거야?"

코토코를 대신해 유우카가 아코에게 다가가며 그렇게 도발했다.

그녀는 어깨를 펴서 아코에게는 없는 여자의 무기— 즉, 가슴을 강조하고 있었다. 코토코가 얽혀 있다고는 해도, 너도 참 성격 안 좋구나.

"……여성의 매력은 몸매만이 아니랍니다. 교양과 품성도 그 요소 중 하나죠."

"그쪽의 요소도 충분히 갖추고 있다고 생각하는데?"

"어머, 하츠시바 씨는 그렇게 생각하고 있군요. 하지만, 머리 쪽은 과연 어떨까요?"

"이래 봬도 유우카, 성적은 좋은 편이야."

"어머나. 뭐, 편차치가 낮은 학교이니까요."

유우카와 아코 사이에 파직파직 불꽃이 튀었다.

두 사람은 이미 폭언에 폭언으로 응수하고 있었다. 오오, 무서워라무서워.

"그런 시구레야말로 애초에 교양이나 품성이랄 게 있나?"

"그럼요. 있고말고요."

"흐응— 남의 평판을 깎아내리는 짓을 하는 사람이?"

"무슨 말을 하는지 모르겠네요."

유우카가 불쾌하다는 듯이 이를 갈았다.

아코는 상황이 나빠지면 늘 이런 식이었다. 반드시 도망갈 길을 준비해놓고 있었다.

이 녀석의 죄를 백일하에 드러내는 것은 쉬운 일이 아니었다.

"아, 아콧치……. 아직도 뭔가를 할 생각이야?"

이브가 불안하다는 듯이 아코에게 다가갔다.

"예. 함께 즐겁게 즐기자고요, 이브. 물론, 이브도 참가해주겠죠? 옛날처럼 사이좋게 놀아봐요."

"옛날처럼이라면, 그거 아콧치 혼자 즐거운 거지?"

"……어머, 이브도 즐거웠을 거라고 생각했는데 말이죠."

"나, 즐겁다고 믿었던 것뿐이야. 세—이치랑 코토콧치, 유카릿치, 키요밍이랑 놀면서 처음으로 알게 됐어. 친구들이랑 노는 게 어떤 건지."

"……"

"아콧치. 혼자였던 나를 친구들 사이에 끼워준 일은 고맙게 생각해……. 하지만 짐꾼노릇을 하거나, 자리 맡기를 하거나, 그런 것만 떠맡는 건 싫었어!"

이브가 겨우 진심을 털어놓았다. 아니, 깨달았다고 해야 할까.

"꽤나…… 지혜를 갖추게 된 것 같군요. 나를 그렇게 생각하게 된 건 조금 충격이네요."

"하, 하지만…… 나는…… 아콧치하고도 사이좋게 지내고 싶어."

한순간, 아코의 표정이 불쾌해하는 것 같은 빛으로 물들었다.

"……뭘 불쌍한 사람을 보는 것 같은 눈을 하는 거죠? 이브."

그러나 표정에 그것이 배어나온 것은 아주 잠깐이었다. 그 기색은 바로 사라졌다.

"아콧치……."

"제 호의를 오해한 것이라면 참 슬픈 일이네요. 어쨌든 이브도 참가할 것이라면 마음대로 하세요. 이브는 귀여우니까요. 분명히 이브 같은 여자애를 좋아하는 사람에게는 좋은 평가를 받을 거예요."

……말 한 마디 한 마디에 가시가 있군. 도저히 칭찬으로 들리지 않아.

"아야메 씨도 부디 참가해 주세요. 물론, 도망치지 않겠죠?"

"……너."

"그렇게 노려보지 마세요? 전 문화제를 즐겁게 보내고 싶을 뿐이에요."

코토코는 말수가 적었다. 여러모로 망설이는 것이리라.

이제 슬슬, 나도 일단 물어봐 둘까.

"한 가지 묻고 싶은 게 있는데, 참가하면 다시는 우리에게 손을 대지 않을 건가?"

"무슨 말인지 모르겠네요."

"시치미 떼지 마. 이제 슬슬 진절머리가 난다고."

"어떤 형태로든지 모든 것이 끝날 거예요."

모든 것이 끝난다, 란 말이지. 흥, 교묘하게 잘도 돌려 말하는군.

끝나는 건 너겠지만……. 그렇게 말하려던 참에 나는 말을 멈추었다. 위험해위험해. 일부러 경계하게 만들 필요는 없겠지. 열심히 방심하고 있어 줘.

"그럼, 잘 부탁드리겠어요."

그리고, 아코는 미소를 지은 채 카페를 뒤로 했다. 어지간히 자신의 책략에 자신이 있는 건지, 여유로운 것 같은 태도였는걸.

"어, 어쩔 거야? 코튼."

"어쩔 거냐고 물어도 말이지……."

"아콧치, 분명히 뭔가를 꾸미고 있어."

세 사람은 이도저도 아닌 태도를 취하고 있었다. 역시나 그렇게까지 아코가 뭔가를 꾸미고 있다는 것을 알게 됐다면 주저하게도 될 것이다.

"이대로 미스콘테스트에 참가한다는 것은 준비된 함정에 스스로 뛰어드는 것과 마찬가지예요. 동의할 수가 없어요."

학생회장이 위험을 호소했다.

실제로, 어떻게 생각해도 이것은 함정일 것이다.

이런 가운데 무사히 정상적으로 이벤트가 끝난다면, 아코에게 무릎을 꿇은 채 머리를 조아려도 될 일이겠지.

"……코토코, 유우카, 이브. 미안하지만 너희 셋 모두 참가해주지 않겠어?"

내가 그렇게 말하자 세 사람 모두 의아하다는 얼굴을 했다.

"잠깐만요, 아하미야?! 내 말을 안 듣고 있던 건가요?!"

학생회장이 화를 냈다.

"이 사람이 무슨 사람을 아하체험#13을 하고 있는 사람이라도 되는 것처럼……. 딱히 저도 아무 생각 없이 이런 말을 하는 것은 아니니까요."

"……정말인가요?"

학생회장은 여전히 미심쩍다는 눈초리를 하고 있었다. 이사람, 정말로 나를 전혀 믿지 않는군…….

당사자인 코토코는 의아하다는 눈으로 나를 바라보고 있었다.

"세이이치가 그렇게 말한다면야 딱히 상관은 없지만…… 웬일이냐? 아, 이것도 내 소문을 위한 거냐?"

"뭐, 넓은 의미에서는 그렇지. 다만, 가장 주된 목적은 이제슬슬 아코를 입 다물게 하는 거다. 이대로 그 녀석을 계속 상대해주다가는 우리에게도 슬슬 위험이 닥칠 가능성도 나왔고 말이지."

"그 녀석의 함정이라는 느낌도 드는데……. 뭔가 계획이라도 있는 거냐?"

"뭐 그럭저럭. 어쨌든 카운터는 확실하게 먹일 생각이다."

#13 아하체험 앗! 하고 지금까지 알지 못했던 일을 알게 되었을 때, 머릿속에 뭔가 번뜩임을 느끼는 체험.

무슨 짓을 벌일지 안다면 대응하기는 쉬웠다.

"그런 연유로, 참가등록을 하고 와줘."

"그래. 알았다."

코토코는 딱히 이유도 묻지 않고, 망설임조차 보이지 않으며 고개를 끄덕였다. 그 표정은 『너를 믿으니까 말이다』라고 말하는 것 같았다. 과연, 이렇게까지 전면적으로 신뢰를 받으니 조금 낯간지러웠다.

그렇지만, 그런 만큼 그 신뢰에 확실하게 부응하고 싶었다.

"그럼 갈까, 유우카."

"응. 모처럼이니까, 코튼이랑 좋은 승부를 해보고 싶어."

"하하. 그럼 나도 힘을 내볼까."

"나도 지지 않을 거야─!"

"이브."

세 사람이 문을 빠져나갈 즈음, 나는 이브만을 불러 세웠다.

"응? 왜─에. 세─이치."

"너한테 한 가지 부탁할 게 있다. 중요한 임무야."

"괘, 괜찮긴 한데. 나, 어려운 일은 못하는데~?"

"어려운 일은 아니야. 자, 이걸 갖고 있어."

나는 그것을 꺼내 이브에게 가볍게 던져주었다. 이브는 포물선을 그리며 날아온 그것을 제대로 받아냈다.

"……종이테이프? 뭔가 묶는 거야~? 드라마에서처럼 입을 막거나 하는 건가?"

"아니야. 잘 들어. 네가 할 일은 간단해."

나는 일단 이브가 해야 할 일을 말해주었다. 그러자 이브는 쭈뼛거리는 기색으로나마 고개를 끄덕였다.

"알긴 했는데…… 왜 그런 일을 하는 거야?"

"거짓말을 폭로하기 위해서야. 자, 저쪽에서 코토코와 유우카가 기다리고 있으니까 다녀와. 그리고, 이 이야기는 저 두 사람에게는 비밀로 해둬."

"네―에. 세―이치와 둘만의 비밀이다!"

뭐가 즐거운지 알 수 없었지만, 이브는 미소를 지으며 두 사람에게로 향했다.

메이드 카페는 이미 폐점했지만 가게 안은 학생회가 점령하고 있었다.

"하나. 저쪽학교에서의 정보는 어떻게 됐죠?"

"그럭저럭 뒤를 캐낼 수 있었습니다. 여기 정리해 두었습니다."

"아스카 쪽은 어떤가요?"

"이쪽은 역시나……. 개인정보를 함부로 공개하기 어려운 점도 있으니까요."

실내를 점령한 학생회 멤버에는 부회장과 서기 외에도 두 사람의 모습이 더 보였다. 하급생인 것일까.

"어느샌가 점령당해 버렸다, 아라미야."

토자키가 어깨를 움츠렸다.

"뭐, 우리는 사용하지 않으니까 괜찮잖아. 원래부터 이곳을 메이드 카페용으로 확보해준 것도 학생회장이고."

입지적으로는 정말로 발군의 장소이었으니까 말이지. 과연 학교를 잘 아는 학생회장이었다.

그때 문득 학생회장이 내 시선을 알아차렸다.

"잠깐만요. 거기, 오라미야."

"사람을 거들먹거리며 건방떠는 인간 같은 이름으로 부르지 말아 주세요."

"당신이 한 말은 대체로 다 사실이었어요. 잘도 알아차렸군요……."

"그런가? 간단한 이야기라고 생각하는데."

거짓말은 그것을 거짓말이라고 단정 짓고 파헤친다면 사실을 알아내는 것은 쉬웠다. 어쩌면 진짜일지도 모른다…… 라고 생각하기 때문에 망설이고 방향을 잃는 것이다.

결국, 코토코를 믿기만 했으면 무엇이 거짓말인지 저절로 알 수 있는 일이었다.

"좋았어, 회장. 내친 김에 또 한 가지만 더 부탁을 들어줄 수 있을까?"

"예에?! 이 마당까지 이르러서 나보고 또 일하라는 건가요?"

"자자, 괜찮잖습니까. 독을 먹으려면 접시까지#14라는 걸로."

"치사독이잖아요! 싫어요. 제가 뭐가 좋아서 당신의 지시를 따라야 하나요?!"

"간단한 일이니 제발 부탁드릴 수 없을까요."

#14 독을 먹으려면 접시까 한 번 나쁜 일을 시작한 바에야 끝까지 하라는 의미. 여기까지 왔으니 끝까지 밀어붙이자는 의미로도 쓰인다.

나는 회장에게 고개를 숙였다.

"……당신이 내게 고개를 숙인다는 건 다시 말해서—"

"그 짐작대로. 이것도 코토코를 위한 일이라서요."

작게 이를 가는 소리가 들려왔다.

그리고, 이어서 커다란 한숨소리도 들렸다.

"알겠어요. 일단 이야기는 해보세요."

다행이다. 회장이 해 주었으면 하는 일은 단 하나였다.

"객석 가장 앞자리에서 미스콘테스트의 무대를 생방송해줬으면 합니다. 동영상 사이트에 계정을 갖고 있다고 말했죠? 찍은 동영상을 회장의 개인 커뮤니티로 송출하면 됩니다."

"……뭐 때문이죠? 혹시 나중에 검증이라도 하려는 건가요?"

"아닙니다. 그랬다면 단순히 동영상을 찍어달라고 했을 겁니다. 타이밍을 노리고 싶어서 말입니다. 무대에서 일이 어떻게 돼 가고 있는지를 파악하고 싶은 것뿐입니다."

"스스로 하면 되잖아요."

"죄송하네요. 전 미스콘테스트 회장에는 있을 수 없어서 말이죠."

"뭘 하려는 건가요……."

"아코의 함정에 대처하려는 겁니다. 그뿐입니다."

그 녀석이 해 오는 짓에 강력한 카운터를 먹인다.

그러기 위해서는 타이밍이 중요했다. 또, 무엇보다 내가 그 자리에서 혼자 목소리를 높여 봤자 그 효과도 뻔했으니까.

"……스마트폰의 카메라 영상이에요. 해상도는 보장할 수 없어요.”

“어느 정도 뭘 하고 있는지만 보이면 됩니다. 대신, 음성은 깨끗하면 좋겠는데. 음. 제 폴더폰을 빌려드리죠.”

“폴더폰을요?”

“저랑 연락을 주고받을 때 써주세요. 카메라를 기동시켜서 생방송을 하면서 통화를 하는 건 성가시잖아요?”

“분명히 그렇긴 하지만…… 정말로 뭘 할 생각인 건가요? 상세히 말해보세요.”

“자자. 어차피 금방 알게 될 테니까요. 기대하고 있으라고요. ……아코의 본성이 드러나는 것을요.”

그러자, 학생회장이 한 순간 겁먹은 것 같은 눈을 했다.

……겁을 먹게 할 만한 얼굴을 한 기억은 없는데.

“못된 얼굴을 하고 있네요……. 여자를 울리는 얼굴이에요.”

“이야, 역시 말이죠. 저도 화를 좀 내도 되지 않을까 하고 생각하고 있어서 말입니다. 코토코는 하마터면 크게 다칠 뻔했으니까요. 연극 때의 그 인위적인 사고는 간과할 수 없을 겁니다.”

그러나, 실행범은 니시하라로 흑막은 그 사고에 일절 직접 관여하지 않았다. 아코가 그런 지시를 내린 적이 없다고 변명하는 것만으로도 아코에게 죄를 물을 수 없게 돼 버린다. 아무리 실질적인 주범이나 마찬가지라고 해도 그 녀석은 무사히 빠져나갈 수 있었다.

게다가, 코토코는 니시하라를 단죄하지 않겠다고 말했으니까 말이지. 내가 그 말을 깰 수는 없으리라.

"당신, 혹시 꽤 화가 난 건가요?"

"그야 그렇죠. 이렇게까지 남의 영역에 들어와 자기 멋대로 설치는데 화를 내지 않으면 그게 더 이상하죠. 뭐, 그 녀석은 그 녀석대로 빈틈을 보이면서 미스콘테스트라는 뻔한 함정을 파줬으니까요. 지금까지는 계속 선수를 빼앗겼지만, 슬슬 보복을 해줘도 좋을 겁니다."

솔직히 나도 분별력을 잃고 안일하게 일상에 안주하고 있었다.

적이 다가오는데 전혀 손을 쓰지 않은 것이다.

하지만, 이렇게까지 당한 이상 반격을 해주고 싶었다.

이 일격으로 치명상을 입혀 줄 것이다.

"이번에 그 녀석이 벌인 죄를 백일하에 드러낼 수 없다면, 이제 그 녀석을 이 미스콘테스트 자리에서 자멸시킬 뿐입니다. 제가 하는 일은 그것을 살짝 돕는 것이죠."

"과연. 뭘 하려고 하는지는 모르겠지만…… 이번만큼은 학생회는 당신에게 전면적으로 협력하도록 하죠."

"아아. 회장이 힘을 빌려준다면 아주 든든할 겁니다. 믿고 있겠습니다."

이번의 나는 비교적 진심이었다.

이제 슬슬 그 녀석의 입을 다물게 하자.

미스콘테스트에 참가하는 사람은 스무 명.

코토코의 동료 중에는 유우카, 이브, 키요미와 사이타니가 참가했다.

그밖에는 코쿠료 고등학교의 학생회 멤버와 시구레 아코가 있었다.

『그럼 미스들의 입장입니다!』

사회자가 확성기를 손에 들고 큰 목소리를 냈다.

교정에 급조된 무대 위에 참가자들이 올라왔다. 복장은 사복이거나 교복이거나 출점용으로 만든 코스튬플레이 의상이거나 하는 등등 천차만별이었다. 코토코 일행은 전원 메이드복 차림이었지만.

입장에 맞춰 성대한 박수가 울려 퍼졌다.

"정말이지……. 그 남자, 이런 일까지 시키고. 아야메 양과 데이트 하는 정도의 보수가 아니면 수지가 맞지 않을 거예요."

야오타니 아이리는 객석 가장 앞줄에 있었다. 그녀의 바로 옆에는 서기와 부회장이 곁을 따르고 있었다.

아이리는 세이이치가 말한 대로 스마트폰으로 회장을 몰래 촬영하고 있었다. 그 영상은 동영상 사이트의 아이리의 개인 커뮤니티에 그대로 중계되고 있었다.

"회장, 제가 대신 들까요?"

"아뇨. 제가 하겠어요. 부탁받은 건 저니까요. 또 제 손으로 코토코 양을 찍고 싶기도 하고요."

"주제넘은 짓을 했습니다."

"그것보다도, 하나. 영상은 제대로 찍히고 있나요?"

"예. 제 스마트폰에서도 잘 나오고 있습니다. 음성도 문제없고요. 지연율도 이 정도라면 허용범위일 겁니다."

"그렇다면 됐어요. 그 남자에게도 보이겠죠."

동영상 사이트에 만든 아이리의 개인 커뮤니티는 원래는 학교 안에서 동영상을 사용한 행사를 개최할 수 없을까, 하는 생각에서 만든 것이었다. 커뮤니티는 승인제로, 구성원은 모두 믿을 수 있는 학생회의 임원들이었다. 지금 막 세이이치가 가입했지만 말이다.

"내 커뮤니티에 남자가 들어오다니…… 이번 일이 끝나면 반드시 쫓아내겠어요."

"애초에 회장이 남자를 들이리라고는 생각도 못했지만요."

"아스카. 애당초 이건 그 남자를 위한 것이 아니에요. 아야메 양을 지키기 위해서예요."

"압니다."

게다가 촬영한 동영상은 일이 끝나면 바로 삭제해야 한다. 개인 커뮤니티에 암호화되어 저장되는 것이라고는 해도 인터넷상에 올리는 행위라는 점은 다르지 않았다.

다만, 아이리는 지금 촬영 중인 자신의 스마트폰에는 보존해 둘 생각이었다. 이것은 영구보존판이었다.

문득, 아이리의 가슴주머니가 진동했다. 안에 넣어둔 세이이치의 폴더폰이 울린 것이었다.

아이리는 무대 위에 스마트폰의 카메라를 향한 채 전화를 받았다.

『코토코만 찍지 말고 좀 더 회장 전체를 비춰줬으면 하는데요.』

"지시를 할 생각인가요?"

『아뇨. 개인적으로 촬영하는 것으로는 괜찮지만요……. 뭐, 소리는 문제없으니까 무방하려나.』

"……뭐, 알았어요. 나중에 불평을 해도 곤란하니까 말이죠."

『그럼, 잘 부탁드립니다.』

아이리는 카메라의 확대비율을 조금 낮춰 줌아웃을 했다. 그런 뒤, 약간 로 앵글의 형태로 무대 전체를 비추었다.

그렇게 한창 촬영을 하고 있으려니, 문득 객석 가장 앞줄에 한 남자가 보였다.

"하루카제…… 쿄야……."

아이리에게는 가장 보고 싶지 않았던 남자의 모습.

아이리는 반사적으로 각도를 수정해 쿄야를 화면에서 배제시키며 무대 전체가 다 보이도록 조정했다.

"왜 저 남자가 있는 건가요……. 시구레 아코를 응원하러 온 걸까요……?"

그런 가운데, 무대 위에서는 프로그램이 진행되어 갔다.

『그럼, 참가자의 자기소개와 함께 마음가짐을 들어보겠습니다! 우선은 No.1 아야메 코토코 양입니다!』

"어?! 나, 나부터?!"

『예. 부탁합니다!』

코토코가 한 걸음 앞으로 나왔다.

그리고 메이드답게 치맛자락을 살짝 펼쳐보였다.

아이리의, 스마트폰을 쥔 손에 힘이 들어갔다.

"……아아. 아야메 양. 정말 근사해요. 얼마를 내면 메이드로 고용할 수 있을까요."

숨소리가 거칠었다. 아마 스마트폰에도 다 녹음이 되고 있을 터였다.

만약 코토코에게도 들렸다면 속공으로 뭔가 반론을 해 왔을 것이다. 그러나 아이리의 그 숨소리는 무대까지는 닿지 않았다.

미스콘테스트는 순조롭게 진행되어 갔다.

"아, 어—음, 미카게 고등학교 2학년 4반 아야메 코토코입니다. 마음가짐은…… 그냥 즐기고 싶을 뿐이었지만, 모처럼이니까 우승을 하고 싶다!"

드문드문 박수가 일어났다.

그리고, 자기소개는 차례차례 이어졌다.

"미카게 고등학교 2학년 4반, 스와미 이브에옹! 목표는 우—승—! 모두들, 한 표 부탁해뿅!"

"마찬가지로 미카게 고등학교 1학년 3반, 아라미야 키요미. 일단, 분위기에 편승해 참가해 봤습니다! 표를 주신다면 기쁘겠어요—!"

"이, 1학년 2반, 사이타니 료마입니다……. 왜 제가 여기 있는지 모르겠습니다……. 도와주세요."

사이타니의 순서에서 객석에서 메마른 웃음과 성대한 박수가 같이 일었다. 성별을 아는 사람과 모르는 사람의 차이일까?

"2학년 4반, 하츠시바 유우카예요."

"윳짱!", "유, 유—", "유우우—!", "유우—!!", "유카스케—!"

한 순간, 성대한 환성이 일었다.

현역성우라는 점도 있어서 그녀에게는 팬이 있었다.

"자, 잘 부탁드려요!"

그 환성에 당혹스러워하며 유우카는 가볍게 윙크를 했다. 한층 큰 환성이 터져 올랐다.

그렇게 차례로 자기소개가 끝나고.

"코쿠료 고등학교 2학년 A반, 시구레 아코입니다. 잘 부탁드려요. 아무쪼록 당신의 한 표를 받고 싶습니다."

마지막에 유우카에게 이기면 이겼지 뒤지지 않는 환성이 울려 퍼졌다.

코쿠료의 학생만……이 아니었다. 대학생이나 사회인으로 보이는 남자들이 많은 것 같았다.

또다시 아이리의 가슴주머니가 진동했다.

『저 사람들, 아코의 추종자들일 겁니다.』

"……설마 정말로 오리라고는 생각도 못했어요."

『그러니까 말했잖습니까. 회장은 코웃음을 쳤지만요……』

"시구레 아코가 아무리 카리스마가 있다고 해도 교내에서만 이라고 생각했으니까요……"

『저 녀석은 인터넷에서도 인기인이에요. 아슬아슬한 코스튬 플레이도 하고 있었으니까요. 어쩌면 동영상도 인터넷에 올리고 있는지도 모릅니다.』

"······만약 저 여자의 동영상을 보게 된다면 확 망가뜨려 주겠어요."

아이리는 정말로 그렇게 하기라도 할 것 같은 불쾌하다는 얼굴을 하고 있었다. 하지만 세이이치가 그 사실을 알 도리는 없었다.

『뭐, 저 추종자들이 직접 행동에 나서리라고는 생각되지 않지만····· 야유 정도는 보낼지도 모르죠. 만약 할 수 있다면, 저쪽에 지지 않을 정도로 목소리를 크게 내줬으면 합니다.』

그렇게 말하고 세이이치는 전화를 끊었다.

"정말로 저 여자, 뭘 하려는 걸까요······?"

아이리는 아코의 목적을 전혀 알 수가 없었다. 분위기를 띄우기 위한 이벤트······ 그것이 단순한 방편에 불과하다는 것은 명백했다.

하지만 코토코의 평판을 깎아내리려고 한다고 해도 어떤 방법을 쓸지 전혀 감도 잡히지 않았다.

이런 콘테스트로 어떻게 사람의 평판을 깎아내린다는 것인가.

코토코에게 창피를 주려고 한다면 이외에도 방법은 많을 터였다.

『그럼 다음 순서입니다! 뜬금없습니다만, 수영복 심사입니다―!』

관객들이 일제히 환호했다. 특히 남성들이.

"추잡스러워요……."

아이리는 금방이라도 이 가는 소리가 들릴 것 같을 정도로 강하게 이를 악물었다. 여성을 구경거리로 삼는 일 따위, 있어서는 안 되었다.

하물며, 중요부위는 가려졌다고 해도 부드러운 살갗을 드러내는 일 따위.

"하지만 이런 기회가 아니면 아야메 양과 다른 사람들의 수영복 차림을 볼 수 없는 것도 사실……. 아, 저도 죄에서는 벗어날 수 없네요……!"

아이리는 손톱을 씹으며 괴로움에 몸부림을 쳤다.

그 뒤 무대 위의 참가자들은 일단 무대 뒤로 모습을 감추었다.

바로 가까이에 탈의실이 있었기 때문에 그리로 향한 것이리라.

『그럼, 잠시 기다려 주십시오.』

그로부터 얼마 지나지 않아, 세이이치가 걸어온 전화로 또다시 아이리의 가슴주머니가 진동했다.

"예. 무슨 일이죠?"

『이 다음에 아코가 움직이기 시작할 겁니다. 하지만, 그대로 하는 대로 놔둬 주세요.』

"움직이다뇨, 어떻게 움직인다는 거죠?"

『저 녀석은 틀림없이 등을 내보일 겁니다. 일단 놓치지 않도록 계속 촬영해 주세요.』

아이리는 이제 아코와 세이이치가 서로 무엇을 하려고 하는지 전혀 알 수가 없게 돼버렸다.

애초에 세이이치는 어디에 있는 것인지, 그것조차 알 수가 없었다.

『옷을 다 갈아입은 것 같습니다!』

이윽고, 수영복 차림의 참가자들이 차례로 무대 위로 나왔다.

수영부의 수영복을 빌린 것일까. 경영용의 원피스 타입이 많았다. 모두 등이 훤히 뚫려 있었다.

"우와아! 하지 마, 키요미! 진짜 그만 돌아가게 해 줘!"

"괜찮아. 완벽하다니까. 인정을 베풀어서 파레오#15 비슷한 목욕수건도 가져 왔으니까 됐잖아."

그렇게, 사이타니가 키요미에게 질질 끌려나온 것 외에는 대체로 순조롭게 진행되었다.

아코는 또다시 가장 마지막에 무대에 올랐다.

교묘하게 등을 관객 쪽으로 향하지 않게 하고 있었기 때문에 아직 등은 보이지 않았다.

"무슨 일이 일어나는 걸까요……?"

아이리는 이를 갈면서 무대를 계속 촬영하는 수밖에 없었다.

『그럼, 참가자 여러분. 들어온 순서대로 한 바퀴 회전한 뒤 포즈를 잡아 주십시오!』

참가자들의 얼굴에 당황한 것 같은 빛이 떠올랐다.

#15 파레오 남태평양 섬 지역에 사는 여성들이 이용하는 허리에 감은 하의. 하의로만이 아니라 가슴까지 끌어올린다거나 온몸에 두른다거나 해서 드레스처럼 연출하기도 한다.

하긴, 갑자기 포즈를 취하라는 말을 들어도 곤란할 것이다.

"예─이!"

그때, 키요미가 갑자기 V사인을 해보였다. 색기는 느껴지지 않았지만 활발하고 시원시원한 움직임에 관객들도 덩달아 달아올랐다. 다들 「웨─이」[#16] 하고 외쳤다.

"이, 이런 느낌이려나?"

유우카가 제자리에서 가볍게 한 바퀴를 돈 뒤, 검지와 새끼손가락만을 편 포즈를 취했다.

하츠시바의 적지 않은 팬들이 일제히 환호를 내질렀다.

다음으로 이브가 호쾌하게 빙글빙글 돌았다. 풍만한 가슴이 출렁출렁 흔들리고 남자들의 환성이 한층 커졌다.

여자애들이 돌 때마다 박수와 환성이 일었다.

사이타니는 그 자리에 주저앉아서 돌지를 못했다. 하지만, 오히려 그 편이 더 좋았던 듯 한층 더 큰 격려의 목소리가 피어올랐다.

"그, 그럼, 나는 이걸로."

코토코는 날렵하게 턴을 한 뒤, 오른손을 내미는 것 같은 자세를 취했다. 세이이치라면 단박에 알아차렸겠지만, 모 일러스트레이터가 자주 그리는 포즈였다.

한 사람, 한 사람이 박수를 치기 시작하고, 그 소리는 코토코가 있는 곳에까지 확실하게 전달되었다.

#16 웨─이 분위기가 달아올랐을 때 외치는 말. 술자리에서 건배할 때 많이 외치며, 가볍게 인사를 하거나 친구를 만났을 때에도 쓰이는 등 활용폭이 넓다.

아이리도 스마트폰을 들고 있지만 않았다면 짝짝 물개박수를 쳤을 것이다. 지금은 그저 폰을 들고 있지 않은 쪽의 손으로 허벅지를 두드리는 것이 고작이었다.

"회, 회장. 허벅지가 붓습니다."

"하나. 말리지 말아 주세요. 그것보다, 하나와 아스카도 좀 더 박수를!"

"아, 예에……."

부회장과 서기는 이 상황에서 완전히 소외당해 방치돼 있었지만, 그 말을 들은 체면상 강하게 박수를 쳤다. 코토코에게 보내는 환성이 커진 것 같은 기분이 들었다.

여기까지는 전혀 문제없는 흐름이었다.

마지막으로 아코의 차례가 돌아왔다.

"……."

그러나 그녀는 뭔가를 겁내는 것처럼, 좀처럼 턴을 하지 않았다.

『시구레 양. 왜 그러시죠—?』

사회자에게 아코를 재촉했다. 그러자, 그제야 아코는 뜻을 굳힌 것처럼 제자리에서 돌았다.

그러자, 노출된 등이 관객들의 눈앞에 드러났다.

그곳에는 커다란 상처가 있었다.

마치 잡아 찢긴 것 같은, 대각선으로 가로지르는 지워지지 않는 상처.

틀림없이 큰 상처였을 것이다.

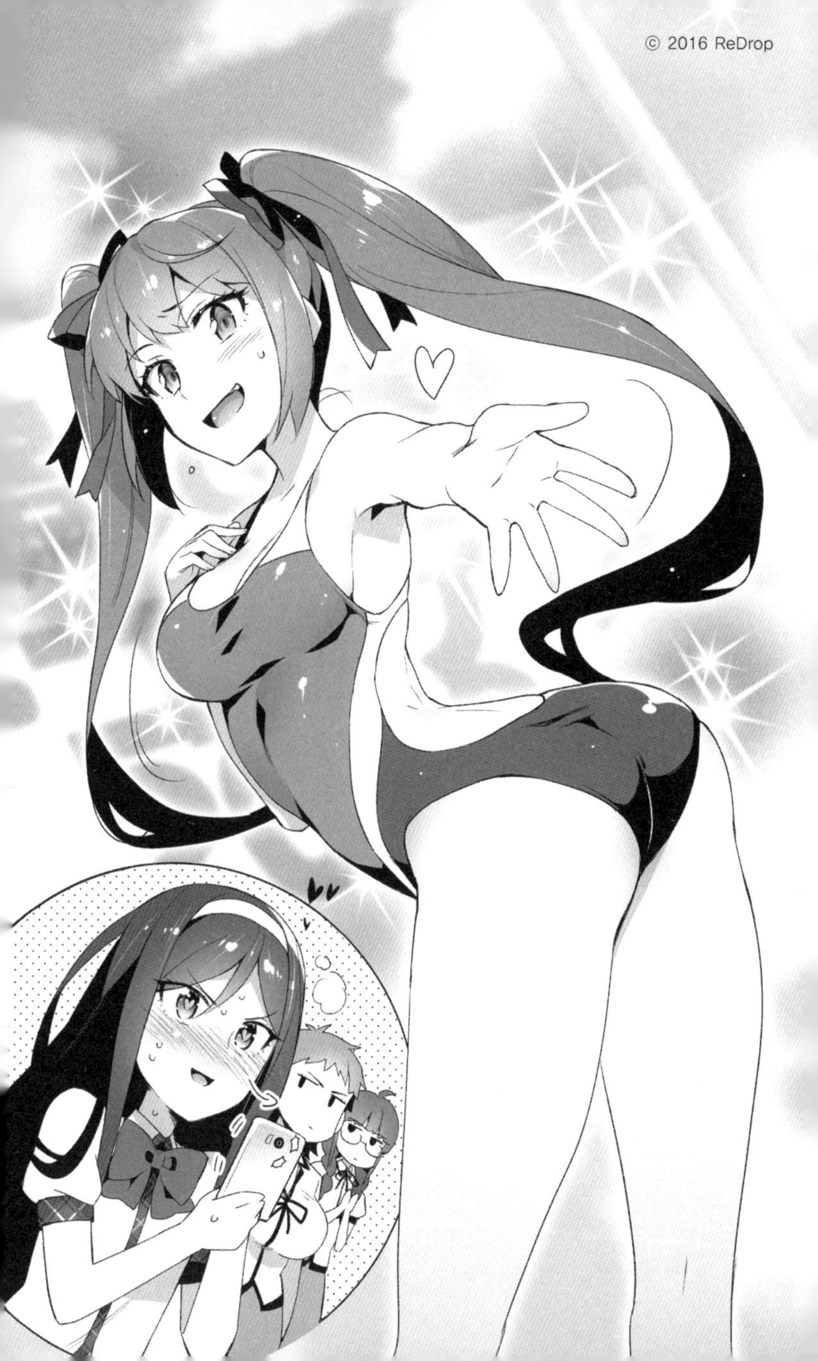

관객들이 술렁거리며 서로들 수군거리기 시작했다.

"옛날에 다른 사람 때문에 다쳤대.", "지독하군. 어디의 누구야?", "상처가 있는데 수영복 심사를 받았구나. 용기가 대단한걸.", "흉터가 지워지지 않는다니 불쌍해.", "나는 상처가 있어도 신경 쓰지 않아."

등등, 다들 제멋대로 떠들고 있었다.

하지만, 관객들의 눈에 아코의 행동은 용기를 쥐어짠 소녀처럼 비쳤을 터.

이런 열광적인 자리에서 여자아이가 대중 앞에 커다란 상처를 내보인다는 행위의 위화감 따위 완전히 무시되었다.

그런 말이 퍼져나가고 있는 중심지를 아이리는 이미 대강 포착하고 있었다. 바로 예의 아코의 추종자들이 뭉쳐있는 그 근처였다.

"이걸 말하는 것이었나요……?"

아코는 세이이치에게 들은 대로 그 상처를 계속해서 촬영했다.

이윽고, 아코가 다시 정면으로 돌아섰다.

『저, 저기— 그건…….』

"신경 쓰지 마세요."

『옛! 죄송합니다!』

수영복 심사가 종료.

그리고, 미스콘테스트는 다음 프로그램으로 넘어갔다.

자신의 중학교 시절에 대한 이야기를 부탁드리겠습니다!

『자, 그럼. 이대로 참가자들은 자신이 중학교 때 어떤 학생이었는지, 그 이야기를 들려주시기 바랍니다!』

아이리의 등에 강렬한 오한이 내달렸다.

중학교 때부터 고등학교 1학년 때까지 코토코는 정평이 난 불량배였다.

"설마, 그 과거를 폭로해서 괴롭힐 생각인 건가요……?!"

아이리는 곧바로 세이이치에게 연락을 취했다.

"들었겠죠. 어쩔 건가요."

『이 흐름은 예상외인걸……. 수영복 심사에서 그대로 수작을 걸어올 줄 알았는데.』

수화기 너머에서 들려오는 목소리가 약간 초조해하는 것 같은 느낌이 들었다.

"이대로라면 아야메 양의 중학교 시절이 전부 폭로될 거예요……!"

『……마침 잘 됐습니다. 이참에 고름을 다 짜내버리죠.』

"냉정한 남자군요! 어떻게든 해봐요!"

『어떻게도 안 될 겁니다……. 방금 전에 어렴풋이 들렸는데, 아무래도 아코의 추종자들이 아코의 상처에 대해 말을 퍼뜨리는 것 같더군요. 이건, 아마 멈출 수 없을 겁니다…….』

"뭐라고요?!"

아이리는 아코의 추종자들이 있는 쪽을 바라보았다.

잘 주시하니, 그들은 여전히 아코의 상처에 대해 이야기를 하고 있었다.

"회장……. 저 무리에서 말이 퍼지고 있습니다."

"곤란하게 됐네요……."

『관객들이 야유를 하게끔 꾸민 건가. 이래서는…… 일반 참가자들이 적으로 돌아서겠는걸.』

이미 아코의 상처에 대한 이야기는 관객 전체에게로 퍼지려 하고 있었다.

아코의 추종자들만이 아니라 일반 관객들까지 서로 수군거리고 있었다.

아코의 상처가 그만큼 충격적이었다는 점도 있었으리라.

"어, 어쩌죠?!"

『지금은 추이를 보는 수밖에 없습니다.』

도움이 안 되는군요. 아이리는 분노에 못 이겨 전화를 끊었다.

잠시 기다리는 사이, 코토코의 순서가 돌아왔다.

코토코의 표정은 눈에 보일 정도로 좋지 않다. 지금의 코토코에게 과거를 이야기하는 일은 흑역사를 이야기하는 것과 다름없을 것이다.

이 행사가 미카게 고등학교 단독으로 개최된 것이라면 그나마 나았다. 그러나 이곳에는 코쿠료 고등학교의 학생들과 학부형, 그리고 일반인들— 즉, 코토코와 관계가 없는 사람들도 있었다.

그 사람들에게까지 코토코의 과거가 까발려지는 것이다.

"……중학교 때, 저는 불량배였습니다."

코토코는 고지식하게 사실을 그대로 이야기했다.

관객들이 갑작스러운 이야기에 술렁거렸다.

"그 남자는 뭘 하고 있는 건가요…… . 지금 여기서 어떻게든 하는 게 아니었나요……!"

아이리는 쥐고 있던 주먹에 힘을 주었다. 손톱이 손바닥을 파고들었다.

"경솔한 짓을 했다고 반성하고 있습니다."

"반성한다고 다 되는 일이 아니잖아!", "맞아맞아!", "그 바보 같은 행동으로 얼마나 많은 사람의 인생을 망친 거냐?!"

욕설이 날아오고, 코토코는 그것을 견디듯이 눈을 감았다.

너무나도 지독한 처사였다.

그 흐름은 아코의 추종자들이 모여 있는 구획에서부터 시작되었다.

이것도 모두 아코가 사전에 계산해 둔 것이리라.

"녀석들을 제거할까요, 회장."

서기인 아스카가 위험한 눈으로 그렇게 제안했다. 하지만 아이리는 고개를 저었다.

"……문제가 될 겁니다. 이미 늦었어요."

"아, 예…… ."

아이리는 지금 당장에라도 『제거하세요』라고 지시하고 싶었다.

그러나 지금 이 자리에서 이 흐름을 뒤집기에는 역부족이었다.

"……만약, 물건을 던지려는 것 같은 움직임이 있으면 바로 퇴장시키세요."

"분부에 따르겠습니다."

"빨리…… 빨리 어떻게든 하세요."

아이리는 마치 기도를 하듯이 이 자리에 없는 남자에게 푸념을 늘어놓았다.

그러나 욕하는 소리는 멈추지 않았다.

『스, 스톱! 이제 됐습니다! 그럼 다음에 시구레 양, 부탁합니다!』

더러운 노성이 마치 사전에 약속이라고 한 것처럼 딱 멈추었다.

모두가 아코의 말을 귀여겨들으려는 것처럼 기다리고 있었다.

아코의 추종자들은 교묘하게 관객들의 선동을 조정하고 있었다. 과연. 이렇게 보면 너무나도 부자연스러운 일이었지만, 그것을 알아차린 사람은 한 명도 없었다. 이 자리에서는 아이리가 유일했다.

"보시는 대로…… 저는 중학교 때 지워지지 않는 상처를 입었습니다."

또다시 아코는 등을 내보였다.

관객들은 아코에게 동정의 시선을 보냈다.

이 자리의 주도권은 완전히 아코가 쥐고 있었다.

"이 상처는 방금 전의 그 사람에게 입은 것입니다."

관객들의 분위기가 한층 더 거칠어졌다.

코토코는 명백히 동요했다. 그 모습에 아코는 한순간이었지만 희미하게 미소조차 띠었다.

"제 상처는 괜찮습니다. 하지만, 그것보다도 더 중학교 때부터 용서할 수 없는 일이 있었습니다. 어떤 한 사람의 유망한 축구선수가 있었습니다. 그렇지만…… 그는 아야메 씨의 불합리한 노여움을 산 것인지, 부조리하게 얻어맞아…… 어금니를 잃어버리고, 그 결과 축구부를 그만두게 되었습니다."

"아아, 운동하는 사람에게 이는 중요하지.", "운동을 위해 치열을 교정하는 사람도 있으니까."

고의적인 것 같은 대사가 관객들 사이로 퍼져나갔다.

그러나, 이 열광적인 자리에서는 그 위화감을 아무도 지적하지 않았다.

그저, 가여운 축구선수가 부각될 뿐이었다.

"그래요. 쿄야 군. 축구부를 그만뒀죠."

아코의 눈은 객석 가장 앞줄에 있는 쿄야를 향하고 있었다.

관객들이 단숨에 조용해지며 쿄야의 말을 기다렸다.

"그래. 축구, 그만뒀어."

난데없이 대화의 화살이 향해진 쿄야는 고개를 끄덕이고는 얼굴을 돌리듯이 그렇게 중얼거렸다.

그 순간, 겨우살이에서 대량의 새떼가 날아오르는 것 같은 기세로 객석에서 거친 욕설이 터져 올랐다.

아코의 추종자를 중심으로 한 매도는 코쿠료 고등학교의 학생들을 끌어들이고 일반 참가자들을 끌어들이고, 더 나아가 미카게 고등학교의 상급생들까지도 그것에 가담시켰다.

"모두! 진정해요! 그건 다 거짓말이에요!"

유우카가 필사적으로 관객들을 진정시키려고 했다. 하지만 관객들의 욕설은 그치지 않았다.

그런 가운데, 코토코는 눈을 감고 온갖 욕설을 견디듯이 꼼짝 않고 서 있을 뿐이었다.

"그런, 그런 건······!"

당장에라도 물건이 날아올 것 같을 정도로 관객들은 위험한 분위기에 물들어갔다.

유우카는 곧바로 코토코를 감싸듯이 그녀의 앞으로 나와 섰다.

"유, 유우카. 자칫하면 물건이 날아올 수도 있다. 내 뒤에 숨어."

"그, 그건 안 돼! 코튼도 반론을 해야 해!"

유우카는 그렇게 말을 했다. 그렇지만 그러면서도 무시무시한 얼굴을 한 관객들을 보고는 위축되어 몸을 움츠렸다.

많은 관객들이 무대 위의 코토코에게 적의를 감추지 않았다.

욕설을 퍼붓는 사람은 그 중에서도 일부였지만, 잠자코 있는 사람들도 마치 범죄자를 보는 것 같은 시선을 코토코에게 보내왔다.

"저는 용서하지 못합니다. 저를 상처 입히고 쿄야 군의 미래를 빼앗은 그녀의 폭력을!"

"맞아맞아!", "용서하면 안 된다!", "너 같은 녀석이 왜 무대에 서 있는 거냐!"

수습이 될 것 같지 않은 소란에 교사들도 제지를 하기 시작했다. 그러나 대단한 효과를 내지는 못했다.

"어떻게 하면 좋은가요······?"

아이리는 이 참상에 그만 눈을 가리고 말았다.

코토코를 구할 수단은 없었다.

있다면 이 자리에서 그녀를 도망치게 하는 것 정도이리라.

절망적인 상황에서 아이리는 어떻게 해야 하는지 몇 개나 되는 선택지를 머릿속으로 생각했다. 그러고 있으려니ㅡ

『모두, 진정해!』

스피커에서 대음량의 교내방송이 흘러나왔다.

주위의 떠들썩함을 지워버릴 정도의 크기였다.

"……그 남자의 목소리?"

그 순간, 코토코 일행의 표정이 환해졌다.

고작 한 마디였을 뿐이었는데.

그녀들은 믿고 있는 것이다.

세이이치가 이 상황을 뒤집어 줄 것을.

◆

『모두, 진정해!』

그런 목소리가 스피커에서 들려왔을 때, 타도코로는 방송 실로 발길을 향했다.

그것이 아라미야의 목소리라는 것은 분명하게 알 수 있었으 며, 또 그는 방송부원이 아니었다. 아라미야가 무엇을 위해

방송실에 갔는지는 알 수 없었지만, 이 행사를 코쿠료와 합동으로 개최하고 있는 이상 쓸데없는 말썽은 피해야 한다는 것이 학교 측의 판단이었다.

실제로, 이 행동은 앞으로의 말썽의 씨앗이 될 것 같은 냄새가 났다.

"아라미야 녀석……. 점점 문제아가 되고 있군. **그 사람**이 잠자코 있지 않을 거다."

스피커에서 흘러나오는 말은 한층 더 계속되었다.

『거기 있는 시구레 아코의 거짓말을 믿다니, 모두 정상이 아니군.』

—라고.

바깥의 소란은 한층 더 심해졌다.

그리고, 타도코로가 방송실에 도착하자 방송실 문 앞에는 두 사람의 교사가 서 있었다.

"……오오하라 선생님, 코타니 선생님. 계셨습니까."

"예, 예에."

"타도코로 선생님도 무슨 일이시죠?"

타도코로의 박력에 압도당한 듯, 오오하라가 몸을 떨었다. 키리코는 난처하다는 것 같은 미소를 띨 뿐이었다.

"두 분은 아라미야를 말리기 위해 오신 게 아닙니까?"

"음─. 저는 어느 쪽이냐면, 현재 상황에 협력하는 쪽입니다."

"……곤란하군요, 코타니 선생님. 친척이라고 해도 일개학생의 행동을 그렇게까지 봐주게 되면 우리 교사의 체면에도 문제가 생깁니다."

타도코로는 키리코의 옆을 지나쳐 방송실 문을 열려고 했다.

그때, 오오하라가 그 팔을 붙잡듯이 해서 타도코로를 말렸다.

"기, 기다려 주세요!"

타도코로에게도 평소 얌전한 오오하라가 이런 행동에 나선 것은 무척 뜻밖의 일이었다. 그래서 그는 살짝 놀란 얼굴을 해보였다.

오오하라에게 타도코로는 무서운 선배교사였다. 타도코로도 그런 자각이 있었다. 때문에 오오하라도 말리기는 했어도 무섭기는 했던 것이리라. 그녀의 팔은 떨리고 있었고, 무릎도 금방이라도 주저앉을 것 같을 정도로 불안정하게 흔들리고 있었다.

"오오하라 선생님. 놓으세요. 큰일로 번지기 전에 그 녀석을 막아야 합니다."

"아, 안 됩니다! 아라미야를 방해하게 할 수는 없습니다! 설령 존경하는 타도코로 선생님이시라도요!"

"저 녀석은 지금 말썽을 일으키려 하고 있습니다. 그것을 담임인 당신이 솔선해서 막지 않으면 어떻게 합니까. 지금이라면 원만히 수습할 수 있을 겁니다. 제가 막지 않아도 **그 사람**이 가만히 있지 않으리라는 것은 아시지 않습니까. 그의 분노를 불러일으킬 만한 행동을 용납해서는 안 됩니다."

타도코로는 타이르듯이 강한 어조로 그렇게 말했다. 그러나 그런 말을 들었으면서도 오오하라는 더더욱 타도코로에게

서 손을 거두지 않았다.

오오하라는 살짝 눈에 눈물을 매달면서도 반론을 했다.

"마, 말썽을 일으키려고 하는 게 아닙니다! 아라미야는 사람을 지키기 위해 방송실을 사용하게 해달라고 했습니다. 저는 그 말을 믿습니다!"

"단순히 그럴듯한 말로 구슬려진 것이 아니고요?"

"아니에요! 아라미야의 눈은 진지했습니다!"

"눈을 보고, 알 수 있다는 겁니까?"

타도코로는 날카로운 눈으로 오오하라를 노려보았다.

"힉……!"

오오하라가 한 순간, 파르르 떨었다.

그래도 오오하라는 시선을 놀리지 않았다. 타도코로의 팔을 붙잡은 힘은 더욱 강해졌다.

"그, 그 아이들의 담임이 된 지 아직 한 학기하고 조금밖에 안 됐습니다만, 그래도 저희 반에 말썽을 일으킬 법한 나쁜 아이는 없습니다! 아라미야는 아야메를 제대로 된 길로 이끈, 딱 부러지는 아이예요."

"아야메와 함께 다니게 되면서 나쁜 면모가 드러나기 시작했다고는 생각하지 않는 겁니까?"

그 말에 오오하라가 울컥한 것처럼 타도코로를 똑바로 쳐다보았다.

"지금 그 말은 갱생한 아야메를 모독하는 말입니다! 두 사람은 매우 좋은 관계입니다! 불량한 행동 따위 이제는 절대로 하지도 않고, 하게 놔두지도 않습니다! 아야메를 믿었기 때문에 저는 아라미야에게도 방송실을 자유롭게 사용해도 좋다는 허가를 내린 겁니다!"

이렇게까지 목소리를 높이는 오오하라를 보는 것은 타도코로는 물론, 키리코도 처음이었다. 키리코가 조금 즐겁다는 것 같은 미소를 띠었다.

"뭐, 그런 연유로, 무슨 일이 있으면 저희가 제대로 책임을 지겠습니다. 그러니, 여기서는 물러나 주실 수 없을까요?"

키리코가 타도코로에게 작게 고개를 숙였다. 그러자 오오하라도 그 뒤를 이어 고개를 숙였다.

그러는 사이에도 스피커에서는 위세가 좋은 말이 이어지고 있었다.

결코 칭찬할만한 행동이 아니었다.

그러나, 사람을 지키기 위한 것이라고 하니 짚이는 구석도 있었다.

"……어쩔 수 없지요. 그렇게까지 말씀하신다면, 말리지는 않겠습니다."

"가, 감사합니다! 타도코로 선생님!"

"단, 불온한 말이 느껴진다면 바로 제지할 겁니다. 그때에는 저를 막지 마십시오. 그리고…… **그 사람**도 곧 올 겁니다. 그때는 저도 모릅니다."

타도코로는 작게 한숨을 쉬고는 방송실 문 앞의 벽에 등을 기대고 섰다.

"꽤 하잖아, 소노미."

"아, 아하하. 키리코 덕분이야⋯⋯."

그럭저럭 방송실을 지켜낸 오오하라와 키리코는 서로를 마주보며 작게 웃었다.

◆

대음량의 교내방송이 흘러나온 순간, 갑작스러운 목소리에 교정은 물을 뿌린 것처럼 완전히 조용해졌다.

『거기 있는 시구레 아코의 거짓말을 믿다니, 모두 정상이 아니군.』

ㄱ 말에 아코의 표정이 일그러졌다.

"어디서 보고 있는지 모르겠지만⋯⋯ 근거도 없이 제 말을 거짓말이라고 하다니 너무하네요, 세이이치 군!"

『그렇지만 실제로 거짓말이지. 우선 그 쿄야의 이에 대해서 이야기를 해보자고.』

"그게 무슨⋯⋯! 쿄야 군이 축구부를 그만둔 건 사실이에요!"

『그 전에, 사실관계를 이야기하지 않으면 안 되겠군. 코토코는 중학교 때, 분명히 불량배였다. 하지만 의미 없이 폭력을 휘두르거나 하는 녀석은 아니야! 그건 이 학교의 학생이라면 누구나 아는 사실이다!』

세이이치의 말에 미카게 고등학교의 학생들이 고개를 끄덕이기 시작했다.

두 사람과 같은 반 학생들을 중심으로 그 움직임은 조금씩 퍼져나갔다.

"그래! 코튼은 아무 이유 없이 폭력 같은 건 휘두르지 않아!"

유우카 역시 무대 위에서 코토코의 손을 잡으면서 지원에 들어갔다.

『그때 코토코가 폭력을 휘두른 것은 쿄야를 비롯한 다섯 명이 한 남학생을 집단으로 폭행했기 때문이다. 코토코는 그걸 말리려고 했던 것뿐이야!』

"그래도 폭력은 폭력이에요! 결국, 그 일이 원인이 돼서 쿄야 군이 축구부를 그만둔 건 사실이에요!"

『그렇지 않아. 쿄야는 자기 의사로 축구부를 그만둔 게 아니야. 학교에서 그만두라고 해서 그만둔 거다! 집단으로 폭행을 가한 처분으로 말이야! 폭력을 휘둘렀으니 당연하잖아? 일주일의 정학처분도 받았으니까! 원한다면, 당시 고문 선생님의 증언을 들려줄 수도 있어.』

그제야 아이리는 이해가 되었다.

세이이치에게 부탁받은 일 중 하나는 코토코가 나온 중학교에서 탐문을 하는 것이었다.

전화로 축구부의 고문에게 연락을 취해 이미 증언은 확보한 상태였다.

『덧붙여, 코토코는 그 일로 정학처분을 받지 않았어.』

"하, 하지만, 이가 부러진 사실은 변함이 없어요!"

『그, 이가 부러졌다는 이야기도 애당초 거짓말이라고! 쿄야의 부러졌다는 이는 어금니였지? 적어도 이를 보았을 때 앞니가 부러진 것을 확인할 수는 없었으니까!』

"그래서 어떻다는 건가요?! 어금니든 뭐든, 이가 빠진 것에는 변함이 없어요."

『그럼, 그렇게 어금니가 빠질 정도의 주먹에 얻어맞았다면 뺨이나 턱이 어떻게 됐어야 하잖아?! 안면을 얻어맞았을 때의 전치는 평균 2주에서 3주. 집단폭행으로 인한 1주일간의 정학이 풀리고 등교한 쿄야의 얼굴은 깨끗했다더군. 이것도 당시의 증언을 이미 다 모아놓았다. 뭣하면, 출처를 밝힐 준비도 돼 있다고, 이쪽은!』

아코가 분하다는 듯이 표정을 일그러뜨리며 쿄야 쪽을 바라보았다.

쿄야는 자신은 모르는 일이라는 얼굴을 하고 있었다. 그것을 본 아코의 표정이 당혹스러운 표정으로 바뀌었다.

이거, 어쩌면 아코조차 몰랐던 일이 아닐까, 사정을 아는 사람이 보기에는 그렇게 생각할 법한 표정이었다.

"하지만, 이 상처는 뒤집을 수 없어요!"

『......』

"뭐라고 말을 하는 게 어떤가요! 세이이치 군!"

아코가 배에 힘을 주며 크게 외쳤다. 그런 그녀의 뒤쪽으로 누군가가 살금살금 접근했다.

"미안해, 아콧치."

이브가 어느샌가 아코의 등 뒤로 다가가 그 등에 뭔가를 붙였다.

"잠……! 이브—."

"좀 아플지도 모르겠지만!"

"읏……!"

이브가 아코의 등에 붙인 것은 종이테이프였다. 이브는 그 것을 단숨에 떼어냈다.

"상처자국에 무슨 짓이야!", "뭘 하는 거냐, 너!", "사람도 아 니야!"

회장에 또다시 욕설이 난무했다.

그러나—.

"어라아?! 상처자국이 사라졌네? 세—이치, 어떻게 된 거야?"

이브가 아코의 몸을 빙글 돌려서 관객들에게 등을 내보였다.

그 몸에 그렇게나 딱할 정도로 새겨져 있던 상처자국이 종 이테이프가 붙여졌던 장소만 사라져 있었다.

『그야 그렇겠지. 그 상처자국은 단순히 정교하게 만들어진 타투씰, 코스튬플레이나 그런 곳에 사용하는 것이니까. 뭐, 단순한 분장일지도 모르지만. 그런 건 몰라. 다만 한 가지 명 백한 건, 그 상처자국이 가짜라는 거다! 당연하지. 너한테 그 런 상처가 생길 리 없으니까. 단순히 떠밀려서 바닥에 넘어진 정도로 그런 상처가 생길 성 싶으냐!』

"이, 이……."

아코는 끽 소리도 할 수 없다는 얼굴을 했다.

아이리는 감탄했다.

세이이치가 모든 것을 다 확인했다는 사실에.

평소에는 그렇게 우둔해 보였건만, 아코의 계략을 처음부터 끝까지 모두 파고들어 진실을 확인한 것이다.

학생회를 움직여서 뒤를 캐냈고, 아코의 상처에 대해서도 분명하게 조사를 했다.

이브도 세이이치의 지령에 따라 움직인 것이리라.

『네 수법은 이미 몇 번이나 봤다. 게다가 시간도 얼마 남지 않은 이상, 이제 네가 세울 수 있는 계획도 예측하기 쉬웠지. 미스콘테스트라고 들었을 때에는 웃음이 멈추질 않았어. 네가 코미케에서 내게 보이지 않았던 부분은 등뿐이었으니까 말이야. 그곳에 상처자국을 만들 것이라고 생각했다.』

"……당신은 정말, 옛날부터 마음에 안 들었어요."

『마음에 들지 않는 김에 말을 해두겠는데, 코토코의 폭력으로 인생이 망가진 사람이 있을지도 모른다고 했었지?』

"……."

『나도, 너 때문에 인생이 망가졌다.』

그 순간, 코토코의 표정이 크게 굳었다.

그 이유를 아이리는 이해할 수 없었다. 하지만 무대를 보니 유우카도, 이브도, 키요미도 모두 하나같이 안타까운 얼굴을 하고 있었다.

세이이치가 말했다.

『……사람들 앞이 됐든 뭐가 됐든, 몇 번이고 말해주겠어. 가짜 러브레터를 이용해 날 먼 곳으로 불러내 몇 시간이고 기다리게 해놓고는 그냥 장난이었다는 말로 넘어갔지.』

아이리는 처음 듣는 이야기였다. 그러나, 원래 이 일은 세이이치와 가까운 사람만이 아는 이야기였다.

『너 때문에 인생이 꼬인 건 나만이 아니야. 너한테 선동당해서 러브레터를 쓴 이브도 그렇고, 너한테 협박을 당하던 우리 반 녀석도 그렇다. 어쩌면 그 외에도 더 있을지 모르지. 네가 퇴학시킨 사람들이라든가 말이야!』

자세한 사정은 알 수 없었지만 그 이야기를 들은 것만으로도 대충 짐작은 할 수 있었다. 그것은 그야말로 이야기하는 것도 꺼려지는 그의 흑역사였다.

『자신의 바람을 위해 타인의 인생을 흙발로 짓밟는다. 그게 바로 네 정체다. ─시구레 아코!』

관객들이 또다시 혼란스러워하기 시작했다.

처음, 모든 분노와 증오는 코토코를 향하고 있을 터였다.

그러나 쿄야의 진실이 밝혀지고 아코의 상처자국도 벗겨지면서 신뢰를 잃은 참에, 최후의 일격이 될 과거의 악행이 공개된 것이다.

이미 아코의 말을 믿는 사람은 이 자리에는 없을 것이다. 아코의 추종자들도 분위기에 압도되어 얌전해져 있었다.

주도권은 완전히 세이이치에게 있었다.

아코는 고개를 숙인 채 미동도 하지 않았다.

『하지만 말이지, 아코. 내 인생은 바뀌었지만, 그래도 나쁜 일만 있던 것은 아니었어.』

"……어?"

『코토코와 만나게 돼서 내 인생은 좋은 의미로도 나쁜 의미로도 떠들썩해졌다.』

"그, 그래서 뭐 어떻다는……."

『너는 코토코가 남의 인생을 망쳤다고 했지만……. 결국, 망가졌는지 어떤지는 당사자가 생각하기 나름이라는 걸 알게 됐다. 내가 그 러브레터 사건을 겪지 않았다면 지금쯤 어떻게 돼 있을지는 몰라. 하지만, 지금의 생활도 마음에 든다. 옛날에 상상했던 미래보다 더 말이지.』

"뭔가요. 그래서, 그 러브레터 사건이 있어서 잘 됐다…… 라고 말하기라도 할 생각인가요?"

『그래. 지금이라면 그렇게 말할 수 있어. 그렇지 않았다면, 아직 이런 이야기, 남들 앞에서는 못한다고. 그리고 그걸 모두 바꿔준 건…… 저기 있는 코토코다.』

"……."

한 순간, 스피커 소리가 뚝 하고 끊어지는 것 같은 소리가 났다. 그러나 곧 원래대로 돌아왔다.

『코토코는 불량배였다. 말보다 주먹이 먼저 나가고, 눈매도 고약했지. 의미 없이 폭력을 휘두르지 않는다고 해도, 누군가를 상처 입혀온 건 사실이다.』

그랬다. 그것은 결코 간과할 수 없는 과거였다.

폭력이란, 이 세상에서 가장 혐오하고 경멸되어야 할 힘이었다. 폭력이 없는 세계라는 것이 결코 존재할 수 없는 바보 같은 이상이라고 해도, 폭력은 기피해야 하는 것이었다.

『하지만 말이지. 지금은 그걸 필사적으로 속죄하려고 하고 있다. 과거를 없던 일로 하는 것이 아니라, 그것을 짊어진 채로 앞으로 나아가려고 하고 있어.』

코토코는 달라졌다.

용모도 그렇지만, 상대에게 손을 대는 일도 없어졌다.

『코토코 때문에 상처 입은 사람들로서는 참을 수 없는 일일지도 몰라. 혹은 코토코의 소문을 듣고 두려워했던 사람들이 보기에는 납득이 안 갈지도 모르지. 사람을 기만한 녀석들은 줄곧 밑바닥에서 기면서 살라는 마음은 나도 갖고 있다. 나도 한때는 줄곧 그렇게 생각했고, 그 사건을 잊으려고 하는 것만으로도 벅찼으니까.』

"……."

『그래도 코토코는 결코 용서를 구걸한 적이 없다. 자신의 행동으로 인한 결과를 전부 받아들이고, 그러면서도 바보처럼 내가 하는 말을 진지하게 받아들이며 앞으로 나아가려고 하고 있어. 코토코를 받아들이라든가 용서하라고는 하지 않겠어. 다만, 그렇게 노력하는 상대에게는 적어도 무관심해질 수는 없는 거냐? 방해만큼은 하지 않아 줄 수 없겠어?』

아코는 침묵한 채 아무 말도 하지 않았다.

『누구한테나 악의가 없어도, 내게 아무 짓도 하지 않아도 마음에 들지 않는 녀석은 있어. 그런 상대는 괴롭힐 게 아니라, 무관심해지는 것만으로도 서로의 인생은 평안해질 거다.』

스피커에서 들려오는 목소리는 계속 이어졌다.

『그러다가, 우연히 라도 다시 만나게 된다면 그때 다시 판단해도 좋아. 그녀가 용서할 가치가 있는 인간인지 어떤지.』

그리고, 한 순간의 침묵 뒤.

『내가 할 수 있는 말은 이상이다. 나머지는 알아서들 해.』

스피커에서 들려오던 소리는 끊어지고, 교내방송은 완전히 끝이 났다.

관객들의 술렁거림은 수습이 되지 않았다.

모두 어떻게 해야 좋을지 당황한 것 같은 상황이었다.

"……기권합니다."

그런 가운데, 아코가 갑자기 그런 말을 했다.

『예엣?! 저기……?!』

그러나 아코는 사회자의 제지도 뿌리치고 빠른 걸음으로 무대를 내려갔다.

보아하니, 객석 가장 앞줄에 있던 쿄야는 어느샌가 사라져 있었다. 아코의 추종자들도 보이지 않았다.

『어, 음―! 그, 그럼, 미스콘테스트를 재개합니다! 다음은―.』

어떻게든 불온한 공기를 걷어내려는 것처럼 사회자가 다시 목소리를 끌어올렸다.

그리고, 미스콘테스트는 억지로 다시 재개되었다.

◆

미스콘테스트의 확성기 소리가 이곳까지 들려왔다.

그런 가운데, 나는 학교 후문에 잠복하고 있었다.

그리고 그 녀석이 지나가는 때를 노려 말을 걸었다.

"여. 한 마디도 없이 돌아가다니, 너무 차가운 거 아냐?"

"……세이이치?"

남들 몰래 돌아가려고 했던 것은 아코의 파트너, 쿄야였다.

"네가 왜 여기에 있는 거냐? 방금 전까지 방송실에서 떠들고 있었잖아."

"아아. 그거. 도중부터는 녹음이니까. 코토코는 불량배였다, 라는 부분부터 말이야. 사전에 미리 녹음을 해 둔 거다."

그러자, 쿄야가 감탄했다는 것처럼 한숨을 내쉬었다.

"진짜냐. ……역시 넌 대단한 녀석이구나. 초등학생 때에는 운동도 공부도 늘 나보다 잘했던 일이 생각났어."

거기서 한 박자 쉰 뒤, 쿄야는 말을 이었다.

"초등학생 때 밟아놔서 다행이다."

불온하게 웃는 쿄야.

이쪽을 완전히 내려다보는 불쾌한 미소였다.

나를 사람으로 보는지 어떤지조차 의심스러웠다. 마치 길가의 돌멩이나 혹은 벌레를 보는 것과 같은 눈과 거의 비슷했다.

그러나 나는 아무 반응도 보이지 않았다. 그러자, 쿄야의 미소가 의아하다는 것으로 바뀌었다.

"……무자각을 가장하고 있던 것 같았지만 역시나 슬슬 본성이 드러나는구나, 쿄야."

"딱히 무자각을 가장했던 건 아니었지만 말이지. 이건 이거대로 내 본모습이니까. 하지만 의외로 놀라지 않는구나, 세이이치."

"여러모로 진상이 밝혀짐에 따라 그럴 가능성도 있지 않을까 하는 생각이 들었거든. 어렴풋하긴 했지만. 정말, 너란 녀석은 무서운 초딩이었구나."

쿄야는 어깨를 으쓱했다.

"뭐, 여러 가지로 사정이 있어서 말이지. 특히, 뭐든 1등에 톱이 아니면 시끄럽게 구는 녀석이 있으니까."

"아코를 말하는 거냐."

"뭐, 그 녀석도 그렇지만 우리 부모님도 말이지. 매번 너한테 져서 잔소리를 들어야 했다. 정말 견딜 수가 없었어. ……늘 1위였던 세이이치는 그 마음을 모르겠지만."

"당연하지. 다른 사람의 마음 같은 것을 내가 알 턱이 있냐."

야겜에서도 텔레파시 능력을 가진 히로인은 으레 마음을 닫고 있었다. 아무리 상상하기 쉬운 상황일지라도 타인의 마음─그 깊숙한 곳까지 모두 알다니 있을 수 없는 일이었다.

특히, 자신과는 전혀 다른 성격이나 감각을 갖고 있다면 한층 더했다.

"그래서…… 너는 아코를 이용해 나를 함정에 빠뜨렸다는 거냐."

"딱히 나는 아무 것도 하지 않았어. 네가 마음에 들지 않는다고 말하자 이브까지 덩달아 움직인 것도, 아야메가 짜증난다고 하자 멋대로 트집을 잡아 싸움을 건 것도, 야오타니를 내 것으로 만들고 싶다고 하자 충실하게 움직여 준 것도 모두 그 녀석이 멋대로 한 거야."

"……아코한테 미안하다고 생각하지는 않는 거냐. 그 녀석은 그 녀석대로 이미 도를 지나치긴 했지만."

"말해서 그만둘 녀석이 아니라고. 뭐, 나한테는 고마운 일이라 최종적으로는 제지도 하지 않게 됐지만 말이야."

이렇게 되었으면 좋겠다고 뒤가 구린 일을 바란 녀석이 있었다.

그리고, 그것을 무슨 일이 있어도 실행하는 무서운 녀석이 있었다.

그것들이 수습이 불가능할 정도로 크게 확대되었다는 것이다.

결국은, 사람의 작은 악의가 큰 결과를 낳고 있던 것뿐이었다.

흡사, 한 마리 나비의 날갯짓이 태풍을 불러일으키는 것처럼.

"그래도 넌 아코를 말려야 했어."

"일일이 귀찮잖아. 게다가, 그런 말을 진심으로 받아들이는 그 녀석이 잘못한 거야. 그 녀석은 나를 좋아하니까 말이지. 내 주의를 끌려고 필사적이야. 그러면서, 내가 아무리 다른 여자와 사귀더라도 마지막에는 그 녀석에게로 돌아올 것이라고 믿고 있어. 내가 무슨 우리 속의 애완동물이냐."

"그래도 네가 설득해야 해. 자기 손은 더럽히지 않고 여자한테 다 시키다니, 남자로서 이전에 인간으로서 상종하지 못할 비열한 행위다."

"흐응. 말은 잘 하는구나."

"당연하지. 이쪽은 큰 피해를 입고 있으니까."

그러자 교야는 요란하게 웃음을 터뜨렸다.

"아하하하하하하하하하하하하하하하하하하하하하하하하하하하하하하하하하하하하! 그럼 어쩌라고. 아코를 쇠사슬로 묶어놓기라도 하란 거냐? 그렇지 않으면 나보고 절대로 푸념 같은 걸 늘어놓지 말라는 거야? 나도 그 녀석이 하는 일을 모두 파악하고 있는 건 아니야."

"그렇다면, 그 녀석이 바라는 모습이 되도록 노력을 해. 공부에서도 운동에서도 1등이 되면 되잖아. 그렇게 하면 아코도 만족할 거다."

"1등이라고 해도, 아코의 바람은 병적일 정도로 끝이 없다. 학교에서 1등이 되면 다음에는 현내, 거기에서도 1등을 하면 그 다음은 전국. 최종적으로는 세계가 되겠지. 그런 녀석과 어울려야 하는 몸이 돼보라고. 나는 이제 지쳤어."

"그래도 너한테는 그 녀석을 말릴 의무가 있다. 언제까지고 그런 행동을 멈추지 않는다면 아코의 부모님께 알리든가, 경찰에 말하든가, 수단과 방법을 가리지 말고 말이지. 적어도 주위에 피해를 끼치고 있는 이상, 널 동정할 수는 없어."

그러나 쿄야는 코웃음을 칠뿐이었다.

"동정 따위 필요 없어. 게다가 수단과 방법을 가리지 말라니, 그런 귀찮은 짓을 하는 건 싫어. 뭣보다, 내가 1등이 되는 노력을 하는 것보다는 그 녀석이 내가 1등이 될 수 있도록 상대를 밟아버리는 편이 더 편해. 아무 것도 하지 않아도 상대가 멋대로 망가지니까 말이지."

"……너."

쿄야가 비열한 미소를 띠었다.

"사람이 망가지는 걸 보는 건 기분 최고다, 세이이치. 네 등교거부…… 그게 처음이었는데, 정말로 가슴이 뛰었지. 모두에게 조롱당하는 모습을 봤을 때에는 속이 후련해지는 기분이었다."

"……진짜 무서울 정도로 형편없구나, 너."

결코, 처음부터 이런 녀석은 아니었을 것이다.

주위의 압박도 있었을 것이다.

아코의 영향도 있었을 것이다.

그것들이 서로 복잡하게 얽혀 조금씩 비뚤어진 것이다.

"넌 아코의 마음조차 갖고 놀고 있어."

"무슨 말을 하는 거냐, 너."

내가 그렇게 말하자, 쿄야는 나를 노려보았다.

"자각 없이 여자의 연심을 갖고 노는 건 너도 마찬가지잖아?"

가슴이 따끔 하고 아파왔다.

그 말에는 매섭게 반론을 하고 싶었고 너무나도 화가 났지만, 일리 있는 말이었다.

나도 코토코의 호의를 저버리고 있으니까 말이지. 포기하라고 해도 포기하지 않고.

"우리의 차이는 하나뿐이다, 세이이치. 우리에게 마음을 둔 여자가 도를 넘었는지 그렇지 않은지. 그것뿐이다."

예를 들어 코토코가 나를 위해 어떤 일을 해주려고 하고, 또 그 과정에서 타인에게 끼치게 되는 민폐를 돌아보지 않는 그런 녀석이었다면 지금과 비슷한 일이 일어났을지도 모른다.

그야말로, 내가 타도코로가 마음에 들지 않는다고 말했더니 타도코로를 구타하는 것 같은 그런 일이 일어났을 가능성도 있을 수 있었다.

하지만—.

"똑같이 취급하지 마."

이 녀석과 똑같이 취급되는 것은 역시나 부아가 치밀었다.

"나는 코토코 녀석이 그런 행동을 하지 않도록 늘 그 언동에 주의를 기울이고 있고, 필요하다면 충고도 하고 있다."

손을 대지 마라. 노려보지 마라. 웃는 얼굴로 상대를 대하자.

입에 침이 마르도록 계속 그렇게 말해왔다.

그 보람이 있어서, 코토코 녀석은 조금씩 변하고 있었다. 주먹 휘두르는 것을 참을 수 있게 되었고, 무서운 얼굴로 노려 보는 일도 적어졌으며, 웃는 얼굴도 자주 보이게끔 되었다.

딱히 그것을 자랑하려는 것은 아니었다. 하지만, 그래도 코토코 녀석은 잘하고 있다고 칭찬을 해주고 싶었다.

"게다가 나는 코토코의 호의를 갖고 놀 생각은 없어. 그 녀석이 내게 호의를 보내고 있는 이상, 나는…… 언젠가 반드시 대답을 낼 거다. 그것이 여자의 구애를 받는 남자의 책임이라는 것이겠지."

쿄야가 눈을 가늘게 떴다.

마치 마음에 들지 않는 정적이라도 보는 것 같은 얼굴이었다.

"상대가 선의로 한 일이라도 해도, 그런 일이 용서되는 건 단 한 번뿐이다. 비서가 멋대로 한 일이니 나는 모릅니다, 라는 논리가 언제까지고 계속 통하리라고는 생각하지 마라."

이윽고 쿄야는 체념한 것처럼 한숨을 내쉬었다.

"오케이오케이. 잘 알았어."

"……분명히 알지 못하는 거지, 너."

"그렇지 뭐. 인간은 서로를 이해할 수 없어. 아무리 잘 알아 듣도록 여러 가지로 말했다고 해도 말이지."

쿄야가 약간 안타깝다는 듯이 웃어보였다.

평소부터 감정을 숨기지 않고 다 드러내는 녀석이었던 만큼, 그 보기 드문 표정이 묘하게 인상에 남았다.

"또 기회가 있으면 좀 더 길게 이야기를 하자. 그럼 안녕, 세이이치."

그리고 쿄야는 그대로 가 버렸다.

붙잡아 세우기에는 말발이 부족했고, 그 생각을 바꾸게 하기에는 힘이 부족했다.

아직 한참 무력하구나, 나는…….

"……세이이치 군."

그때, 등 뒤에서 지금은 이제 익숙해진 목소리가 말을 걸어왔다.

"아코냐."

나는 뒤를 돌아보았다. 그러자 교복으로 옷을 갈아입은 아코가 서 있었다.

"쿄야 군에게서 이야기를 들었군요."

"그래. 들었어. 너도 말이지……."

"바보 같은 짓은 이제 그만하라고요?"

"그래. 알고 있으면—."

그러나 아코는 내 말을 가로막듯이 목소리를 높였다.

"세이이치 군이 저와 쿄야 군의 뭘 안다는 거죠? 벌써 10년 이상 옆집에서 살면서 알고 지내왔어요. 당신의 잣대로 판단하지 말아줬으면 하네요."

차가운 시선에 얼어붙을 것 같은 목소리.

내 등줄기도 한 순간 얼어붙었다.

인간은 이렇게까지 차가운 분위기를 만들어낼 수 있는 것인가, 하는 생각이 들 정도였다.

"앞으로도 쿄야를 변명 삼아서 범죄나 다름없는 짓을 할 생각인 거냐?"

"쿄야 군이 바란다면요. 쿄야 군을 1등으로 만들지 않으면 안 되니까요."

"왜냐. 딱히 1등이 아니어도 괜찮잖아. 그 녀석은 충분히 잘난 녀석이라고."

"안 돼요. 제가 장래를 약속한 남자인걸요. 모든 것이 1등이 아니면 제 성에 차지 않아요."

그 음습한 눈동자에서는 바닥이 보이지 않는 집착과 욕심이 느껴졌다.

몸이 저절로 떨려왔다. 그것은 불량배들이 내뿜는 두려움과는 또 다른 종류의 공포였다.

이렇게나 집요하게 엉겨 붙고 있는 건가. 그렇게 생각하니 솔직히 쿄야에게 동정이 갔다.

"그럼…… 그걸로 코토코를 노리는 이유는 뭐야? 쿄야가 1등이 되는 것하고는 관계가 없을 텐데."

"아야메 씨는 제 인생에서도 최악의 등장인물이었지만, 쿄야 군에게도 지울 수 없는 오점이에요. 뭣보다, 남자 다섯이 달려들었다가 오히려 반격을 당했는걸요. 그건 흑역사예요."

"그래서, 너는 쿄야를 단련하는 대신, 코토코의 평판을 추락시키기로 했다는 건가?"

"잘 꿰뚫어 봤네요. 아까도 말했지만 그녀는 제게도 오점이었으니까요."

다시 말해, 야겜식으로 간단히 말하자면.

얀데레인 것이다, 이 녀석.

그리고 쿄야를 위해서라면 무슨 짓이든 한다.

좋아하는 사람을 위해 무슨 짓이든 하는 여자에 그것을 말리지 않는 남자라니, 정말 최악의 조합이로군. 동탁과 여포의 콤비만큼이나 지독하다.

"하지만…… 이번에는 패배를 인정하지 않을 수 없네요. 역시나, 초등학교 때부터 쿄야 군이 인정했던 사람답군요."

"칭찬 고맙군. 그런 사실은 지금까지 전혀 몰랐어."

전혀 기쁘지 않지만 말이지.

"세이이치 군이 좀 더 분위기를 파악했더라면 그런 꼴을 당하지는 않았을 텐데 말이죠?"

"그러냐. 딱히 알고 싶지 않았던 정보, 고마워."

"그럼 나중에 봐요, 세이이치 군. 또 만날지 어떨지 모르겠지만."

"……또 코토코를 상처 입히려고 해도, 내가 끝까지 지켜낼 거다."

"그런가요. ……그녀가 조금 부럽네요."

그리고 아코도 후문을 통해 돌아갔다.

이것으로 일단 이 소동도 수습되리라.

"끝난 거냐?"

문득 묵직하게 위협적인 목소리가 들려왔다. 그 목소리에 나는 허둥지둥 뒤를 돌아보았다. 그랬더니, 그 자리에는 뇌신 타도코로가 서 있었다.

"참나……. 갑자기 방송실에서 뛰어나왔다 했더니, 설명은 나중에 한다고 하고 도망치듯이 후문으로 오다니."

타도코로를 밀어젖히고 일직선으로 급히 달려왔으니까 말이지…….

"아, 음…… 화나셨나요?"

"어이가 없는 것뿐이다. 이런 방법밖에 생각해내지 못했던 거냐? 아라미야."

타도코로가 정면에서 나를 노려보았다. 등에 얼음조각이라도 넣은 것처럼 몸이 차가워졌다.

"……그러네요. 지금의 저로서는 소란을 멈추고 이야기를 듣게 하기 위해서는 그렇게 하는 수밖에 없었다고 생각합니다. 수단을 가릴 형편도 아니었고요."

"너라면 좀 더 세련되게 처리할 수 있었다고 생각한다만."

"솔직히 상대에게 따끔한 맛을 보게 할 필요도 있어서……. 차후, 같은 일이 일어나는 걸 방지한다는 의미에서도요."

타도코로가 크게 한숨을 내쉬었다.

"역시, 안 좋았으려나요."

"학교로서는 안 되는 게 당연하지. 양교의 관계에 금이 갈 가능성도 있었다."

"그렇겠죠……."

"그렇긴 하지만, 나 개인적으로는 이번 일만큼은 그냥 넘어가마. 네게도 사정이 있었을 테니 말이다."

"가, 감사합니다."

이러니저러니 해도, 타도코로도 꽤 너그러운 교사구나. 얼굴은 무서워도 이야기가 통하는 사람이야.

그러나 그렇게 말한 타도코로의 표정은 어두웠다.

"단, 나는 그냥 넘어가도 그 사람— 현대국어의 무라카미 선생님은 그냥 넘어가지 않으실 게다. 방송부 고문이기도 하시니까 말이야."

……풍신인가. 뇌신과 나란히 엄격하다고 평판이 난 교사로, 실제로도 무서웠다. 일단 스위치가 들어가면 가열하게 분노하면서 돌풍처럼 설교를 쏟아냈다. 그것이 풍신, 무라카미였다.

"앞으로 무라카미 선생님이 널 눈여겨보실 거다. 정신 바짝 차리고 있는 게 좋을 거다."

그런 말을 남기고 타도코로도 자리를 떴다.

"……대가가 좀 컸나."

무라카미에게 찍히게 되다니.

하지만, 뭐 어쩔 수 없지. 이걸로 당분간은 아코 일당도 아무 짓도 하지 않을 것이다.

코토코를 지킬 수 있었으니 이 이상 할 말은 없었다. 무라카미에게 찍힌 일도 앞으로 어떻게든 하면 된다. 애초에, 품행방정하게만 지낸다면 문제는 없을 터였다.

이것으로, 이 소란스러웠던 문화제도 끝이었다.

『그럼, 투표에 들어가겠습니다! 여러분. 나눠드린 마크카드에 괜찮다고 생각한 사람의 번호를 칠해주세요!』

교정에서 사회자의 목소리가 들려왔다.

"······아직 안 끝났구나. 모처럼이니까 나도 투표를 할까."

나는 주머니에서 마크카드와 샤프를 꺼내들었다.

"누구한테 투표할까."

잠시 고민을 하면서 나는 후문에서 교정으로 향했다.

『조금만 더 있으면 집계가 끝날 것 같습니다!』

관객 전원이 투표용 마크카드를 제출하고 그 결과를 기다리고 있었다.

이윽고, 사회가 스태프에게서 종이를 건네받고 그 내용을 확인했다.

『결정되었습니다! 오오. 엄청나게 근소한 차이입니다!』

사회자는 이어서 스태프에게 목에 거는 화환을 받아들고는, 나란히 늘어선 참가자들의 주위를 마치 품평이라도 하는 것처럼 빙글빙글 돌기 시작했다.

그와 동시에 두두두두, 하는 큰북소리가 BGM으로 울려퍼졌다. 관객들은 애를 태우고 침을 꼴깍 삼키며 그 광경을 지켜보았다.

『우승은―.』

사회자가 그녀의 앞으로 다가가, 그 목에 화환을 걸어주었다.

『No.1! 전 불량배, 현 미소녀! 아야메 코토코 양입니다!』

갑자기 지명을 받아 코토코는 어리둥절해했다.

"……………어, 나, 나?! 괜찮은 거냐?!"

『예. 물론입니다! 「불량배라고는 생각되지 않을 정도로 귀엽다」, 「속죄하는 모습이 기특하다」라는 등의 의견이 있었습니다. 근소한 차이이긴 했습니다만, 아야메 양의 승리입니다!』

"고…… 고맙다!"

목에 화환을 건 채 코토코는 만면의 미소를 지었다.

실로 좋은 미소였다. 드디어, 전교생에 그 미소를 보여줄 수가 있었다.

이제 후회는 없다……라고 할 정도로, 나도 충분히 만족했다.

『감상을…… 어이쿠, 이미 표정이 모든 것을 말하고 있군요! 그럼, 이 기쁨을 누구에게 전하고 싶습니까?』

"어, 어음. 그거야 이미 정해져 있지."

코토코는 객석을 바라보며 두리번거렸다.

그리고, 나와 시선이 마주쳤다. ……용케 발견했구나.

"나와 만난 일을 다행이라고 말해줬던, 같은 반의 세이이치입니다! 나도 너를 만나서 엄청 다행이라고 생각한다! 땡큐, 세이이치!"

코토코는 내게 손을 흔들며 그런 말을 했다. 이 창피한 녀석 같으니라고.

관객들이 내게로 시선을 향하며 뭔가를 소곤거렸다. 어차피 변변치 않은 소문이겠지만, 코토코에 대한 부정적인 소문보다는 백배 나았다.

"코튼, 축하해—!"

"코토콧치, 귀여워—!"

"코토코 씨, 역시 굉장해요!"

코토코는 수영복 차림 그대로 주위 사람들의 거친 축복을 받았다.

그녀의 미소는 결코 끊이지 않았다.

미스콘테스트를 마치고, 후야제 준비가 끝날 때까지 우리는 반 아이들과 함께 교실로 돌아가 있었다.

"여러분. 컵은 모두 받았나요—?"

오오하라 선생님이 모두를 둘러보며 확인을 했다.

우리는 전원, 손에 주스나 차가 가득 채워진 종이컵을 들고 있었다.

"어, 음. 나, 나를 위해 모두 고맙다."

교단에는 교복으로 갈아입은 코토코가 몸을 딱딱하게 굳힌 채 서 있었다.

「미스콘테스트 우승을 축하해 작은 축하파티를 엽시다」라고 오오하라 선생님이 제안한 결과였는데, 익숙지 않은 상황에 코토코는 얼굴이 새빨갛게 돼 있었다.

"그럼, 코튼! 우승소감을 말하면서 건배 선창을 부탁해!"

유우카의 재촉을 받고 코토코는 쑥스럽다는 듯이 고개를 숙였다.

"자자, 코토콧치. 가슴을 펴—!"

"맞아맞아—."

이브와 토자키도 열심히 코토코를 부채질했다.

그 행동에 코토코가 두 사람을 찌릿 노려보고, 이브와 토자키는 나란히 내 등 뒤로 몸을 숨겼다. 뭐 하는 거냐?

"어, 으음……."

마음을 가다듬은 듯 코토코는 다시 모두에게로 얼굴을 돌렸다.

"이렇게 모두에게 축하를 받다니 왠지 엄청 쑥스럽다. 1학기가 시작됐을 때만 해도 나는 불량배였고 모두가 나를 무서워했지……. 하지만 지금은 이렇게 모두와 얼굴을 마주 바라볼 수 있게 돼서 정말로 행복하다. 연극에서 여주인공도 맡게 해 주었고. 그런 것이 있었기 때문에 미스콘테스트에서도 우승을 할 수 있었다고 생각한다. 모두 덕분에 거머쥘 수 있던 영예였다."

코토코는 머리를 숙였다.

"그러니까, 이 자리를 빌려 모두에게 감사의 말을 하고 싶다. 정말로 고맙다."

교실의 분위기가 숙연해졌다.

유우카는 살짝 울먹거리고 있는 것 같기도 했다.

뭐, 이렇게 되기까지 길었으니까 말이지. 감정이 북받치기도 할 것이다.

"그런 의미에서, 딱딱한 이야기는 이상이다!"

그리고, 분위기를 전환하려는 것처럼 코토코가 컵을 들었다.

"건배!"

""""""건배!""""""

모두도 목소리를 모아 외치며 컵을 쳐들었다. 그런 다음 가까이에 있던 사람들끼리 서로 가볍게 컵을 마주 부딪쳤다.

그리고, 제각기 잡담을 하기 시작했다.

코토코는 대인기로, 모두에게 둘러싸여 있었다.

"아야메는 대인기네, 아라미야."

"그러네. ……그래서, 무슨 말이 하고 싶은 거냐, 토자키."

"이제야 겨우 체육관에서 있었던 이야기를 들을 수 있었다. 그거, 너 자신의 내면의 감정을 알아차린 거 아니냐?"

"가장 들어서는 안 되는 녀석이 들었군!"

분명히 놀릴 거라고 생각해서 입 다물고 있었건만!

"그 몸을 던져서 히로인을 구해 내다니, 그런 건 주인공밖에 할 수 없어. 이제 적당히 인정해."

"웃기지 마."

그러자, 마토바, 사카이, 미카토모, 우치다, 이 네 바보까지 우리에게 가까이 다가왔다.

"토자키 말이 맞아.", "뭐가 불만이냐.", "그러다 벌 받는다.", "이 행운아 자식!!"

이 자식들, 자기 좋을 대로 지껄이기는.

"니들은 모른다."

야겜 운운하는 이야기를 꺼낼 수도 없어서 나는 그저 그 말을 부정하는 수밖에 없었다.

그렇게 주위 녀석들에게 놀림을 당하면서 나는 문득 코토코 쪽을 쳐다보았다. 그랬더니, 니시하라가 불안한 듯이 코토코에게 다가가는 것이 보였다.

"저, 저기. 아야메……."

"어, 니시하라. 무슨 일이냐?"

"저, 정말로 미안해. 그 일……."

"이봐이봐. 나는 사과 받을 만한 일이 아무 것도 없어. 그러니까, 자. 즐겁게 즐기자고."

코토코는 니시하라의 어깨를 툭툭 두드리며 아무 것도 아니라는 것을 태도로 내보였다.

그 행동에 니시하라의 표정도 다소 풀린 것 같았다.

"아야메, 왜 그래? 니시하라도."

"연극 때 대도구가 파손됐잖아? 그걸 방지하지 못해서 미안하다고 하네. 참 성실하다니까."

"그렇게 따지면 그건 대도구 담당 전체의 책임이야!", "그건 그렇지. 왜 그런 일이 생겼는지는 의아하지만."

그렇게, 그 사고를 니시하라가 일으켰다는 사실은 유야무야 되었다.

그 사실은 나와 코토코의 가슴에 담아두면 될 것이리라.

"잠깐만요— 여러분. 잠깐 기념사진을 찍지 않을래요?"

불현듯 오오하라 선생님이 그런 제안을 했다. 그 말에 반 아이들은 일제히 「찍어요!」라고 동의했다.

"선생님, 나이스 아이디어.", "그럼 대충 서볼까.", "칠판을 뒤로 해서……."

반 아이들이 교단 위로 천천히 모여들기 시작하고, 오오하라 선생님은 디지털카메라를 준비했다. 그러고 있으려니 갑자기 토자키가 힘차게 손을 들었다.

"긴급제안! 역시 아야메한테는 줄리엣 의상을 입히는 편이 좋지 않을까?"

"토자키치고는 좋은 제안인걸.", "응. 괜찮지 않을까?", "화환도 잘 걸고 있어야 해."

"어, 또 입는 거냐, 그거……. 꽤 걷기 불편한데."

코토코는 내키지 않는 것 같았다. 하지만 모두가 억지로 밀어붙이듯이 해서 코토코에게 승낙을 받아냈다.

그러자 이번에는 또다른 의견이 나오기 시작했다.

「줄리엣이 있다면 로미오도 필요하잖아」라고 말이다.

불길한 예감이 등줄기를 타고 오르기 시작했다.

"로미오는 역시 배역대로 미카모토면 되지?"

나는 선수를 쳐서 그렇게 제안했다. 그러나.

"그럴 리 없잖아.", "너인 게 뻔하잖아.", "적어도 나는 아니야."

토자키, 마토바, 미카모토가 일말의 주저함도 없이 그렇게 반론을 해왔다.

"원래 로미오인 미카모토까지! 그걸로 괜찮은 거냐!"

"연극은 어디까지나 연극이니까 말이지."

젠장. 엄청 드라이한 녀석이잖아!

"자, 빨리 옷 갈아입고 와.", "나, 나도 아라미야가 좋다고 생각해."

위원장인 호소에 니시하라까지도 그런 말을 해서 나는 도망칠 수조차 없었다.

나와 코토코는 각각 화장실로 연행되어 그곳에서 옷을 갈아입는 꼴이 되었다.

원래 미카모토와는 체형이 비슷한 것도 있어서 옷은 딱 맞았다. 젠장, 문화제가 끝날 때까지 한 10킬로그램 정도 살을 찌워놨으면 좋았을 것을······!

"옷은 다 갈아입었냐? 그럼 돌아가자."

전(前) 로미오역인 미카모토에게 이끌려 나는 교실로 돌아왔다.

이어서, 코토코도 교실로 들어왔다. 붉은 의상을 걸친 줄리엣 모습은 마치 귀족 집 아가씨 같았다. 머리모양마저도 빈틈없이 꾸미고 있었다.

"여, 여어. 로미오."

"그, 그래. 줄리엣."

뭐냐, 이 대화. 너무 국어책을 읽잖아. 주위에서는 따뜻한 시선으로 지켜보고 있고!

"자, 다 모였죠─. 그럼, 아라미야와 아야메를 중심으로 서 주세요─!"

자연스럽게 급우들이 모여들기 시작했다.

나와 코토코 옆에는 유우카와 이브, 토자키가 섰다.

"그럼 찍을게요─. 자, 치즈!"

셔터소리가 울려 퍼지고, 한 차례 사진촬영을 마쳤다. 그러자 코토코가 오오하라 선생님에게 권했다.

"자, 선생님도 들어와요."

오오하라 선생님은 그런 말을 들으리라고는 생각도 못했던 것일까, 무척이나 기쁘다는 듯이 웃었다.

"설마 아야메가 그렇게 말해줄 줄이야……. 교사로서 이보다 더 큰 행복은 없네요."

감격에 겨웠군.

"어, 어머. 그런데 타이머는 어떻게 설정하는 걸까요?"

"아— 선생님, 그런 거 잘 못하시는 것 같으니까 제가 할게요."

오오하라 선생님을 대신해 토자키가 앞으로 나가 책상을 준비하고, 그 위에 설정한 카메라를 놓았다.

카메라의 빛이 깜빡이기 시작했다. 토자키가 허둥지둥 우리 옆으로 돌아왔다.

"자, 다들 웃어요—!"

빛의 깜빡임이 빨라졌다. 아마도 모두들 제각각 자신만의 표정을 짓고 있을 것이다.

그리고, 분명히 코토코도…….

찰칵 하고 셔터소리가 울렸다.

"잠깐 확인.", "나도 보여줘—.", "나도나도."

토자키가 조작한 디지털 카메라를 급우들이 돌려가면서 구경했다.

나도 코토코도 그것을 보았다.

"……어, 어때?"

"……좋은 표정이라고 생각해."

사진에 찍힌 이 미소가 빛바랠 일은 이제 없으리라.

코토코는 이미 반에서 붕 뜬 존재가 아니었다. 그 증거로 이 단체사진은 무척이나 자연스러웠다. 복장은 달랐지만 그래도 반의 일원으로 보였다.

분명히, 옛날부터 꿈꿔왔을 급우들과의 교류. 이 사진에는 그것이 있었다.

초심만 잊지 않는다면 그 교류는 쭉 계속해 나갈 수 있을 것이다.

다음에 찍는 사진에도 분명히 이것처럼 자연스럽게 나올 것이다.

"잘 됐구나, 코토코."

나는 누구에게도 들리지 않도록, 그렇게 작게 중얼거렸다.

　열광의 도가니였던 교정은 무대가 치워지고 대신 그 중앙에 침목이 쌓였다.

　침목은 딱 사각형을 이루고 있었다.

　학부형들과 일반 참가자들이 돌아가고 밤의 장막이 드리워지는 가운데, 성화가 점화되었다. 연기가 하늘을 향해 조금씩 피어오르고, 불은 나무를 촉매로 삼아 점차 커져갔다.

　캠프파이어가 성대하게 불타올랐다.

　『그럼, 여러분. 미카케&코쿠료 합동문화제 「가을 페스티벌」 고생 많으셨습니다. 후야제를 시작하겠습니다. 이 불이 다 탈 때까지 부디 환담을 즐겨 주세요. 불 주위에서 춤을 추서도 물론 상관없습니다.』

　학생회장 야오타니 아이리가 마이크를 들고 마지막 이벤트를 선언했다.

　후야제의 시작이었다.

　주위에서 그 광경을 보고 있던 학생들은 조금씩 불 가까이로 다가와, 어쩌다가 그렇게 됐다는 느낌으로 둘씩 짝을 지어 춤을 추기 시작했다.

남녀가 짝을 이룬 경우도 있지만, 여학생이나 남학생끼리 짝을 이뤄 춤을 추는 사람들도 몇 쌍인가 있었다. 딱히 규칙이 없는 자유로운 공간이었다.

이 문화제를 통해 학교를 초월해 친해진 것이리라. 개중에는 미카게와 코쿠료의 학생이 짝을 이룬 팀도 있었다.

분명히 그들에게도 이 문화제에서 드라마가 있었을 것이다.

"아름답구나."

옆에 있던 코토코가 그런 말을 중얼거렸다.

"뭐, 밤의 불꽃이니까."

"좀 더 분위기를 내 줘, 세이이치."

"왜 그래야 하는데? 3차원에 분위기 따윈 필요 없잖아."

"참나. 매정한 녀석 같으니라고."

코토코는 잠시 침묵했다. 그러더니 곧 작게 툭 중얼거렸다.

"또, 도움을 받고 말았구나."

"무슨 도움?"

"미스콘테스트 때, 설마 전교방송이라는 방법으로 나올 줄은 생각도 못했다."

"……그렇게라도 하지 않으면 나로서는 열광에 빠진 관중을 말릴 수 없었으니까."

그 상황에서는 혼자서 확성기를 들고 저항한다고 해도 아무 의미가 없었다.

그런 점에서 교내방송은 관중의 목소리를 지워버릴 수 있을 만큼의 음량을 낼 수 있었다. 목소리 큰 사람이 이긴다는 것 같은 방법이라서 마음에 들지는 않았지만, 나로서는 관중을 말리기 위해 쓸 수 있는 수단이 이것밖에 떠오르지 않았다.

좀 더 세련되게 할 수 있었다면 좋았겠지만, 사람에게는 잘하는 것과 잘하지 못하는 것이 있었다. 잘하지 못하는 방법을 취해봤자 결과를 내지 못하면 의미가 없었다.

"게다가, 네 흑역사를 이야기하리라고도 생각하지 못했다. 미안했다……."

"그건 피차일반이야. 나도 설마 미스콘테스트에서 중학교 때 이야기를 하게 되리라고는 생각도 못했으니까."

"아니, 난 괜찮다. 하지만, 네 초등학교 때 일은……."

"딱히 상관없어. 아까도 말했지만, 나는 너랑 만난 일을 후회하지 않는다. 그러니까 그 일은 더 이상 흑역사 같은 게 아니야."

"……응. 그럼, 나도다. 나도 흑역사가 아니야."

"사람을 미워하되, 죄는 미워하지 말라고 하잖아."

"뭐냐? 그거. 거꾸로잖아."

유우카와 똑같은 반응을 해줘서 고맙다.

"하지만 말이지. 역시 기뻤다. 더는 흑역사가 아니라도 해도 역시 사람들에게 밝히고 싶은 이야기는 아닐 테니까. 이걸로 네 과거가 전교에 알려진 셈이……."

"괜찮아."

거기서 나는 일단 말을 멈추었다.

"넌 절친이니까 말이지. 절친을 도와주는 건 당연한 일이잖아."

코토코는 기쁜 것 같으면서도 난처하다는 표정을 지었다.

"거기서는 소중한 사람을 위해서, 라고 말해줬으면 했는데."

"……절친도 소중한 사람임에는 변함없잖아."

"그렇구나. 헤헤."

문득 코토코가 내 팔을 잡았다.

"잠깐 이리로 와봐라."

"야, 야. 뭐야! 옛날처럼 고백이라도 하려는 거냐?!"

"하하, 고백이라니 그리운걸. 하지만 아니야. 지금은 자, 같이 춤추자. 다른 사람들이랑 섞여서 말이야."

"춤추는 법 같은 건 몰라."

"그건 다른 사람도 마찬가지야. 보면 알잖아."

……뭐, 분명히 다들 제각각 춤을 추고 있긴 하군. 음악은 적당한 곡이 틀어져 있지만.

뭐, 마지막으로 후야제를 즐기는 것도 괜찮겠지.

"알았어."

나는 기쁜 듯이 미소를 짓는 코토코에게 이끌려 춤추는 사람들 사이로 섞여 들어갔다.

코토코와 손을 맞잡으면서 적당히 다리를 움직였다. 그 움직임은 제대로 된 춤이라고 할 수는 없었지만, 그래도 묘한 달성감이 느껴졌다.

"그러고 보니, 그 녀석에게 사과를 하게 했어야 하는데 그러질 못했군."

"응? 아니, 그런 건 딱히 됐어. 지금은 이제 그 녀석한테 앙금 같은 건 없으니까. 오히려 고마워하고 있을 정도다."

"왜냐. 그렇게나 지독한 소문을 내고, 위험한 일까지 당하게 했는데."

"그 녀석 덕분에 나는 널 만날 수 있던 것이나 마찬가지이니까 말이다."

정말로 대쪽 같은 성격이었다.

낙관적이라고 생각하지 않을 수도 없었지만, 그래도 힘을 빌려주고 싶다고 생각하게 되는 것은 이런 부분 때문이리라.

"앗―! 세이이치, 치사해!"

"세―이치―! 나도나도!"

춤을 추고 있으려니 유우카와 이브까지 난입해 들어왔다.

두 사람은 나의 비어있는 또 한쪽의 팔과 다리를 붙잡았다.

"어, 이봐! 유우카, 이브! 세이이치는 지금 나랑 춤추고 있단 말이다!"

"안 돼. 유우카도 세이이치랑 춤추고 싶단 말이야!"

"나도 춤추고 싶어!"

"안 돼 안 돼 안 돼! 지금은 세이이치를 절대로 못 넘겨준다―."

주위 사람들이 키득키득 웃었다.

이봐, 너들. 내게 새로운 흑역사를 만들 셈이냐.

"에잇! 놔! 이제 춤추는 건 이제 끝이다! 끝, 끝!"

그러나, 그렇게 말해도 세 사람은 내 몸에서 손을 떼질 않았다.

"절대로 못 놓는다!"

"유우카도!"

"나, 힘 세!"

젠장. 이러니까 3차원은 싫은 거다.

2차원의 하렘이었다면 정말 기뻤을 텐데!

"빨리 날 해방시켜줘!"

주위의 주목을 집중시키면서 나는 그런 말을 토해내는 수밖에 없었다.

문화제가 끝나고, 하루를 쉬고 난 다음의 등교일.

이 날은 주초에 열리지 못했던 조례가 열리게 되었다.

전교생이 교정에 모이고 교장 선생님의 길고 긴 훈화말씀이 시작되었다. 기본적으로 누구도 그 말을 듣고 있지 않았으니, 분명히 만담이라도 하는 편이 더 주목을 끌 수 있었을 것이다.

"……졸려."

그리고, 무엇보다도 문화제의 피로가 아직 남아 있어서 너무 졸렸다.

"이틀 정도 더 쉬고 싶었는데 말이지."

"내 말이."

토자키도 내 말에 완전 동의했다.

『그럼, 한 가지 연락사항이 있습니다. 양호교사인 아이노 선생님이 개인사정으로 장기휴가에 들어가게 되셨습니다.』

토자키가「흐응—」하고 흥미 없다는 것 같은 소리를 냈다.

"그러고 보면 문화제 때, 양호실이 자주 비어 있던 것 같았지. 왜인지 코타니 선생님이 상주해 있었지만."

분명히 내가 갔을 때에도 키리코 누나가 있었지.

양호실에서 쉬고 있었는데 그대로 일을 떠맡게 된 건가. 타이밍이 안 좋았군.

"그래서, 서둘러 대신할 선생님을 모시게 됐습니다. 소개합니다."

교장 선생님 옆에 새로 온 양호 선생님이 와서 섰다.

……벌어진 입이 다물어지질 않았다.

"방금 소개받은 다나카 토쿠코입니다. 양호교사로서는 아직 경험이 부족하지만, 여러분의 상처나 마음을 치유하기 위해 노력하고 싶습니다. 처치라면 맡겨주셔도 됩니다만, 다치지 않는 쪽이 중요하니까요. 그 점을 기억해 주세요."

진짜냐.

이게 어떻게 된 거야.

"이, 이봐?! 코토코?"

"아, 아니, 나도 모르는 일이야. 금시초문이라고?!"

코토코 역시 경악한 얼굴을 하고 있었다.

그러고 보니까, 그제 만났을 때 말했지. 양호교사 자격을 갖고 있다고…….

그것이 설마 이런 일이 돼 버리다니…….

"오늘부터 잘 부탁합니다."

토쿠코 씨는 천진난만한 천사와도 같은 미소를 지어보였다.

또다시 한바탕 소동이 일어날 것 같은 기운이 느껴지는데…….

그것을 상상하고 나는 한숨을 한 번 쉬었다.

■ 작가 후기

GA문고 독자여러분, 석 달 만입니다. 오오타 가쿠타다 아니 타다 노리타케입니다.

벌써 7권이네요. 시간의 흐름은 정말 빠릅니다⋯⋯라고 말하고 있으려니, 왠지 정신을 차려보니 어느새 8권이 나와 있을 것 같은 그런 느낌이 듭니다. 나이를 먹어갈수록 1년이 점점 더 짧아지네요. 사람은 쟈네의 법칙[#17]에서 벗어날 수는 없는 것인가⋯⋯.

7권에 이어 이번 권도 계속해서 문화제 이야기입니다.

문화제에서 상연하는 것에는 여러 가지 종류가 있습니다만, 제 경우엔 연극은 중고등학교 모두 인연이 없었습니다.

다만 초등학생 때에 문화제에서는 아니었지만, 몇 번인가 했던 기억이 어렴풋이 있습니다.

그렇다고는 해도 지금 떠올려 보면 한 시간 정도는 침대 위에서 창피함에 몸부림을 칠 수 있는 것들로, 가히 흑역사라고 해도 좋을 수준입니다. 아, 하지만 모모타로의 연극에서 개와 원숭이, 꿩이 모모타로에게 생트집을 잡으면서 권총을 들이대

#17 쟈네의 법칙 사람이 느끼는 시간의 길이는 그 사람의 나이에 반비례한다는 법칙.

수수경단을 빼앗은 그것은 좀 재미있던 것 같습니다. 마지막에서는 퇴치대상인 요괴와 모모타로가 의기투합했던 것 같은데…… 선생님은 아무 말씀도 안 하셨지만, 그건 과연 어떤 평가를 받았을까요.

저는 주역을 연기한 적은 한 번도 없습니다만, 그래도 대단치 않은 대사를 한 적은 있습니다. 물론, 국어책을 읽었지요. 국어책을. 인물의 심정을 못 살린다든가, 억양이 밋밋하다든가, 끊어서 말하지 않고 계속 이어서 말한다든가 그런 것 이전에, 많은 사람들 앞에서 말을 한다는 것 자체에 입이 얼어붙는 겁니다. 그래서 저는 많은 사람들 앞에서 대사를 말할 수 있는 사람은 그것만으로도 존경합니다. 니코생방송이나 실황플레이 같은 것도 그렇죠.

그렇다고 할까, 저는 제 목소리를 별로 좋아하지 않습니다. 처음 보이스레코더로 제 목소리를 녹음해서 들은 순간 그렇게 절망적일 수가 없었습니다. 무엇보다, 제가 가장 함께 있고 싶지 않은, 짜증나는 타입의 목소리가 스피커에서 들려왔으니까요. 그래서야, 이제 말하는 것 하나하나에도 신경을 쓸 수밖에요.

그런 연유로, 만약 제가 다른 사람들 앞에서 말을 해야 하는 사태가 된다면, 전력으로 거부하든가 음성변조기를 사용하고 싶습니다.

그럼 감사의 말씀을 드리겠습니다.

표지가 정말 최고입니다! 고맙습니다, ReDrop씨. 표지 후보로 모두 세 장의 그림이 있었습니다만, 스케치 단계에서 바로 지금의 표지에 확 꽂혀서 이번에는 즉단즉결이었습니다. 그 정도로 좋았습니다!

담당인 M씨. 이번에는 다른 일정 때문에 작업이 일부 늦어지고 말았습니다. 부디 용서를……. 8권도 곧 집필에 착수할 테니, 앞으로도 잘 부탁드립니다!

또, 이 책의 출판과 판매에 힘을 보태주신 모든 분께 깊은 감사의 말씀을 드립니다.

그리고, 마지막으로. 이 책을 읽어주신 독자 분들께도 더할 나위 없는 감사를 보냅니다.

2016년 8월

■역자 후기

　안녕하세요. 역자입니다. 지난 6권에 이어지는 내일 이야기,
『문화제 2일째』 이야기와 함께 찾아뵈었습니다.

　지난 6권의 후기에서 과연, 코토코의 지독한 소문과 관련
된 모든 진실이 7권에서 밝혀질 것인가? 라고 썼던 것 같은
기억이 나는 것 같기도 하고 아닌 것 같기도 합니다. 그런데,
정말로 7권에서 일단 모든 진실은 밝혀지네요.
　사람에 따라 「오오, 그런 거였어?」라고 놀라워하거나 「뭐야?
고작 그런 이유야?」라며 마뜩치 않아 할 수도 있을 겁니다.
하지만, 저 개인적으로는 그렇게 앞에서 그냥 흘리듯이 나왔
다 사라졌던 이야기가 알고 보니 중요한 사건이었다더라, 하
는 식의 구성은 매우 좋아하는 편입니다. 뭔가, 이야기 하나
하나도 함부로 흘려보낼 수 없군! 이라는 느낌이랄까요.
　어쨌든, 그렇게 진실도 밝혀지면서 문화제와 함께 1권부터
이어져 온 코토코의 소문 이야기도 막을 내리는 분위기로 갑
니다.
　반면, 당연하게도 새로운 불씨들이 속속 등장을 합니다.
　그 중 가장 비중이 큰 것은 역시나 아라미야의 감정이겠지

요. 연극의 묘사 중 절반은 아라미야의 혼자 폭주하는 독백이 아니었을까 싶을 정도로 말이 좀 많더군요. 그런데도 토자키가 "너의 감정을 깨달은 거냐."라고 해도 그렇게 부정을 하다니. 과연, 이것은 부정을 『하는 것』일까요, 아니면 부정을 『하고 싶은 것』일까요. 왠지 약 70대 30의 비율로 둘 다 일 것 같기도 합니다.

그리고, 주인공 외의 다른 외적 요소가 있다면 그것은 역시나 토쿠코 씨일 테고요.

아라미야에게는 최종보스급으로 위험한 인물일 뿐 아니라, 에로물에 대해서는 거의 결벽적입니다. 그야말로 야겜 오타쿠인 아라미야에게는 천적! 게다가 이번 권 말미에서는 단순히 사적으로 아는 사이라는 관계를 넘어서 학교 선생님으로까지 부임했습니다. 뭔가 일이 없을 수가 없을 겁니다. 그런 미래와 나날을 생각하면 아라미야도 머리가 지끈지끈할 겁니다.

아니, 그런데 부실에 놓아둔 야겜을 만약 토쿠코 씨가 발견한다면 어떻게 될까요? 가뜩이나 그런 것에 민감한 반응을 보이는데……. 학생으로서 징계당하는 것은 둘째 치고, 물리적으로 생명의 위협을 느끼게 되지 않을까 걱정이 됩니다. 후덜덜.

그리고 덤으로 풍신 무라카미 선생님까지.

일단, 찍혔다잖습니까. 종종 등장해 주시겠죠. 타도코로 선생님은 이제는 아라미야를 이해해 주시는 편이니, 아라미야와 아야메를 열심히 쪼아대는 역할은 무라카미 선생님이 나눠지지 않을까 싶습니다.

아라미야가 자각을 하고 있든 못하고 있든 거의 3차원으로 끌려나온 덕분에 현실 러브코미디가 전개될 요소가 많이 늘었습니다.

하지만, 잘 들여다보면 주변 인물들도 아직 살펴볼 여지는 남아 있습니다.

무엇보다 키요미가 있지요. 토자키와 사이타니는 왜 키요미가 오빠를 저렇게까지 싫어하는지를 조심스럽게 캐보고 있습니다. 그 과정과 결과도 조금씩은 나올 겁니다. 제 생각에는 아마도 정말 ×××× 오빠에 대한 ○○ 때문인 것 같습니다. 응? ××××는 뭐고, ○○은 뭐냐고요? 그거야 당연히……

키요미도 그렇고, 토자키도 짤막하게 뭔가 사연이 있는 것 같은 분위기를 풍겼더랬죠.

그것이 아니더라도, 작중 내내 토자키가 보여주는 행동을 보면, 저 정도면 어느 정도 보상을 받아야 하는 게 아닐까 하는 생각이 들 때가 있습니다. 물론, 작품 전체에 걸쳐 빌미를 제공한 만악의 근원, 이기는 합니다만. 그래도 다들 그러잖아요. 「그래서는 좋은 사람에 그칠 거예요」라고요. 그건 이성에게도 "아, 이 사람, 좋은 사람이구나."라고 여길 만한 행동을 한다는 거겠죠.

이렇게 주변에서 열심히 도와주는 사람들도 좀 구원을 받았으면 좋겠다, 라는 것이 독자로서의 제 심정입니다. 등장하는 모든 남녀가 커플로 맺어지는 것도 짜증나는 일이긴 하지만, 토자키에게도 따뜻한 날이 오면 좋겠습니다. 아, 그렇지만 사이타니는 당연히 안 됩니다…….

이걸 보면, 소문 이야기는 일단락되었지만, 작가분이 여러모로 이야깃거리를 심어놓으신 것 같습니다. 다음 권부터는 과연 어떤 이야기가 어떻게 전개될지 기대가 됩니다. 마지막으로, 자신의 감정에 정신을 못 차리던 아라미야에 처음 봤을 때 느낀 점을 마지막으로 후기를 마칩니다.

「……그냥 빨리 결혼해 버려라.」

중고라도 사랑이 하고 싶어! 7

초판 1쇄 발행 2018년 4월 10일

지은이_ Noritake Tao
일러스트_ ReDrop
옮긴이_ 이진주

발행인_ 신현호
편집국장_ 김은주
편집진행_ 최은진 · 김기준 · 김승신 · 원현선 · 김솔함 · 권세라
편집디자인_ 양우연
국제업무_ 정아라 · 고금비
관리 · 영업_ 김민원 · 이주형 · 조인희

펴낸곳_ (주)디앤씨미디어
등록_ 2002년 4월 25일 제20-260호
주소_ 서울시 구로구 디지털로 26길 111 JnK디지털타워 503호
전화_ 02-333-2513(대표)
팩시밀리_ 02-333-2514
이메일_ lnovelpiya@naver.com
ㄴ노벨 공식 카페_ http://cafe.naver.com/lnovel11

CHUKO DEMO KOI GA SHITAI! Vol.7
Copyright © 2016 Noritake Tao
illustrations copyright © 2016 ReDrop
All rights reserved.
Original Japanese edition published in 2016 by SB Creative Corp.

This Korean edition is published by arrangement with SB Creative Corp., Tokyo
in care of Tuttle-Mori Agency, Inc., Tokyo.

ISBN 979-11-278-4458-5 04830
ISBN 979-11-278-2413-6 (세트)

값 7,000원

*이 책의 한국어판 저작권은 Tuttle-Mori Agency를 통한 SB Creative Corp.와의
독점 계약으로 (주)디앤씨미디어에 있습니다.
저작권법에 의해 한국 내에서 보호를 받는 저작물이므로 무단전재와 복제를 금합니다.

*잘못된 책은 구매처에 문의하십시오.

©Kotobuki Yasukiyo 2016
Illustration JohnDee
KADOKAWA CORPORATION

아라포 현자의 이세계 생활 일기 1권

코토부키 야스키요 지음 | JohnDee 일러스트 | 김장준 옮김

정리해고 당한 후, 매일 밭을 돌보며 『제로스 멀린』으로서
게임에 빠져 살던 백수 아저씨, 오사코 사토시(40세).
오리지널 마법을 만들어 명실상부 톱 플레이어가 된 그는
최종 보스를 무난하게 공략하지만
로그인 중 발생한 어떤 사고로 생을 마감한다.
그는 홀로 죽었다고 생각했지만,
정신을 차리고 보니 거대한 산림 지대의 한가운데에 서 있었다.
이세계 여신의 말에 따르면 그는 게임 속 능력을 이어받아 전생했다고 한다.
대산림 지대에서 서바이벌을 거치고 전(前) 공작 노인과 만난 제로스는
현자로서 능력을 인정받아 마법을 쓰지 못하는 소녀의
가정교사 일을 의뢰받는데—?!
"나는 평온한 일상이 인생의 모토인데……."

마흔 살 현자의 이세계 생활 일기 개시!

금색의 문자술사 외전 1권

토모토 스이 지음 | 스마키 슌고 일러스트 | 김장준 옮김

4인의 용사 소환에 휘말려 이세계【이데아】로 오게 된 오카무라 히이로.
훗날 영웅으로 추대받는 그도 여행 틈틈이 동료들과
자유로운 이세계 라이프를 만끽하고 있었다.
"그냥 못 넘어갈 말이군. 맛있는 음식은 진리라고."
도시 축제에서, 위험한 바다에서, 진미를 추구하는 요리 레이스 발발!
"내 이름은 2대째 와일드 캣! 대괴도다!"
희귀본이 숨겨진 탑에서 대치한 것은 소문 자자한 대괴도?!
그리고 일행의 여행과는 별개로 암약하는 **그 인물**과 뜻밖에 재회하게 되는데―.

히이로 파티의 일상과 모험을 가득 담은 단편집 등장!

공주기사는 오크에게 잡혔습니다. 1~2권

키리야마 욘 지음 | 시모츠키 에이토 일러스트 | 이승원 옮김

"나는 사회의 톱니바퀴가 되고 싶어…… 정사원이 되고 싶단 말이야!"
한창 불경기인 모리타니아 왕국에서 취직활동에 실패해
파견 오크로서 일하는 사토나카 오크 야타로.
창고 습격 업무 중이던 그는 여유 교육의 화신인 마법사 사사키,
엘프인 하루카와 함께 특별 보너스를 받기 위해 공주기사인 안쥬를 잡지만…….
「큭…… 죽여라!」 「관심 없으니까, 입 좀 다물어 줄래요?」
초식계 남자인 야타로가 공주기사다운 대접을 해주지 않자,
안쥬의 불만은 쌓이기만 했다.
게다가 야타로는 혼기를 놓치는 걸 두려워하는 안쥬가
멋진 연애를 할 수 있도록, 그녀가 여자력을 갈고닦는 걸 돕게 되는데?!

**평범해지고 싶은 오크와 공주기사의
마일드 사회파 코미디!**

변변찮은 마술강사와 금기교전 1~10권

히츠지 타로 지음 | 미시마 쿠로네 일러스트 | 최승원 옮김

알자노 제국 마술 학원의 계약직 강사인 글렌 레이더스는 수업 중
자습 → 취침 상습범.
그러다 웬일로 교단에 서나 싶으면 칠판에 교과서를 못으로 고정해놓는 등,
그야말로 학생들도 기가 막혀 하는 변변찮은 강사다.
결국 그런 글렌에게 진심으로 화가 난 학생,
「교사 킬러」로 악명이 자자한 시스티나 피벨이 결투를 신청하지만—
이 해프닝은 글렌이 허무하게 패배하는 안타까운 결말로 막을 내린다.
하지만 학원에 닥친 미증유의 테러 사건에 학생들이 휘말리자,
"내 학생에게 손대지 마!"
비로소 글렌의 본성이 발휘된다!

TV애니메이션 방영 화제작!!

© Hiro Ainana, shri 2017 / KADOKAWA CORPORATION

데스마치에서 시작되는 이세계 광상곡 1~11권

아이나나 히로 지음 | shri 일러스트 | 박경용 옮김

한창 데스마치를 치르던 프로그래머 스즈키 이치로(29).
『사토』란 닉네임을 쓰는 그가 잠시 잠들었다 깨어나 보니
듣도 보도 못한 이세계에 방치되어 있었다!
혼란에 빠질 틈도 없이 눈앞에는 처음 보는 괴물의 대군이 다가오고,
하늘에서는 유성우가 쏟아진다.
정신을 차리고 보니, 최강 레벨의 힘과 막대한 부를 손에 넣었는데……?!
이렇게 사토의 『유유자적, 가끔 시리어스, 그리고 하렘』인
이세계 모험담이 시작된다!!

**최강 레벨과 막대한 재보를 가지고
시작되는 유유자적 이세계 관광!!**